# Más gente así

ALFAGUARA

*Más gente así*
© 2013, Vicente Leñero
© De esta edición:
   Santillana Ediciones Generales, S. A. de C. V., 2012
   Av. Río Mixcoac 274, Col. Acacias
   México, 03240, D.F. Teléfono 5420 7530
   www.alfaguara.com/mx

ISBN: 978-607-11-2370-1

Primera edición: febrero de 2013

© Diseño de cubierta: Everardo Monteagudo

Impreso en México

**PRISA** EDICIONES

# Vicente Leñero

# Más gente así

# Índice

# Las uvas estaban verdes

> Quiso una zorra hambrienta, al ver colgados de
> una parra hermosos racimos de uvas, atraparlos
> con su boca; mas no pudiendo alcanzarlos se
> alejó diciéndose a sí misma: ¡Están verdes!
>
> Esopo

Era entradita en carnes, pelicorta, sonriente porque se sentía importante y enfiestada. Joaquín Díez Canedo le había organizado un coctel en el Club Suizo de la Colonia del Valle para presentarla con la comunidad de escritores mexicanos. La conocí dos días antes en las oficinas de la editorial Joaquín Mortiz. Se llamaba Carmen Balcells. Tenía treinta y cinco años pero representaba un poco más por su aire de ama de casa aletargada.

Catalana de origen y corazón, la Balcells nació en un pueblecito cercano a Lérida donde estudió con las monjas teresianas. Su primer trabajo fue como secretaria en una empresa textil; luego como delegada en Barcelona de la agencia literaria del rumano Vintila Horia. Cuando Horia vendió la agencia, ella decidió formar la suya propia en los años setenta. Conocía bien a Carlos Barral, director de Seix Barral editores, y fue él quien le sugirió representar autores latinoamericanos en quienes Barral veía el futuro de la literatura en castellano, harto ya de la novela española de la mirada —el Sánchez Ferlosio de *El jarama*, García Hortelano, Juan Goytisolo— a la que José María Castellet bautizó elogiosamente con el apelativo de novela conductista. Barral tenía en la mira a narradores que acababan de premiar con el Biblioteca Breve, como Mario Vargas Llosa y Guillermo Cabrera Infante, quienes constituían los primeros crujidos de aquella erupción del *boom* que el propio Barral y la Balcells ayudarían a inventar pocos años después, según los decires de José Donoso.

Por eso Carmen Balcells estaba en México en la primavera de 1965. Quería eso: conocer escritores mexicanos para representarlos y proponer sus obras a las editoriales de todo el mundo. Ya figuraban en su agencia, como sólidos puntales, esos dos latinoamericanos de excepción: el peruano Vargas Llosa y el cubano Cabrera Infante. Con *La ciudad y los perros*, Vargas Llosa había ganado no sólo el Biblioteca Breve de Seix Barral, sino el premio de la Crítica Española y el segundo puesto del codiciado Prix Formentor. Con *Tres tristes tigres*, Cabrera Infante fue recibido, entre elogios exultantes, como un mágico experimentador del lenguaje que tiempo después le merecería en Francia, por esa novela editada en Gallimard, el premio al mejor autor extranjero del año.

—Ya tengo a Vargas Llosa y a Cabrera Infante —dijo Carmen Balcells la mañana en que Díez Canedo me la presentó en su oficina—. Ahora te quiero a ti.

Parecía una declaración de amor. Era más bien un boleto a la gloria si de veras la catalana tenía la habilidad para conseguir traducciones y ediciones como lo prometía con una seguridad pasmosa.

—Siempre y cuando quieras que te represente —agregó, acentuando su sonrisa pícara.

Me tuteaba con una familiaridad que en los años sesenta no se utilizaba en México así, de sopetón.

—Ya leí tus *Albañiles*, me encantó. Y ahora Joaquín me acaba de dar ésta.

Del escritorio en revoltijo de Díez Canedo, la Balcells levantó un ejemplar de *Estudio Q*, acabada de editar, fresca y olorosa a tinta, virgen aún de críticas adversas y desdenes.

Antes de que yo llegara a la oficina, Joaquín había hablado de mi reciente libro a la Balcells. No alcancé a oír los encomios con que el editor se expresó, según dijo ella, pero me sorprendieron porque conmigo a solas, meses antes, Díez Canedo no tuvo empacho en criticar *Estudio Q*. Me había llamado una semana después de que le entregué mi original, y luego de leerlo —él leía cuidadosamente casi todas las propuestas— se sintió decepcionado.

—Después de *Los albañiles* esperaba algo mejor. Mucho experimento, mucho *noveau roman*… No sé si éste es el camino que quiere seguir.

Recuerdo que me pasmé.

—Pero no se preocupe —se adelantó Joaquín—. Usted es autor de casa y se la voy a publicar si no se arrepiente. Piénselo.

Viví preocupado durante mucho tiempo a causa de *Estudio Q*. Ojalá Díez Canedo se equivoque, pensaba cuando mi novela emprendía el largo tránsito hacia la impresión definitiva. Y para adelantarme a las posibles consideraciones adversas, pedí a Díez Canedo que me permitiera escribir la solapa anónima del libro con la que traté de justificar mis propósitos. Nada detuvo la catástrofe. De no ser una reseña cordial de Francisco Zendejas —a quien yo no respetaba como crítico literario— y de algunas opiniones generosas de mis amigos, la mayoría de quienes se ocuparon de analizar *Estudio Q* la hicieron picadillo. Sólo elogiaron, si acaso, la portada de Vicente Rojo. Tendrían que transcurrir muchos años, muchísimos, para recibir una inesperada compensación. Un amigo cubano en el exilio, Alejandro Anreus, preguntó a Cabrera Infante en Nueva York si conocía mi literatura. "Lo único que me gusta de Leñero —respondió Cabrera Infante— es *Estudio Q*."

Pero en fin, ésa es otra historia.

La que estoy contando recuerda a Carmen Balcells en la oficina de Joaquín Mortiz sacudiendo en alto el ejemplar impoluto de *Estudio Q*.

—Estoy entusiasmada con lo que me dice Joaquín. Esta misma noche voy a leer tu novela, te lo prometo.

Y mientras yo estampaba en la primera página falsa una dedicatoria para quien ya era mi gozosa agente literaria —sabrá Dios qué epítetos le endilgué—, Joaquín me habló del coctel en el Club Suizo, a las siete de la noche del jueves venidero.

Llegué cuando el salón se veía henchido de escritores en movimiento. Algunos envolvían a Díez Canedo y a la sonriente Carmen Balcells, encantada con todos los que se desvivían por conocerla, por adularla, por despertar su interés. No me uní al grupo de lambiscones. Saludé de lejecitos a mi editor y la catalana mientras buscaba a Estela, quien había prometido estar ahí luego de su curso semanal en el Instituto de Psicoanálisis. Como mi mujer no llegaba y como me gruñía el hambre localicé en el fondo del salón una charola de bocadillos cercana a un sofá de dos plazas. Ahí se asentaba un bigotón desconocido, ajeno al borlote. Le hice un ademán, a manera de saludo casual, y me senté a comer sangüichitos armado ya de una copa de tinto.

—Los albañiles —dijo de pronto el bigotón, como si ése fuera mi nombre.

Me sorprendí.

—¿Leyó mi novela?

—La tengo junto a mi cama, con los libros de Graham Greene.

Sentí la necesidad de sonreír con agradecimiento.

—Ya sólo tú y yo leemos a Greene —dijo el bigotón—. A ninguno de éstos les importa.

Era cierto. Para la comunidad literaria de aquella época, Graham Greene era un novelista de segunda. Al menos en el Centro Mexicano de Escritores, Juan García Ponce y Salvador Elizondo chasqueaban la boca cuando yo citaba algún libro del británico.

De Greene nos pasamos un buen rato hablando el bigotón y yo. Me sorprendía su devoción greeniana por la precisión con que citaba *El tercer hombre*, *El americano impasible*, *Inglaterra me hizo así*. Sin duda él también era escritor, pero no me atreví a preguntarle su nombre por temor a desconocer sus obras y a desequilibrar el generoso trato que me dispensaba.

Con el pretexto de buscar más vino para mi copa, abandoné el asiento y fui hasta donde se encontraba Bernardo Giner, el editor asistente de Díez Canedo.

—Quién es el bigotón aquel —pregunté a Bernardo y señalé el dos plazas lejano—. Llevo media hora platicando con él y no tengo idea.

—Es Gabriel García Márquez —respondió Bernardo.

Por supuesto que había leído yo a García Márquez publicado en Era y en Ficción de la Veracruzana. *El coronel no tiene quien le escriba* y *Los funerales de la Mamá Grande* me parecían dos libros excelentes, y aunque mucho había oído de él nunca antes lo vi en persona, ni siquiera en foto.

—Qué bruto soy.

Poco después de que Estela llegó por fin al Club Suizo y la presenté con García Márquez, el colombiano propuso una escapada a cenar con Carmen Balcells. Él también figuraba ya entre los escritores representados por su agencia y nos sería muy provechoso conversar con ella, dijo.

Cuando el coctel declinaba formamos una terna de parejas para irnos al Seps de Tamaulipas: la Balcells y su esposo Luis, García Márquez y Mercedes, Estela y yo.

Chispeante, febril, divertido, García Márquez se apoderó del micrófono durante la cena en la que nos ocupamos de tijeretear colegas. La Balcells ya había terminado de leer *Estudio Q*, aseguró, y estaba encantada. Lo dudé porque mi novela no es de las que se leen en un par de sentadas, pero me dejé consentir por la adulación.

—Ésa es precisamente la clase de novelas que interesan en Europa —dijo—. Novelas experimentales. —Y trató de convencer a García Márquez de que abandonara el regionalismo si quería acceder al mundo europeo.

García Márquez hizo brincar sus hombros. La reprobó con un gesto. Que cada quien hiciera su tarea, no faltaba más. Que ella se dedicara a colocar nuestros libros y nosotros a escribirlos.

No vi más a la Balcells durante su estancia en México. Ella y su marido se lanzaron a conocer Oaxaca y al mes, desde Barcelona, me escribió para reiterarme su entusiasmo por *Estudio Q*. "Me dio mucho gusto conoceros personalmente a Estela y a ti —remataba su acartonada misiva escrita a máquina—. Espero que el tiempo nos depare una ocasión de encontrarnos nuevamente."

Le escribí esa vez y algunas más, pero dejé de hacerlo para que fuera ella quien me informara sobre sus gestiones. Pasaron meses y nada.

—Haces mal —me decía García Márquez cuando lo encontraba en el café Tirol de la Zona Rosa—. A Carmen hay que abrumarla. Yo le escribo casi a diario. La apapacho, le digo a qué gente y a qué editorial debe mandar mis libros. Le mando regalitos. Hay que abrumarla. No la dejes un momento tranquila.

García Márquez no necesitó abrumar por mucho tiempo más a Carmen Balcells. Comí con él —todavía usaba sus horribles sacos a cuadros— y con Ramón Xirau en La Lorraine de la calle de San Luis Potosí, en 1967, cuando nos entregó para *Diálogos* —la revista en la que yo figuraba como secretario de redacción— un capítulo de *Cien años de soledad*: recién terminada la novela, en vísperas de viajar a Buenos Aires para encontrarse a bocajarro con su explosivo éxito. Para inaugurar también el éxito empresarial de Carmen Balcells que con ese tesoro en las manos se convirtió en la más poderosa agente literaria en castellano; amiga entrañable de quien llegara a ganar el premio Nobel y a quien calificó, al conocerlo en 1965, como un hombre antipático y pretencioso.

*En 2006, un periodista español de* Magazine, *Xaví Ayén, recordó a Carmen una frase pronunciada por ella misma años atrás: "Yo no tengo amigos, tengo intereses." "Sí, yo lo dije —respondió la catalana—. Siempre he sido reticente a considerar amigos a gente con la que tengo un compromiso profesional, y ya no digamos a los que son mi principal sostén económico. Un día, por teléfono, García Márquez me preguntó: ¿Me quieres, Carmen? Yo le respondí: No te puedo contestar, eres el 36.2% de nuestros intereses."*

Estela y yo nos reencontramos con la Balcells en 1968, en el modesto piso que habitaban García Márquez y Mercedes en Barcelona, cuando viajamos a costillas de una Guggenheim.

Les caímos de sorpresa una noche. Estela les llevaba un par de aquellos amates pintados por indígenas, típicos de Cuernavaca, y además de cenar hamburguesas en un restorancito en la parte baja del edificio, regresamos arriba para que García Márquez me respondiera qué les sucede a las tripas de un escritor cuando le llega una fama así de grandísima.

García Márquez ya no tijereteaba colegas ni recordaba a Graham Greene. Hablaba ahora del alud de cartas de admiración guardadas en ese baúl donde estás sentado y que ni siquiera he abierto. Hablaba de su fabuloso encuentro —amor a primera vista— con Julio Cortázar en París.

Como la milagrosa santa del sagrado rosario, Carmen Balcells irrumpió en el piso, elocuente, desembarcada de la feria de Frankfurt donde había colocado *Cien años de soledad* en cuanta editorial le llegó al precio. Su figura de ama de casa gordita y sonriente se había transformado en el monumento a una mujer de negocios bien vestida y voluminosa: la agente literaria non, la representante del novelista mayor de Latinoamérica.

*"Cuando tienes un autor como Gabriel García Márquez —dijo la Balcells a Xaví Ayén— puedes montar un partido político, instituir una religión, organizar una revolución. Yo opté por esto último."*

En vísperas de esa revolución literaria que empezaba a cocinarse en la mente de Carmen Balcells, ella y García Márquez parecían devorarse el mundo aquella noche en Barcelona. Estela y yo permanecimos mudos oyéndolos soltar elogios mutuos, viéndolos compartir su intimidad. Ya era tiempo de tomar las de villadiego.

En el momento de decir buenas noches, la Balcells cayó en la cuenta de que seguíamos ahí como estatuas, como espectadores de los triunfos ajenos. Quitó la vista del Gabo y se dirigió a nosotros.

—Los invito a almorzar mañana, ¿pueden? Para que te informe de tus libros.

Llegamos en un taxi a su oficina, en las calles de Urgel. Había ocurrido un contratiempo, dijo de inmediato, apenas nos vio. Una desgracia. A causa de una cita impostergable de última hora se veía obligada a cancelar el almuerzo.

—¿Vieran cómo lo siento?

Era un pretexto burdo, por supuesto, aunque trataba de mostrarse tan sencilla, tan afectuosa como tres años antes en México.

Mientras Estela y yo tomábamos asiento en la orillita de sendas sillas, frente a su escritorio, la Balcells nos hizo reparar en una foto ampliada de mi figura, colgada en su oficina junto a la de otros autores.

—Tú sigues siendo uno de mis preferidos —sonrió como si con ello se disculpara del cancelado almuerzo.

—Si tienes prisa te buscamos otro día, no hay problema.

—Tengo diez minutos —dijo, y sonrió. Sonreía siempre, carajo, siempre, a la manera de un vendedor de seguros.

Dos minutos le bastaron a la Balcells para entregarme una tarjeta donde se enlistaban las editoriales extranjeras que habían leído, considerado y finalmente rechazado *Los albañiles* y *Estudio Q*.

El recuento era impresionante: Gallimard y Editions du Seuil, de Francia; Gyndendal, de Dinamarca; Kiepenheuer & Witsh, de Alemania; Einaudi y Mondadori, de Italia; Grove Press y Braziller, de Estados Unidos; Czytelnik, de Polonia; Bonniers, de Suecia; Weindenfeld & Nicolson, de Inglaterra; Arcadia, de Portugal… etcétera, hasta sumar veinticinco.

De seguro no advirtió cómo empalidecía mi rostro cuando dijo:

—Como puedes ver, hemos hecho todo lo posible —miró a Estela: —Tal vez Vicente necesita escribir diferente.

—Él escribe como él escribe —me defendió Estela.

La Balcells consultó su reloj y se puso de pie.

—A pesar de todo sigo teniendo fe y esperanza. En Milán hay una nueva editorial, Il Licorno, que parece muy interesada en *Estudio Q*… ¿Van a viajar a Italia?

—Todavía no sabemos —dijo Estela.

—Primero vamos a Pollensa con los Donoso —dije yo.

—Pues si viajan a Italia, vayan a Milán. No para ver a los editores de Il Licorno, de ésos me encargo yo, sino a Enrico Cicogna, un tipo fabuloso. Él tradujo *Cien años de soledad*, y va a traducir a Lezama Lima, *Paradiso*. Podría traducir *Estudio Q* si lo convences. Así será más fácil conseguir la edición italiana.

Cuando la Balcells había abandonado su oficina con un cascabel de sonrisas, su secretaria nos entregó por escrito la dirección y el teléfono de Cicogna, junto a las de otros nombres a quienes debía yo visitar —según la agente— para hacer contactos literarios indispensables si quería de veras "salir del ostracismo mexicano": Jean Franco, Juan García Hortelano, Pedro Altares...

En un avión de hélice que hacía girar nuestra desconfianza, Estela y yo volamos a Palma de Mallorca. De ahí, en un taxi que se negaba a subir hasta la punta del cerro donde se hallaba Pollensa, llegamos a la austera casa de José Donoso y María Pilar. Para hospedarnos, ellos habían conseguido una mansión de veraneo vecina, espectacular, cuyo dueño, nieto o sobrino de Mussolini, se las prestó por unos días. Tenía tantos cuartos y salones y recovecos que a los Donoso se les ocurrió invitar también a los García Márquez y a Carlos Fuentes para organizar "el complot latinoamericano de Mallorca". Sólo Fuentes llegó por un par de días.

La pasábamos bien hablando de literatura, pero comentando sobre todo el movimiento estudiantil que ardía en México. En el televisor de los Donoso nos enterábamos por las noches de las noticias: ocupación de la Ciudad Universitaria por el Ejército, enfrentamientos de los estudiantes con los soldados, aprehensiones, persecución, la agria cerrazón del gobierno de Díaz Ordaz que habría de culminar con la matanza de Tlatelolco. Atribulado como nosotros, inquietísimo, Fuentes no se conformaba con las noticias que transmitían en España y se ponía a lanzar telefonemas a embajadas mexicanas y extranjeras para completar su información.

Dolía estar fuera de México en aquellas circunstancias. Imposible para Estela y para mí conciliar con tranquilidad el sueño en la cama inmensa del pariente de Mussolini, elevada como un trono, circundada por paredes repletas de dibujos a tinta, lujosamente enmarcados, de jovencitos desnudos en actitudes provocativas: una exaltación de la pederastia.

En el mismo avión de hélice, siempre desconfiable, regresamos a Barcelona. De ahí a Italia. Milán.

Tenía razón Carmen Balcells: Enrico Cicogna era un tipo gratísimo y hablaba un perfecto castellano. Nos recibió como si fuéramos parientes en primer grado. Nos llevó a conocer las riquezas arquitectónicas de Milán, nos invitó a cenar a restoranes elegantes, acompañó a Estela a comprar los retales de seda que le recomendó la secretaria de Carmen Balcells.

Por supuesto nada sabía el italiano de *Estudio Q*. Si se le hacía llegar la novela por correo desde México estudiaría la posibilidad de traducirla una vez que terminara con *Paradiso*, prometió.

Era una tarea difícil traducir la novela de Lezama Lima —argumentaba Cicogna—, más porque la edición cubana estaba repleta de erratas y empastelamientos y no había conseguido aún la que se publicó en México, revisada por Cortázar y Monsiváis. Yo la conocía bien, la acababa de lanzar Era con portada e ilustraciones del gran Portocarrero. Prometí enviarle un ejemplar junto con el de *Estudio Q*.

Insistía yo con necedad en *Estudio Q*, era lo que me importaba, de manera que mencioné a Il Licorno: mi única tabla de salvación según la Balcells.

—Il Licorno acaba de cerrar, quebró —dijo Cicogna haciendo con la boca el ruido de una rama al romperse—. Una editorial muy pobre.

Era gracioso el milanés: gordito, con las manos chatas y los pies siempre en movimiento. Le complacía pasearnos por Milán mientras no paraba de hablar de su queridísimo García Márquez que supo romper de golpe con la exacerbada experimentación de la novela moderna.

—¿No te gustan las novelas experimentales?

—Prefiero *Cien años de soledad*.

—*Paradiso* es una novela más que experimental.

—Lo hago porque me contratan, prefiero *Cien años de soledad*. No se imaginan qué placer fue traducirla.

Entendí. Ningún futuro tenía *Estudio Q* en manos de Enrico Cicogna.

Lo que sí podía tener futuro —me animó Estela— era *Pueblo rechazado*, la primera obra de teatro que yo escribía y que estaba por estrenarse en México. El tema salió a la conversación quién sabe cómo y la propia Estela se lo refirió al milanés: los conflictos con el Vaticano de un monasterio en psicoanálisis.

—Ésa sí que es una buena historia —exclamó Cicogna con entusiasmo—. Los dramas de la iglesia siempre han dado buenas obras: *Galileo Galilei*, *El vicario*...

Resultaba imposible establecer si ese arrebato súbito del traductor italiano era sincero o se debía al vino en abundancia que había bebido en aquel restorán campestre al que llegamos en auto con dificultad, sorteando los muros de neblina de la carretera.

Le urgía leer la pieza, y para una pieza así tenía extraordinarios contactos con la mejor compañía teatral de Italia.

—Seguramente saben del Piccolo de Milán ¿no?

En aquella época nada sabía yo del Piccolo de Giorgio Strehler, pero cuando muchos años después tuve oportunidad de asombrarme con sus montajes en los festivales de Caracas, de Bogotá, de México, comprendí retrospectivamente por qué mi obra —que Cicogna leyó pero no tradujo ni promovió— estaba muy lejos del gran teatro del mundo.

Estela y yo abandonamos Milán, junto con mis aspiraciones, y libres ya del mundillo literario disfrutamos de nuestro viaje por Europa propiciado por la Guggenheim. Roma, Florencia, Ámsterdam, París, Londres...

Dos años después, en 1970, volví a encontrarme con Carmen Balcells.

Me habían incluido en un rebaño de escritores latinoamericanos para asistir a la feria de Frankfurt y viajar luego por Alemania Occidental. Éramos una docena de novelistas enchiquerados en un autobús, echando vistazos relámpago a las ciudades germanas: Miguel Ángel Asturias, Gabriel García Márquez, Mario Vargas Llosa, Jorge Edwards, Salvador Garmendia, Manuel Puig...

Hice amistad —una amistad que duró varios años— con Manuel Puig. Él ya había ingresado en las ligas mayores con *La traición de Rita Hayworth*, pero aún estaba muy lejos de la fama del *boom*. Eso le permitía guasear con Salvador Garmendia y conmigo sobre los desplantes, las poses y la sensibilidad a flor de piel de los famosos, al tiempo que compartíamos nuestras cuitas por el difícil arte de alcanzar el éxito: un éxito a nuestra medida —no éramos tontos— que se reducía a una sola meta: ser traducidos.

Puig ya lo había logrado con *La traición de Rita Hayworth* y *Boquitas pintadas*, aunque no gracias a una agente como Carmen Balcells sino por su propio esfuerzo. Tenía contactos, sabía establecerlos personalmente, viajaba de continuo por Europa —con una maletita de este tamaño— y no esperaba ser descubierto por algún visionario. Él era el agente de sí mismo; la mitad del tiempo consagrado a escribir se la pasaba enviando ejemplares y cartas y recortes de reseñas elogiosas a las editoriales donde le gustaría ver traducidas y publicadas sus obras.

Le hablé de mi catastrófica experiencia con la Balcells.

—Estás totalmente equivocado —me dijo Puig—. La sobrevaloras. Ella vive dedicada en cuerpo y alma al Gabo y a Vargas Llosa porque le dieron la oportunidad de ser una empresaria famosa. La Balcells depende de ellos, no ellos de la Balcells. Por eso descuida a sus demás escritores. No le interesan, no le importan, no sabe colocarlos. Yo en tu lugar la mandaba al carajo.

—Y tú qué piensas —le pregunté entonces al venezolano Garmendia que había formado un trío de amistad con nosotros.

—A mí me da lo mismo —se encogió de hombros Garmendia, a quien le tenía muy sin cuidado el tema de las traducciones. A él sólo le interesaba escribir y ser leído en Venezuela, si acaso en otros países de Latinoamérica. Acababa de recibir el premio nacional de literatura de su país y era director de la revista literaria *Actual* de la Universidad de los Andes.

Salvador Garmendia había llegado a Frankfurt para integrarse al grupo latinoamericano en el mismo avión que yo —un jumbo de Lufthansa que despegó de Nueva York— y nunca supuso que sus ropas y su aspecto —andaba con barbas y greñas descomunales— no eran los adecuados para entrar en los restoranes, en los teatros y en los salones a donde casi a diario nos llevaban en tour. Más de una vez lo ayudé a cubrir su facha zaparrastrosa prestándole mi abrigo, mi gabardina, alguna de mis corbatas. Izquierdoso, puño en alto, Garmendia se movía incómodo con tantas exigencias burguesas; se hartaba también cuando Puig y yo nos enredábamos en el asunto de las traducciones.

—Lo importante es escribir, escribir bien. Eso sí que es difícil.

Tenía razón Garmendia pero yo vivía obsesionado con Carmen Balcells. Prefería escuchar a Puig:

—Yo en tu lugar la mandaba al carajo.

Las palabras de Puig me alfilerearon el ego. Me convenía creerle porque eso restañaba mi autoestima. Era Carmen Balcells la culpable, no yo, de ser un desconocido en el extranjero.

Candidez de juventud. Petulancia. Ceguera frente a la realidad siempre implacable. Fuese lo que fuese yo me sentía inclinado a dejar de ser un mexicano servil a los dictados imperiales de mi agente literaria.

Durante los dilatados recorridos por Frankfurt, Darmstadt, Munich, Bonn, Colonia, Berlín, Carmen Balcells no se había hecho presente ante el grupo de escritores latinoamericanos. Se antojaba extraño porque ella debería estar donde estuvieran García Márquez y Vargas Llosa, quienes por aquellos días parecían hermanos siameses. Era extraño, sí; de seguro sus transacciones en Frankfurt la habían retenido durante los diez días que duró el viaje.

En Düsseldorf apareció por fin. Nos agasajaban con un coctel donde había menos escritores que alemanes trajeados con aire de diplomáticos: entre ellos rodaba la explosiva agente literaria. Traía un vestido largo como de fiesta y deslumbrantes colguijes. Ni rastro de su aspecto doméstico, aunque empezaba a acumular kilos por culpa de esas comilonas pantagruélicas —según las definió Fernando del Paso años después—. En rumbo sin freno a la obesidad.

*"Me pesan los kilos —le confesaría a Xaví Ayén—. La edad solamente me corroe."*

Sonriente, sonriente, sonriente, la Balcells se dejó consentir por sus favoritos y conversó con locuacidad con los trajeados.

Cuando la vi aproximarse a donde Garmendia, Puig y yo bebíamos whisky tras whisky, Puig me dijo, bajita la voz:

—Éste es el momento.

La Balcells me saludó con aspavientos, como si me acabara de conseguir una traducción al noruego. Y cuando ella pensó que iba a besarla en las mejillas, me eché para atrás y envalentonado por los tragos inicié una taralata definitiva. Que ya me cansé. Que ya vi que es imposible colocar mis libros. Que ya hiciste todo lo posible durante cinco años y no conseguiste nada.

Un rollo así.

—No tiene acaso que sigas siendo mi agente, Carmen —rematé—. Me voy.

Se endureció el rostro de la Balcells. Por primera vez, desde nuestro primer encuentro, vi arrugarse su cara como una fruta seca.

—¿Estás rompiendo conmigo?

—Sí, estoy rompiendo contigo —repelé—. Porque nunca te importaron mis libros de verdad y me hiciste creer que te interesaban. Porque me tomaste el pelo. Porque tú sólo trabajas para tus consentidos.

Se dio cuenta de que estaba frente a un briago y giró como una pirinola para darme la espalda. Desapareció entre la concurrencia.

Mire a Manuel Puig:

—¿Lo hice bien?

El que respondió fue Vargas Llosa que había escuchado mi exabrupto.

—Fuiste muy grosero —dijo.


*"¿Cuál ha sido la mayor decepción de su carrera?" —preguntó Xaví Ayén a Carmen Balcells en 2006—. Ella contestó: "Cada vez que un autor me despide. La suerte es que la mayor*

*parte de las veces, pasado un tiempo, regresan. Y debo reconocer que tengo una gran alegría con este regreso, excepto en algunos casos en que me siento tan dolida que prefiero borrarlos de mi mente."*

La Balcells no me borró tan pronto de su mente.

Un par de meses después de mi regreso a México, como una cachetada con guante blanco, recibí de su agencia un cheque por quinientos dólares que avalaban el anticipo de una impresión al rumano de *Los albañiles* en la editorial Petrus. Aunque ninguna carta personal acompañaba aquel envío, la Balcells parecía decirme sin palabras: "Ya ves cómo sí las puedo, cuando quiero."

Desde luego jamás recibí un ejemplar de la obra publicada. Fue mi suegra Hortensia quien en un viaje a Rumania conoció casualmente —en las clínicas de rejuvenecimiento de la doctora Aslan— al traductor de *Los albañiles*: Gheorghe Bala. Por conducto de mi suegra, Bala me envió un ejemplar autografiado de *Cine l-a ucis pe don Jesús?*

Durante una década me olvidé por completo de Carmen Balcells y de su exitosa agencia. Representaba a ciento ochenta escritores de España y Latinoamérica; pocos mexicanos: Eugenio Aguirre, Jorge Ibargüengoitia, Fernando del Paso y Juan Rulfo. Lo que más me llamó la atención fue ver en su catálogo el nombre de Salvador Garmendia, que tan indiferente a la fama se mostraba. Y le fue bien con ella al zaparrastroso venezolano con quien perdí toda comunicación. Logró que lo tradujeran al húngaro, al polaco, al francés, al alemán, al italiano, al holandés.

*"Aspiro a que los autores de éxito se conviertan en estrellas económicamente hablando —presumió Carmen a Xaví Ayén—, comparables a un tenista, a un cantante de ópera, a un futbolista...*

También a la pintoresca agente le atraía el dinero y se volvió millonaria:

*"Nunca lo he escondido: el sueño de mi vida ha sido ser rica. Ha sido obsesión: tener suficiente dinero para no tener que pensar más en él. Desde luego es un milagro que una cosa tan deprimida como el mundo de los derechos de autor me haya permitido vivir como he vivido."*

Además del dinero, la Balcells disfrutó siempre del fervor incondicional de sus representados. Algunos le dedicaban sus libros: Rosa Regás, *La canción de Dorotea*; Juan Carlos Onetti, su última novela, *Cuando ya no importe*, con una frase graciosa: *Para Carmen Balcells, sin otro motivo que darle las gracias.* Carlos Fuentes la elogió con un chiste que parafraseaba a Monterroso: *Cuando Cervantes apareció, Carmen Balcells ya estaba ahí.* Fernando del Paso con una afirmación rotunda: *Ser escritor y no tener como agente a Carmen Balcells es vivir a la intemperie. Los no elegidos, que se cuiden.* Y José Donoso llegó al extremo de convertirla en personaje de *El jardín de al lado*, caricaturizada con el nombre de Nuria Monclús: *Se murmuraba que esta diosa tiránica era capaz de hacer y deshacer reputaciones, de fundir y fundar editoriales y colecciones, de levantar fortunas y hacer quebrar empresas, y sobre todo de romperle para siempre los nervios y los callos a escritores o editores demasiado sensibles para resistir su omnipotencia, encarnada en la majestad de su calado y la autoridad de su trono, alimentada por la caja de bombones siempre sobre la mesa de su despacho, al alcance de sus dedos de agudas uñas pintadas de un rojo vivo como si las acabara de hundir en la yugular de algún escritor fracasado.*

Antes de que concluyera la década de los setenta, extinto para mí el frenesí por alcanzar lo inalcanzable, reconciliado con la realidad, mi amiga Anne Marie Mergier, corresponsal de *Proceso* en París, pasó por México y me habló de su interés por entrevistar a la Balcells en Barcelona. Dudé que lo consiguiera —la catalana era reacia a las entrevistas—, pero le di algunos tips sobre lo que podría preguntarle.

Anne Marie pensaba llevarle un ejemplar de *Los periodistas* autografiado. Eso, quizá, facilitaría la entrevista, me dijo. O la arruinaría, le respondí.

Terminé aceptando y pergeñando una dedicatoria ambigua por ese afán de "medirle el agua a los camotes", por la morbosa curiosidad de saber su reacción.

Aunque Carmen Balcells no se dejó entrevistar por Anne Marie Mergier, agradeció mi libro con un télex enviado a la redacción de *Proceso*. Entre saludos cariñosos ofrecía hacerse cargo nuevamente de mis libros. Me pedía una lista de las novelas que llevaba escritas hasta entonces, con una relación detallada de las editoriales donde se habían publicado ¡o traducido!

Pasé por alto la involuntaria ironía del télex y le mandé la lista de inmediato. No abrigaba esperanza alguna, la verdad, pero era la oportunidad de restablecer un contacto. Varias de mis novelas aludían a una problemática sumamente local que de seguro no despertaría el interés de la Balcells, si acaso las leía, lo que era muy improbable, o las daba a leer a sus esclavos.

Prometía además, en mi respuesta, enviar ejemplares de los títulos que su agencia me señalara como "dignos de consideración" porque ninguno circulaba en España. Eran inexistentes. Incluso *Los albañiles* había desaparecido de las librerías españolas pese a ser editado por una firma catalana. Cuando alguna vez pregunté en Madrid por mi novela del 64, la pantalla de una computadora de La Casa del Libro me respondió con un escupitajo: *Descatalogado*.

Nunca recibí de la agencia de Carmen Balcells respuesta alguna a esa lista. Ni siquiera un acuse de recibo.

Vi por última vez a Carmen Balcells en 1980, en ocasión de una de aquellas primeras ferias internacionales del libro en el Palacio de Minería. Por no sé qué motivo —la presentación de una serie de historietas que Guillermo Schavelzon coeditaba con la SEP, me parece— se organizó una cena en el San Ángel Inn.

Ocupé un asiento en la mesa donde se encontraba Joaquín Díez Canedo y un envejecido pero alerta Carlos Barral, con un vaso de agua frente a él en lugar de la copa de vino o del whisky que nunca faltaban en sus manos. Casi no se hablaba de literatura. Barral se veía empeñado en que supiéramos cómo había vencido su alcoholismo a punta de parches mágicos. Así los llamó mientras se jaloneaba la camisa para mostrarnos el minúsculo aditamento al que le debía la posibilidad de continuar haciendo planes como editor, como poeta, como autor de una autobiografía que empezaba a escribir.

Cuando me levanté rumbo a los sanitarios la descubrí. Más bien me descubrió ella porque a primera vista resultaba difícil identificar a la Carmen Balcells de los años setenta con esa matrona detenida en un pasillo del comedor. Vestía de blanco, con la piel pálida de su rostro enrojecida por el sol de vacaciones en la playa. Traía el pelo recogido y me pareció más obesa que nunca, con su vestido suelto hasta los tobillos.

Pronunció mi nombre y yo el suyo luego de los segundos que tardé en aproximarme.

Estaba en México por la feria del libro. Más bien para viajar por tu país que tanto me gusta, dijo.

Le hablé del télex con mi lista de libros que nunca recibí —juró y juró— porque la verdad me interesaba mucho saber lo que has estado haciendo en estos años.

—Necesitamos reanudar nuestra historia de amor —sonrió como de costumbre.

Yo también sonreí.

—Quiero volver a manejar tus libros. Quiero tenerte en mi agencia.

Antes de que yo soltara cualquier frase de cajón se distrajo para saludar a alguien que le llenaba de signos admirativos.

—¿Por qué no me buscas en mi hotel? Estoy en el Hotel de la Ciudad de México, ¿sabes cuál?

Sonrió, sonrió.

—A ver qué puedo hacer por ti.

Le respondí que la llamaría para programar una cita, pero desde luego no tenía la menor intención de verla más.

Las uvas estaban verdes.

# Herido de amor, herido

## 1

Desde la ventana del cobertizo donde se atareaba con sumas y restas, cuentas por cobrar, entradas y salidas, José María alcanzó a divisar a la Francisca. Era una chica risa y risa, pizpireta. Traía el cabello revuelto, como a propósito, y una enagua y una blusa azul que le aliviaba los pechos con la rejilla del escote. Arriba de sus ojos negrísimos, las cejas bigotonas subrayaban su frente.

No estaba sola, por desgracia. Había apoyado su espalda contra las redilas de un carretón, luego de que Matías Carranco terminó de cargarlo con costales y botes lecheros que recogía cada jueves ahí, en Los Arroyos. De ojos saltones como de pez, Matías trabajaba en la tienda de Tepecoacuilco —instalada en la casona La Condesa de la Maturana— y sus viajes a Los Arroyos le permitían echar la platicada con la Francisca. Eso le molestaba a José María a pesar de que él y Matías eran amigos; casi hermanos, le dijo alguna vez el tendero cuando bebió de más en el zaguán de don Nepo. Hermanos o no, parecía palmario que el avorazado amigo trataba de hincar el diente a la palomita a sabiendas de que José María fue el primero en pretenderla, de hacía cuatro meses a la fecha. Y ella aceptó entrompando su boquita, con los ojos bailándole de parpadeos.

Canijo aprovechado, pensó José María mientras se olvidaba de la contabilidad para concentrar su atención en la escena enmarcada por la ventana.

Matías se había colocado enfrente de la Francisca, y al tender el brazo izquierdo hasta las redilas del carretón su cuerpo quedó a una cuarta de la muchacha. Luego, cuando la pinza de la otra mano trató de prensar un mechón del cabello femenino que se anillaba en la frente, Francisca se le escurrió ladeando el cuerpo y evitando así lo que podría convertirse en un abrazo abusivo.

Hasta José María llegó la risa de la muchacha revoloteando lejos de Matías. Éste replicó algo que no se alcanzaba a oír a la distancia, y al rato ya iba desapareciendo en su carreta con la mercancía quincenal para la tienda. El polvo que el armatoste levantaba por el camino terminó borrándolo por completo.

En el gallinero encontró José María a su Francisca.

—Qué pasa contigo y con ése —preguntó el muchacho con el entrecejo arrugado.

—Con quién.

—Ya sabes de quién hablo.

—Nada, es mi amigo. También tuyo ¿no?

Las gallinas se amontonaban como una plaga mientras Francisca se abría paso esparciéndoles granos de maíz.

—Así como lo tratas parece que te gusta.

—¿Estás celoso?

—Te estoy preguntando.

—Y yo te estoy diciendo que estás celoso —lo miró de frente, con la boca entreabierta como invitándolo a un beso.

José María avanzó dos pasos y tendió su mano para tocarle un seno, pero la muchacha, igual que había hecho un rato antes con Matías Carranco, se le escapó entre el cacareo de las gallinas.


## 2

De niño, mientras cuidaba rebaños y llevaba a pastar las vacas de un establo de Valladolid, José María aprendió a leer y a escribir con una letra enroscada y diagonal. Luego, recomendado por un tío, trabajó de arriero con don Benito. Éste era un viejo sabio, barbón, que le relataba con detalles novelescos los maltratos sufridos por él y por los purépechas de la región a expensas de los encomenderos españoles. Vivían en la esclavitud.

Pagaban con el látigo o con la vida sus rezongos. Acumulaban resentimientos. Legaban el odio a sus hijos.

Con don Benito, José María recorrió los caminos de la tierra caliente, hasta Acapulco. Cargaban sus mulas con la mercancía de los galeones llegados de la China —sedas, especias, muebles tallados, chucherías— y emprendían el fatigoso regreso a Valladolid o rumbo a la ciudad de México.

Cuando don Benito murió de viejo, José María ya conocía la ruta y el negocio. No le iba mal. Con lo ganado mantenía generosamente a su madre Juana.

Cerca de Acapulco, en pleno trajín, conoció una noche de tragos a los hermanos Galeana. Tenían fama de piratas e incluso se cubrían la cabeza con el singular paliacate de los hombres del legendario Drake. En realidad eran sólo intrépidos asaltantes que saqueaban las naos orientales cuando estaban a punto de llegar al puerto o cuando ya habían anclado. Con uno de los Galeana, un tal Hermenegildo, valiente y fortachón, amistó y negoció José María para que parte de la mercancía expropiada no fuera hacia Valladolid sino a las cuevas donde los forajidos se escondían: verdaderos refugios de piratas de quienes José María recibió no sólo buena paga sino el trofeo de un paliacate como el de ellos. Se lo enredaron en la cabeza para cubrirle una herida reciente, y él lo aceptó como una honrosa distinción.

—Ya eres de los nuestros —le dijo Hermenegildo con una carcajada.

José María no dilató mucho tiempo trabajando para los hermanos Galeana. Decidió dejar la arriada y encalló en Los Arroyos, una hacienda propiedad de Antonio Gómez Ortiz cercana a Tepecoacuilco.

Desde los primeros días, don Antonio miró con buenos ojos al muchacho. Además de ser hábil para arrear al ganado y conducir la caballada a buenos pastos, le inteligía a los números y resultó muy eficaz en lo de llevar la contabilidad de la hacienda. En eso, y en enamorar a Francisca, la sobrina de don Antonio, concentró todo su tiempo José María. Su único estorbo era el mentado Matías Carranco: una pulga en la oreja, como decía don Benito; una mosca zumbando sobre el delicioso pastel.

**3**

—Me lo hubieras dicho, hermano, caray. Yo no sabía que tú y Pachita andaban noviando.

—Con la venia de don Antonio, para que te enteres.

—Yo no sabía.

—Pues ya lo sabes.

Era sábado. Pulqueaban en el zaguán de don Nepo, en Tepecoacuilco. Llevaban horas discutiendo de eso y de aquello y de lo demás allá, hasta que José María se atrevió a enfrentarlo sin pelos en la lengua. Que la Francisca es mi niña del alma. Que no te metas donde no te llaman. Que voy a seguir con ella hasta el casorio.

—Está bueno. Ya. Te dejo el campo libre —dijo en tono de buena fe Matías Carranco.

—Si no es por las buenas será por las malas —tronó José María envalentonado por el pulque.

—Lo que importa es nuestra amistad —lo calmó el tendero.

—Qué bien que lo entiendas.

—Para mí los amigos valen más que las hembras, hermano, te lo juro. Contigo hasta la muerte.

—De acuerdo, no se hable más.

—Salud —dijo Matías y levantó el tarro de pulque.

—Salud —replicó el muchacho.

**4**

Pero sucedió que un domingo por la tarde se organizó en Ahuacatitlán, en una hacienda cercana a la de don Antonio, una jubilosa merienda con el pretexto de ir a recoger nanches al día siguiente y echar un baile entre la muchachada riquilla de la región. Francisca fue la primera en apuntarse porque bailar representaba para ella el mayor de los placeres, según le dijo equívoca, coqueteando, al bueno de José María el único día en que se besaron boca a boca en el brocal del pozo. Él hubiera querido estar en la bailada con Francisca pero no pudo ir. Andaba en Valladolid. Su madre enferma, machacada por las jaquecas, lo había llamado con urgencia.

Quien sí se presentó en Ahuacatitlán fue Matías Carranco, ya avanzada la tarde. De acuerdo con lo que luego contaron a José María, se le vio bailar un par de charangas con Francisca, aunque pronto desapareció. Regresó en la noche, cuando el festejo agonizaba. Venía montado en un alazán árabe y de repente, sin que lo advirtieran los danzantes, arrebató del patio a la Francisca, la trepó a su caballo y se largó con ella cabalgando en la oscuridad.

Si fue un rapto o una fuga convenida de antemano era una cuestión que los testigos no lograron esclarecer, primero ante don Antonio —quien reaccionó con furia descomunal— y luego ante José María al regresar a la hacienda cuatro días después.

A la contrariedad por su madre enferma se agregó el dolor de la puñalada que le significó la desaparición de Francisca. Y la rabia. Una rabia apenas domeñada cuando la cocinera de la hacienda le dijo, con la experiencia de sus años:

—No te hagas tonto, José María, ella se fue por su propia voluntad.

Don Antonio, en cambio, lo retó:

—Yo en tu lugar me iba ahora mismo a arrancarla de las pezuñas de ese rufián. Y lo castraba a machetazos.

José María dudó por unos instantes entre los dos consejos, y lo que terminó haciendo fue renunciar a los trabajos en la hacienda. Regresó a Valladolid con su madre enferma.

## 5

El té de tila y azahar que le recetó el curandero y los imprescindibles chiqueadores en las sienes habían atemperado por fin las jaquecas a Juana Pavón. Más pronto terminaría de aliviarse con la noticia de que su hijo regresaba para siempre a su casa.

—¿Vas a volver a la arreada? —le preguntó su madre, apenas lo vio.

—Voy a buscar a don Justo. Con suerte me contrata como administrador de su hacienda.

—¿Y qué pasó con lo de estudiar para cura? Me lo prometiste una vez, ¿te acuerdas?

No era cierto. Nunca se lo había prometido. Era Juana quien se lo pidió desde niño. Soñaba con tener un hijo sacerdote, no sólo por lo que representaba como reputación social, sino por la maldita capellanía que el abuelo de la mujer había dejado en herencia a sus descendientes, y de la que ella no lograba conseguir la asignación luego de trámites y más trámites. Ni ella ni José María olvidaban lo dicho por el juez de Valladolid: que con un cura en la familia, la tal asignación —tasada en doscientos pesos anuales— llegaría sin más trámite que una firma del obispo en el legajo retenido durante años por el juez.

—Le harías un favor a Dios y a mí.

—Yo nací para vivir con mujer —replicó José María—. Tú lo sabes.

—Las mujeres sólo traemos problemas —dijo Juana.

—En eso tienes razón —admitió José María.

La noche de esa platicada, luego de cenar un par de sopes y beber jarro tras jarro de charanda hasta que su madre dijo ¡ya basta!, el muchacho salió a la calle pensando en la maldita Francisca. Quería saberla inocente. Quería convencerse de que ella no se había largado por su voluntad con el amigo traidor. Él se la llevó a la fuerza, y a la fuerza la desvirgó a la orilla de la barranca, entre forcejeos y gritos de su niña del alma. Quería que ésa fuera la verdad, pero seguramente no sucedió así porque Francisca no era dócil, ni dejada, ni débil. De resistirse como una mujer valiente se habría tirado del caballo o emprendido su defensa a puñetazos y mordidas. No. Se fue porque quiso. Porque Matías le pintó de colores un amor que el muy canalla no era capaz de sentir. La embriagó de palabras. La engatusó el hijo de su mala madre.

De la fuente de la plazuela cruzó hacia el Colegio de San Nicolás donde estudiaban los seminaristas y adonde su madre quería ingresarlo, pobrecita, siempre pensando en el dinero de la capellanía.

Se alejó calle arriba, hasta las afueras, y en el angostillo de El Refugio encontró el rebaño de suripantas en oferta. Eligió una de senos inflados aunque resultó demasiado obesa para su gusto. Uno de sus pechos —qué extraño— no tenía pezón. Apestaba a letrina y masticaba hojas de mastuerzo durante la cópula en aquel camastro de un cuartucho húmedo, horrible, invadido de moscas. Pero la gorda se movía bien.

No era la primera vez que José María volcaba en el sexo su frenesí. En sus tiempos de arriero tuvo encuentros frecuentes con indias y mulatas que le salían al paso, y en compañía del pirata Hermenegildo visitó lupanares de Acapulco donde abundaban el vino y el aguardiente antes y después del comercio carnal.

En esta ocasión, con la mujerzuela del callejón de El Refugio, mientras oprimía los párpados para pensar en Francisca, se dejó ir como si lo hiciera por última vez.

Al día siguiente ya había tomado una decisión. Apenas se alzó de la cama fue a buscar a su madre. La encontró barriendo y le dijo que sí, que estaba bien, que no necesitaba implorar más a la Guadalupana: entraría en el seminario.

Tenía veinticinco años cumplidos.


# 6

Dedicado durante siete, casi ocho años al estudio de la filosofía, de la teología, del latín y de la historia, José María fue un estudiante ejemplar en el seminario. De su maestro don Miguel —quien fungía como rector del Colegio de San Nicolás— recibió enseñanzas que jamás olvidaría. No sólo sobre las verdades del dogma y la historia del cristianismo, sino sobre la realidad inmediata de aquel mundo colonial que sojuzgaba a los naturales de la América.

Mientras José María recibía por fin las órdenes sacerdotales por conducto del obispo fray Antonio de San Miguel, su madre continuaba realizando gestiones para recibir el dinero de la capellanía heredada. Murió antes de conseguirlo, cuando José María fue enviado al curato de Churumuco y luego al de Carácuaro y Nocupétaro.

Se convirtió en un cura valiente, de sermones incendiarios.

—Dios no ayuda si no lo obligamos a que nos ayude —predicó un domingo en el templo de Carácuaro—. El gran pecado de nuestro tiempo es la injusticia y la única manera de aliviarlo es la lucha contra los poderosos.

Apenas se enteró de aquellos sermones sediciosos, el obispo De San Miguel lo mandó llamar para amenazarlo con un castigo inquisitorial porque sembraba en sus humildes fieles, dijo, ideas contrarias a los principios de la santa madre iglesia.

Lo de siempre:

—El pecado es el sexo, el crimen, la rebeldía contra nuestras autoridades que son los representantes de Dios en la tierra. —Y remató el obispo: —O te enderezas o te quiebro, José María, así como lo oyes.

El nuevo cura amainó el tono de sus sermones, pero no consiguió contener sus impulsos sexuales. Se enredó pronto con Brígida Almonte, una chiquilla de catorce años sobrina del gobernador de la comunidad, Mariano Melchor de los Reyes. No se enamoró de ella, como lo seguía estando de la añorada Francisca; era solamente la respuesta a aquella necesidad confesada a su madre: No puedo vivir sin mujer.

Cuando la situación se hizo pública en Carácuaro, buena parte de sus fieles se hicieron sordos al chismerío. El cura tenía virtudes más trascendentes que sus deslices: atendía a los necesitados, aliviaba sus cargas, los convencía de la urgencia de cambiar aquí, ahora, la realidad, en lugar de esperar con resignación el tránsito a la vida eterna.

Brígida parió por fin al primer hijo de José María y él mismo, con una jícara de Olinalá, derramó el agua bendita sobre la frente del pequeño varón bautizado con el nombre de Juan Nepomuceno Almonte.

7

A trece años de que fue enviado al curato de Carácuaro, a veinte de que abandonó la hacienda de don Antonio, José María volvió a saber de Francisca Ortiz.

Era otra persona José María, no en balde los cuatro lustros transcurridos. La explosión revolucionaria desatada por su maestro don Miguel tuvo en el cura su más entusiasta seguidor. Lo dejó todo para convertirse en insurgente, pronto en general en jefe de la división del sur. Empezó con un ejército de dos mil voluntarios, a los que se sumaron los hermanos Galeana —aquellos piratas de Acapulco—, y con miles más que se agregaban tras cada batalla mantuvo el fuego liberador que los realistas de Félix María Calleja creían haber extinguido cuando don Miguel y sus generales fueron ajusticiados.

Hermenegildo Galeana era el único enterado de la legendaria historia de amor entre José María y Francisca. Se la relató el propio José María una noche de las setenta y dos soportadas con hambres y desabasto en Cuautla durante el sitio que Calleja infligió al ejército insurgente.

Le habló de Francisca y de Matías Carranco. De la herida de amor que no cicatrizaba. De su afán de venganza.

—Fue un amor de chavales, carajo. Ésos se tiran a la barranca y se acabó —le replicó Hermenegildo, confianzudo como siempre—. Ya pasaron veinte años, ¿no dices?

—Pasarán otros veinte y yo seguiré pensando en ella —respondió José María, no como el hombre de guerra en que se había convertido, feroz frente al enemigo, implacable en las batallas, cruel con los prisioneros, sino como un chamaco indefenso a punto de las lágrimas.

—¿Sabes algo de ella?

—Que vivía en Yestla con ese malnacido.

—Veinte años juntos parece mucho. Se habrán enamorado.

—Eso no borra la traición.

Luego de roto el sitio de Cuautla en una hazaña militar en la que deslumbró el arrojo de Hermenegildo, el viejo pirata —preocupado en todo momento por las jaquecas amorosas de su jefe amigo—, decidió investigar sobre el paradero de Francisca. Con tal motivo envió a dos asistentes, Tomás del Moral y Manuel Luján, a que fueran a Tepecoacuilco para obtener información de don Antonio Gómez Ortiz.

Estaban cerca. El ejército insurgente marchaba hacia Chilpancingo y Acapulco, y en Iguala los alcanzaron los enviados de Hermenegildo para dar cuenta de su misión. Desgraciadamente era cierto: Francisca seguía viviendo con Matías Carranco, pero no en Yestla sino ahí, muy cerca, en Chichihualco, según le hizo saber don Antonio.

La noticia, transmitida a José María por Hermenegildo Galeana, irritó a José María tanto como lo irritaban los empecinados acosos de Calleja, su odiado rival en la guerra. El otro rival, más íntimo, clavado en el corazón como un disparo de mosquete, era Matías Carranco.

—Don Antonio le dijo a Luján que Carranco se incorporó a la insurgencia —informó Hermenegildo—. Anda con Juan Zavala, de la gente de Ignacio Rayón en el Bajío, pero va y viene a Chichihualco. Ahora está ahí.

—¿En Chichihualco?

—Se puede ir y volver en dos días.

—Tú y yo solos, ¿me acompañas?

Hermenegildo asintió.


## 8

A solas, a la mera orilla de un arroyuelo que sangraba apenas al río Teloloapan, Matías Carranco daba de beber a su caballo. Se había anchado de hombros, encanecido prematuramente el cabello ensortijado, pero su bigote espeso seguía subrayando, en los momentos del parloteo, el filo de su maldita ironía.

Estaba de espaldas, en cuclillas. Se irguió y se dio la vuelta al oír cómo se quebraba la hierba anunciando la presencia del par de jinetes que surgió de entre los matorrales. Descubrió pronto a José María y no pudo disimular su asombro: se abrieron como monedas de plata sus ojos de pez.

José María desmontó. Llevaba la cabeza envuelta con un paliacate grana y también se había enanchado de hombros y endurecido. Era ya el general de los ejércitos insurgentes. El guerrero mentado con temor y respeto en toda la región.

—Caramba, ¡quién está aquí! —exclamó Carranco y de inmediato se defendió con el gesto sardónico que le tensó los labios—. El afamado general.

Hermenegildo curveó la pierna derecha para desmontar con lentitud: los ojos puestos en el rival que obsesionaba a su amigo. Era la primera vez que lo veía.

—Qué bien que me recuerdas —dijo José María—. Vine por ti.

—¿Para que vaya a pelear contigo?

—Para matarte.

José María desenfundó el machete mientras Hermenegildo se aproximaba.

—No juegue con eso, general. Estoy con los tuyos, con Juan Zavala.

—Y Francisca qué. ¿Te cansó y la botaste?

—Está aquí en Chichihualco —dijo Matías señalando con la mano abierta hacia el rumbo donde se hallaba el pueblo—. No me la robé como te dijeron. Pachita se vino conmigo por sus propias ganas.

Con el machete empuñado, José María avanzó dos pasos nada más. Retrocedió Carranco pero tomó alientos para añadir:

—Ya pasó mucho tiempo de eso, José María, ya qué. Te hiciste cura, ¿no dicen? Ahora lo que importa es la insurgencia y en eso/

—No vine a discutir. Defiéndete.

—Estoy desarmado.

José María hizo gesto de entendimiento a Hermenegildo. Éste extrajo su machete de la funda y lo arrojó hacia Matías Carranco.

Carranco no mostró intenciones de levantarlo. Sonrió, pero no con su risita cínica sino con un grave gesto de aprensión.

—Vamos hablando, Chema, como en los viejos tiempos, con un aguardiente de por medio.

La respuesta de José María fue un amago con el machete agitado al aire que desbalanceó a Carranco. Éste agarró por fin el arma que le había arrojado Hermenegildo y abrió las piernas para asentarse, dispuesto al duelo.

La pendencia duró segundos. El primer embate de José María hizo sonar el metal que empuñaba Carranco y se lo arrancó de la mano. El machete salió volando de manera que el rival quedó desarmado. Sus párpados abrían y cerraban nerviosamente los ojos de pez. Quiso huir hacia el arroyo pero José María lo derribó de un patadón. Con otro lo lanzó hasta la orilla y fue a él para encajarle el machete en el pecho.

Hermenegildo pensó que lo degollaría sin piedad. Tal era el gesto de José María que le hizo recordar la reciente batalla en Cuautla, cuando vencieron a un ejército tres veces mayor. Ahí lo vio batirse con una ferocidad que nada tenía que ver con aquel párroco de Carácuaro compasivo y generoso.

José María detuvo su impulso mientras Carranco suplicaba, aterrado:

—Yo no te traicioné, fue Pachita. No me mates. Por Diosito, no me mates.

La respuesta de José María sorprendió a Hermenegildo.

—Lárgate, vete con Zavala. Deja en paz a Francisca. Pero si te vuelvo a ver, lo juro por la salvación de mi madre, te degüello como a un cerdo.

Con el rostro escurrido de lágrimas, chapoteando desorientado en el arroyo, Matías Carranco regresó a su caballo y en él salió disparado entre la maleza en sentido contrario al camino por donde se llegaba a Chichihualco.

—A los traidores se les ejecuta sin piedad —dijo tranquilamente Hermenegildo—. Tú me lo enseñaste, es la ley de la guerra.

—Ésta es una guerra personal, nada tiene que ver con la nuestra —respondió José María.

Por primera vez, el gesto contrariado de Hermenegildo pareció reprobar a su general.

**9**

La encontró ovillada en el camastro, con una trenza que le colgaba más abajo de los hombros. El calor le había hecho deshacerse de la manta y un batón largo le cubría hasta los tobillos.

—Francisca.

Aunque el cuerpo había inflado sus curvas y los pies desnudos parecían los de una mendiga, el rostro de piel exquisita continuaba siendo el de su niña del alma.

—Francisca.

Creyó despertar de un sueño o seguir sufriendo una pesadilla porque delante de ella, de pie en el quicio de la puerta, se hallaba un hombre que le recordó a José María. Era él. Era José María. Más grande, más fuerte. Enojado, pensó. Dispuesto a extender las manazas para estrangular su cuello.

—Francisca —oyó la voz que la despertaba cuando la mañana se metía por la ventana donde un pajarraco revoloteó asustado.

Ella no pudo proferir el nombre del intruso hasta que la bola de metal desahogó su garganta.

—Yo no fui. Yo no quise. Matías me robó —gemía quebrada por el llanto como si lo de aquella maldita merienda en Ahuacatitlán hubiera ocurrido el día anterior.

El culatazo de una cachetada la hizo caer de espaldas sobre el camastro.

—A ti te he querido siempre, siempre, a ti, solamente a ti —recobraba el aliento mientras José María se desarmaba de sus trapos y se tendía encima de ella, no para degollarla sino para prenderla en un abrazo que pareció devolver al insurgente los años jóvenes de su pasión.

Entre jadeo y jadeo ella no dejaba de llorar:

—Me convirtió en su esclava. Me maltrató siempre. Me hizo lo peor que se le puede hacer a una mujer.

—¡Cállate, con un carajo! —gritó José María y se acabaron de una vez por todas las palabras y el llanto.

Una hora después, Francisca terminó de vestirse, de desenredarse el cabello y de liar un atado de ropa. Con el atado salió corriendo hasta donde la esperaba José María en el corral de aquella casa desvencijada y pobre, indigna de la mujer más bella de la región.

Ambos salieron de Chichihualco en el caballo de José María, entre las miradas espionas de los vecinos y las murmuraciones que se tejieron después en torno a cómo la casquivana de Francisca se largaba ahora, así como así, con el mayor descaro, con un cura convertido en insurgente que, bueno, sí, salvaría a todos de los gachupines pero era un cura al fin y al cabo.

—¡Ave María purísima!

—¡Dios nos aguarde en su gloria!

## 10

A Hermenegildo nunca le gustó la Francisca Ortiz. No sólo porque no le creía su amor por el general, sino porque lo distraía de sus deberes militares. Era hipócrita, convenenciera, presumida por ser la servidora del jefe, y hasta coqueta con el recién incorporado Nicolás Bravo. Eso pensaba el brazo derecho de José María pero nunca se atrevió a decírselo de frente a pesar de ser su principal interlocutor.

José María y Francisca se ayuntaban a todas horas, en donde fuera, casi a vistas de la soldadesca: después de una batalla, durante las noches de acampamento; no había fatiga ni preocupación que los contuviera.

Por culpa de ella, porque José María se distrajo con sus calenturas, el general estuvo a punto de caer prisionero de los realistas en Tepeaca, durante su tercera campaña por el sur.

Cuando los insurgentes salieron rumbo a Chilpancingo, Francisca ya llevaba cinco meses de embarazo.

—No podemos seguir peleando con ella —le dijo por fin Hermenegildo.

—Quiero que mi hijo nazca durante nuestras campañas.

—¿A mitad de una batalla?

—A mitad de una batalla, como se alivian las mujeres de nuestros soldados.

—Por favor, José María, entiende.

Hermenegildo terminó convenciéndolo, y José María llamó a Tomás del Moral y a Manuel Luján para que se llevara a Francisca a Tepecoacuilco, a la hacienda de don Antonio Gómez Ortiz.

Ahí nació el varón que engendró José María en el vientre de Francisca.

## 11

Lo que tardaría en saber José María fueron las andanzas corridas por Matías Carranco desde que perdió a la mujer. Combatió ciertamente con Juan Zavala. Luego en el sur, con un destacamento acampado en Pie de la Cuesta y el Bejuco, pero una vez convencido de que los ejércitos virreinales terminarían venciendo a los rebeldes y harto sobre todo de la fama alcanzada por su rival en amores —a quien el congreso de Chilpancingo nombraría generalísimo de los ejércitos, alteza serenísima— decidió renunciar a la causa insurgente.

Matías estaba al tanto de todo lo relacionado con su Pachita: Que durante meses había sido mujer de José María. Que éste había conseguido lo que él nunca pudo: engendrarle un hijo. Que vivía ahora en Tepecoacuilco con la criatura, en la hacienda Los Arroyos.

Y para Tepecoacuilco tomó rumbo Matías Carranco luego de desertar del ejército insurgente.

Le resultó difícil trasponer la entrada de la hacienda protegida por don Antonio Gómez Ortiz. El viejo hacendado le impedía entrevistarse con su sobrina, de la que se había convertido en celoso guardián. Tuvo que ser la propia Francisca quien venciera la resistencia de su tío porque era su voluntad, su empeño, su urgencia, hablar con Matías.

Los testigos de esta historia, Tomás del Moral y Manuel Luján, no lograron averiguar el tono y el contenido de ésa y otras entrevistas que sostuvieron los viejos amantes. Pudieron deducirlo, sin embargo, por los acontecimientos que se desencadenaron después, en unos cuantos días.

Matías Carranco encontró a Pachita convertida en una mujer vencida donde las huellas de la edad se manifestaban en su cuerpo fofo, en su rostro herido de arrugas, en su desaliño. Vivía decepcionada de José María porque nada había hecho por comunicarse con ella. Ni siquiera se tomó la molestia de enviarle recados o misivas preguntando por el hijo. El general vivía obsesionado por la causa insurgente. Era lo único importante para él, lloró Francisca: sus batallas, su congreso de Chilpancingo, sus sentimientos de la nación.

Quizá no por amor sino por vengarse de su rival y ganar la última partida que significó la disputa por Francisca, Matías Carranco ofreció enderezarle la vida, rescatarla de la mala fama generada en Tepecoacuilco como madre del hijo de un cura. Le propuso hacerla nuevamente su mujer y bautizar a su hijo como si fuera propio con el nombre de José Vicente Carranco.

Del Moral y Luján certificaron la legalización del hijo bastardo —realizada con la abierta oposición de don Antonio Gómez Ortiz— en una pormenorizada relación de los hechos que enviaron de inmediato a Hermenegildo Galeana.

El valiente Hermenegildo no se hallaba entonces al lado de José María porque el ejército rebelde se había dividido en varios frentes para dispersar los acosos de Calleja. Hermenegildo peleaba cerca de Coyuca, y al recibir los informes de Luján y Del Moral mandó un jinete pronto con una carta para José María.

La cólera infló al general. Acampaba esa noche con sus hombres en las barrancas de un cerro chaparrón, entre biznagas y huizaches, iguanas, víboras, nubes de mosquitos chupasangre. Ardía una fogata. Chisporroteaban los leños. Más se acrecentó la luz naranja por momentos cuando cayó sobre ellos el papel encarrujado cuya última línea se alcanzaba a leer, con la letra atrabancada de Hermenegildo: *Debiste matarlo aquella vez.*

José María se alejó del grupo de soldados que compartían el fuego y se encaminó hacia la noche densa, negrísima.

Alguien llamó su atención:

—Generalísimo…

Pero José María aceleró el paso hasta un peñasco, se arrancó el paliacate como si se arrancara todos los recuerdos que lo unían a Francisca, y se soltó a llorar.

Pocas horas después recibió otra puñalada. Hermenegildo Galeana, su brazo derecho, su confidente, su amigo pirata de la juventud había sido derrotado en El Veladero. Trató de escapar, pero al hacerlo su caballo lo hizo estrellarse con la rama de una ceiba. Cayó inconsciente y un soldado realista lo remató con un disparo en el pecho.

Se iniciaba el declive.

## 12

Más que una batalla fue un despeñadero de hombres en fuga.

José María había divido a su ejército para proteger la columna que conducía a los miembros del congreso de Chilpancingo y para atraer con sus soldados a los realistas. Tras él salieron las fuerzas del teniente Manuel de la Concha apostadas en Temalaca cuyas órdenes eran, cueste lo que cueste, atrapar vivo al jefe de los rebeldes. En la escaramuza, éste se quedó con unos cuantos que los realistas emboscaron fácilmente.

Cuando José María desmontó de su caballo herido, los ojos de los mosquetes enemigos lo acosaron entre el herbazal. Un militar se aproximó bajo el resplandor de una luna que brillaba allá arriba, como una hostia consagrada.

—Volvemos a encontrarnos, general.

José María mantenía la cabeza gacha. La levantó para mirar a quien le hablaba.

Los ojos de pez y la sonrisa sardónica bajo el bigote espeso identificaron de inmediato a Matías Carranco.

—Tú.

Se oían gritos de júbilo de la soldadesca por la proeza alcanzada. Ruido de caballos caracoleando. Disparos lejanos.

Luego apareció Manuel de la Concha y sus órdenes movilizaron a la gente.

Desarmaron a José María. Le ataron las manos. Lo montaron a una mula cuya cuerda era tirada por el caballo de Carranco. Así llegó, cruzando las barrancas y el lomerío, hasta el pueblo más cercano: Tepecoacuilco.

Después de que lo metieron a empujones en un cuartucho y le quitaron la venda de los ojos, apareció de nuevo Matías Carranco.

—¿Sabes dónde estamos? En Tepecoacuilco. Ésta es la Casa de la Maturana, donde estaba la tienda en la que yo trabajaba, ¿te acuerdas? Ya no existe. Tampoco existe la pulquería de don Nepo, el de los curados de piña y de tuna. Regresamos al principio, mira qué casualidad.

José María inclinó la cabeza para no mirarlo.

—Terminaste perdiendo, José María. El último as lo tenía yo. Aquí vivo ahora, cerca de Los Arroyos, con Pachita, ¿sabías? Tu hijo lleva mi apellido. Lo puse bajo mi custodia.

El silencio de José María se prolongó mientras Carranco le desataba las manos.

—¿Necesitas algo?

—Quisiera ver a Francisca —se atrevió por fin José María.

Se torció la boca de Matías Carranco, sonrió con sorna:

—Eso sólo puede autorizarlo el teniente Concha. Y no sé si ella quiera.

—Es un favor.

—¿Qué vas a decirle?

—Verla nada más, por última vez.

Salió Carranco y una hora después le llevaron un plato de frijoles, tortillas, un jarro de café humeante. Otra hora, otras dos horas quizás, y la puerta se volvió a abrir. No era Francisca. Era don Antonio Gómez Ortiz; cojeaba por la gota, explicó. Se trenzaron en un abrazo largo. Al apartarse, don Antonio se limpió con el dorso de la mano un hilo de lágrimas.

—Pedí ver a Francisca —dijo José María.

—No quiso verte. Vine yo.

Meneó contrito la cabeza el prisionero:

—Es el fin, don Antonio. Hasta aquí llegué. Me van a matar.

—No pienses en eso. Hay mucho que se puede negociar todavía con Calleja.

—Morir es nada cuando se ha vivido tanto. Lo difícil es el trance que me falta —dijo José María al volver los ojos hacia el ventanuco por donde ya no se alcanzaba a ver la hostia consagrada.

*Después de ser degradado como sacerdote y enjuiciado por un tribunal militar, José María fue muerto por un pelotón de fusilamiento en Ecatepec, un poblado cercano a la ciudad de México, el 22 de diciembre de 1815. Tenía cincuenta años de edad.*

*Francisca Ortiz regresó a vivir a la hacienda Los Arroyos con su tío don Antonio Gómez Ortiz y murió de paludismo en 1819.*

*Matías Carranco fue ascendido a teniente por la captura de José María en Temalaca. Siguió militando en el ejército realista hasta la negociación de la independencia. En ningún documento público se consigna la fecha de su muerte.*

*José Vicente, el hijo de José María y Francisca a quien Matías Carranco registró con su apellido, sufrió numerosos atropellos por su origen. Cuando se asumió como hijo de José María, el sacerdote Narciso Orihuela lo denostó inquisitorialmente por ser hijo de un cura excomulgado. Cuando decidió conservar su apellido Carranco de su registro bautismal para huir de las descalificaciones eclesiásticas, los admiradores de la causa insurgente arremetieron contra él por ser "hijo" del traidor que capturó al héroe de la patria.*

\*\*\*

Bibliografía mínima: Leopoldo Carranco Cardoso y otros, *El siervo de la nación y sus descendientes,* Fimax Publicistas, Morelia, 1984 / H. Gilbert Timons, *Morelos: sacerdote, soldado, estadista,* Fondo de Cultura Económica, México, 1987 / Pedro Ángel Palou, *Morelos: morir es nada,* Planeta, México, 2007.

# Guerra santa

*Este relato de la vida real, como suelen llamarlos, deriva de un reportaje que Jorge Durand publicó el domingo ocho de septiembre de 2002 en el suplemento* Masiosare *del diario* La Jornada. *Durante algún tiempo traté de convertirlo en guion cinematográfico, luego de la autorización de Durand, pero ningún director ni productor se interesaron en filmarlo. Ahora es un simple cuento con algunos nombres propios alterados.*

Aunque no era sacerdote católico sino ministro metodista, Frank Alexander solía recordar la historia del Cura de Ars. Se la contó en Harrisburg, Pensilvania, cuando él era adolescente, su tía Emmy, la única católica de la familia de su madre. Y le impactó después, mucho después.

Según la tía Emmy, Juan María Vianney —que así se llamaba el Cura de Ars— hizo sufrir horriblemente a sus maestros de teología del seminario de Lyon. Tonto, cerrado de entendederas, de escasa memoria, reprobó varias veces teología uno y teología dos y no podía con la patrística ni con la dogmática. Pero era empeñoso, buena gente, tanto que decidieron concederle la ordenación. El mal menor: lo enviaron como párroco a un pueblucho olvidado de la diócesis de Lyon donde no haría daño. El infeliz se encontró con un templo derruido y un puñado de campesinos y ancianos que poco querían saber de la palabra de Dios. Fue durísimo para Vianney iniciar en esas condiciones tan adversas su tarea apostólica. Lo consiguió con energía, con mucha fe sobre todo a punta de sermones incendiarios, de confesiones que operaban milagros o gestos de caridad extrema que terminaron convirtiendo a la aldea de Ars en un centro religioso celebérrimo en la Francia de los albores del siglo diecinueve.

Precisamente como aquel Cura de Ars se sintió Frank Alexander cuando en los años cincuenta del siglo veinte fue enviado por la iglesia metodista de Pensilvania al poblado de Lopezville, Texas.

Él no se encontró con un templo en ruinas sino con una construcción flamante, bien plantada, limpia, se diría que elegante. Tenía una torre esbelta como nariz rectangular, techo de dos aguas y ventanas ojivales. El templo se veía amplio y cómodo; el problema eran los pobladores del lugar: la mayoría braceros o exbraceros mexicanos de segunda generación asentados en esas tierras por el cultivo del algodón; tibios practicantes de una religión ancestral plagada como panal de abejas de santos milagrosos. El resto de los habitantes de Lopezville eran texanos de nacimiento con superficiales creencias evangelistas, bautistas, presbiterianas, metodistas, incluso algunos se decían católicos conversos, pero las estadísticas los registraban como minoría.

Qué voy a hacer aquí —pensaba Frank Alexander igual a como se habría preguntado el Cura de Ars ante su aldea francesa—, con esta escasa feligresía, con esta competencia religiosa tan desigual.

Lo mismo que Vianney, él se sentía flaco de entendederas, con una fe recién asimilada en su corazón y con un celo sin el temple del reverendo John Wedley, fundador del movimiento metodista en los primeros años del siglo dieciocho. Frank venía de la segunda guerra mundial. Había combatido en el frente del Pacífico como piloto de caza. En una peligrosa operación estuvo a punto de morir cuando un kamikaze se lanzó contra su avión. El kamikaze se hizo papilla. Él salió ileso. Lo recogieron sus compañeros colgando milagrosamente de un árbol. Entonces juró ahí mismo, en el campo de batalla, que al término de la guerra abrazaría la fe de su padre, de su madre, de sus hermanos, la que había perdido en la juventud por andar jugándose la vida como aviador. Entraría de inmediato en el instituto metodista de Pensilvania.

Así se hizo pastor de almas y así se encontraba ahora empapado de sudor en ese pueblo apestoso cercano a la frontera de México.

Qué voy a hacer aquí, my God.

Lo primero que se le ocurrió —recordando un sermón del reverendo Mathias Gring, quien empezaba a difundir la idea de un ecumenismo religioso capaz de reconciliar algún día a todas las iglesias cristianas surgidas del evangelio— fue a visitar a su principal opositor, párroco de San Juan Bautista, el único templo católico del lugar. Era español. Se llamaba José María Azcona, enteco como Harold Lloyd, narigón, a punto de la calvicie.

La casa cural se hallaba adosada a un templo que desde años atrás no se había terminado de construir. Lo único concluido era la nave central, con vitrales rotos, bancas desvencijadas en su mayoría, candelabros con focos fundidos e imágenes de estuco y cuadros religiosos distribuidos por los muros descarapelados, en desorden: un San José por ahí, un Sagrado Corazón por allá, una santa que nadie sabía quién era, la Virgen de Fátima de rostro lánguido como apesadumbrado por el desbarajuste. Detrás del altar, en el mero centro del presbiterio: San Juan Bautista de cuerpo entero, a quien estaba consagrado el templo.

Frank Alexander fue recibido por Azcona con ese gesto agrio, de enojón consuetudinario que le conocían sus feligreses.

Cuando el reverendo metodista empezó identificándose como el nuevo pastor del templo vecino, Azcona lo interrumpió. Se levantó de la silla del comedor masticando aún el último bocado de un plato con residuos de salsa verde y giró hacia el recién llegado:

—No me diga más, ya sé quién es. Y no imagine que le voy a dar la bienvenida, ¿eh? La grey de este pueblo es católica, exclusivamente católica, ¿me oye?

—Sólo vine a presentarme con espíritu ecuménico —balbuceó Frank en un español aprendido, bien aprendido, en una academia del Coronet Hall antes de viajar a Texas—. Si le molesta que venga a saludarlo…

—Está bien, está bien —reculó Azcona—, tome asiento. Es una simple advertencia.

Frank dudó entre aceptar o permanecer de pie. Decidió sentarse.

—¿Quiere una copa de tinto? —ofreció Azcona señalando la botella mediada que tenía enfrente.

—No bebo, thanks.

La mirada tierna y las mejillas sonrosadas parecieron suavizar al cura español. Sin embargo fue directo al grano y se puso a despotricar contra el anglicanismo —al que trató de reformar el metodismo—, fundado por ese gordo libidinoso de Enrique Octavo que mató a Tomás Moro para poder tirarse a una puta. También contra el protestantismo de Lutero, cuyas derivaciones provocaron ese hormiguero de sectas, todas heréticas, utilizadas ahora por los yanquis para invadir a México culturalmente.

—Pero estamos en Estados Unidos —protestó Frank con suavidad—. Esto es Texas.

—Esto sigue siendo México, reverendo. La inmigración ha reconquistado a Dios gracias las tierras de la Nueva España.

Frank lo dejó hablar un rato más. Oprimió los labios para contener su ira creciente, hasta que Azcona reconoció la escasa religiosidad auténtica de estos campesinos muertos de hambre y fanáticos.

—El fanatismo puede ser la semilla para alcanzar una fe genuina —dijo Frank repitiendo una frase del reverendo John Wedley. No pareció escucharlo el cura español. Continuó con su idea:

—Y ése es el principal problema, no sólo para mí, también para usted.

—Le rogaré a Dios que no lo sea.

—Su antecesor, por ejemplo, ese zotaco de míster Hamilton, salió de aquí despavorido por la fuerza del catolicismo. No logró mover a las almas como yo. No lo suficiente aún, por desgracia, pero le garantizo que los domingos tengo el doble... qué digo el doble, el triple o el cuádruple de los que Hamilton lograba reunir al mes en su templo, muy nice como ustedes dicen, pero siempre vacío.

—Eso significa…

—Eso significa que somos enemigos, reverendo. Y que yo tengo el poder —levantó el índice— de excomulgar a todos los que pongan un pie en su territorio.

Esa noche, en su aséptico lecho metodista, Frank Alexander sufrió una crisis de insomnio provocado por la ira. Ése era su principal defecto: la iracundia. La padeció desde la infancia y se le agravó durante el frente del Pacífico. Se valía de ella trepado en su nave disparando contra la aviación enemiga. Ahora Azcona le había declarado la guerra y se lo imaginaba durante la duermevela con los ojillos rasgados de un japonés al que trituraba su ametralladora. Pelearé con las armas de mi religión, se decía, y el fucking catholic priest se arrepentirá de sus bravatas. God forgive me.

Ocupó un par de semanas en preparar su ataque. Con su asistente Tomy, que había trabajado para el cobarde Hamilton, elaboró un plan a largo plazo. Primero mandó imprimir y repartir con Tomy, casa por casa, volantes de presentación en los que incluía un mensaje ecuménico y anunciaba la reanudación de los oficios dominicales cuyos sermones serían, secretamente, trozos memorizados de los célebres sermones del fundador metodista con su cantaleta: Dios nos salva únicamente por la fe.

Visitó después a los correligionarios más fieles inscritos en el directorio personal de Hamilton. Éstos celebraron alegres la presencia de Frank en Lopezville, censuraron a Hamilton por su pereza apostólica y su cobardía ante Azcona y prometieron hacer una labor proselitista en el pueblo y sus alrededores, incluso entre campesinos católicos que empezaban a simpatizar con esta fe más abierta, más amorosa, menos hipócrita, decían.

Aunque no lo ayudó activamente, Frank recibía consejos prácticos del agnóstico Jack Arden en el hangar de McAllen. Jack alquilaba aviones en el aeropuerto para la fumigación y tenía una mujer metodista que, según la insidia de Tomy, mantuvo amores secretos con el reverendo Hamilton.

Dos matrimonios veteranos, el de los Greene James y el de los Smith, se encargaron de revitalizar el coro religioso encabezado por Anny Hunt —una pizpireta mujer de color— y el chicano Pedrito Mora. A ese grupo se sumó media docena de chicas texanas y mexicanas y un chiquillo de doce años de voz de canario, Alex Bolton, quien se convertiría tanto en acólito como en oveja predilecta de Frank Alexander.

La empresa más exitosa del pastor metodista, gracias a las aportaciones que consiguió de sus superiores luego de un viaje a Pensilvania, fue la de sufragar gastos para ofrecer a los pobladores —así lo consigna Jorge Durand en su reportaje— desayunos gratis, préstamos a fondo perdido, ropa outlet para quienes asistían a los servicios dominicales.

Compuso también el badajo roto de la campana. Adquirió un equipo de música General Electric con el que grabó los himnos del coro que eran transmitidos por altoparlantes en el exterior del templo.

La feligresía fue en aumento mes a mes, lo que irritó desde luego a José María Azcona. Una tarde se apareció en el templo metodista hecho un polvorín.

—¡Me está jugando sucio, cabrón! —le gritó a Alexander cuando éste, arrodillado en el reclinatorio central, fingía orar; en realidad memorizaba un sermón del reverendo Wedley.

Alexander se desconcentró al escuchar la irrupción sacrílega. Se puso de pie pausadamente.

—Qué bueno verlo aquí en nuestra santa casa —fingió con voz de santo.

—¡No se haga pendejo! —volvió a gritar Azcona—. Con ese maldito dinero que ustedes derrochan porque sí, claro, son millonarios, pueden darse el lujo de repartirlo como frijoles… con ese dinero están pervirtiendo a mis fieles como a suripantas.

—No estoy pervirtiendo a nadie, señor cura —sonrió irónicamente Alexander—. Trato de acercarlos a Dios, de ayudar a los pobres de nuestra comunidad, de multiplicar los panes y los peces como nuestro señor Jesucristo.

—¡No blasfeme, carajo! ¿Sabe lo que dice Papini del dinero? ¿Usted ha leído a Papini?

—Yo sólo leo el evangelio y los sermones del reverendo Wedley.

—Papini dice, y dice muy bien, que el dinero es el excremento del demonio. ¿Entiende eso? ¡El excremento!, ¡la caca!

—Cálmese, señor cura, estamos en un lugar sagrado.

—¡Sagrados sus huevos que le voy a patear ahora mismo!

—Ahora es usted el que blasfema aquí, por favor, ante el altar de Dios.

—Pues aténgase entonces a las consecuencias, hijo de su chingada madre —gritó por última vez José María Azcona. Se dio la vuelta y abandonó el templo a grandes zancadas. Ya no escuchó la risa de Alexander ni el fuck! que pronunció muy por lo bajo, como si hubiera disparado en la playa contra un maldito hijo del sol naciente.

El que hervía de iracundia aquella noche calurosa era esta vez el padre Azcona. Si no se la pasó insomne fue porque se bebió media botella del whisky que le regaló el obispo de Texas en su cumpleaños.

Al día siguiente, Azcona elaboró como respuesta su propio plan de ataque.

Consistió, en lo esencial, en aproximarse a sus fieles: visitar a las familias en sus casas, atender y confesar sin regaños a las beatas que se amontonaban frente al confesionario, escuchar los problemas de los inmigrantes recién llegados, ocultarlos de la migra. Decidió también asistir con más frecuencia a la cantina del pueblo, donde jugaba dominó y pagaba los tragos. Se fingió simpático al grado de que empezaron a llamarlo por su nombre de cariño: padre Chema.

A pesar de su escaso presupuesto, proveniente en un cincuenta por ciento de las limosnas y la celebración de bautizos, bodas y extremaunciones, organizó rifas no tan espectaculares como las de Frank Alexander pero muy celebradas por las mujeres. Reanudó desde luego el catecismo de las tardes auxiliado por doña Prudencia, una mujer hablantina con fama de chismosa, que acababa de vivir un milagro, decía.

Doña Prudencia era originaria de Jalisco y muy devota de la Virgen de San Juan de los Lagos. De acuerdo con lo que contó al padre Chema, la semana anterior, durante un viaje a México amparada por el plan gubernamental Bienvenido Chicano, abordó con Jesús Villezcas un autobús rumbo a Guadalajara. Circulaban allá por Mil Cumbres cuando el camionzote repleto se salió de la carretera, en una curva mal tomada, y cayó al barranco. El vehículo estaba a punto ya de rebotar hacia un profundo voladero cuando ella, en lo que dura un Jesúsdiosmío, se encomendó a la virgencita de San Juan de los Lagos y casi todos los pasajeros salieron ilesos del accidente.

—Fue un milagro, un milagro de la Sanjuanera —exclamaba escandalosamente doña Prudencia. Tan convencida estaba de la celeste intervención que trajo a regalar al padre Azcona una estampa tamaño carta de la virgen, protegida por un marco dorado más bien cursi, para que la colgara en el templo.

Aunque el padre Chema no creía en milagros ni calificaba como tales sucesos fortuitos como ése, aceptó la colorida imagen para no contrariar a doña Prudencia —deseoso como estaba de congraciarse con su feligresía— y la colocó en un muro lateral, arriba de la alcancía para las limosnas.

—Ahí no, padrecito —protestó doña Prudencia cuando entró en la iglesia y vio su cuadro relegado—. La Sanjuanera debe estar en el altar mayor.

—En el altar ya tenemos a San Juan Bautista. Es el patrono del templo y del pueblo.

—Pero es maricón, no hace milagros —volvió a protestar doña Prudencia.

—Pues ahí debe estar y ahí se queda, sobre la alcancía —neceó el padre Chema, terco como el gallego que era.

Doña Prudencia se sometió de mala gana, no dijo más. Sin embargo descuidó el catecismo, el rezo público del rosario de las seis de la tarde, para dedicarse a divulgar por el pueblo el inmenso favor recibido de la Virgen de San Juan de los Lagos y para instar a los vecinos a pedirle milagros con mucha fe, con garantizada esperanza.

Fue entonces cuando la guerra santa planeada entre José María Azcona y Frank Alexander entró en una etapa de impensada acritud.

Porque mientras Alexander trataba de aumentar su clientela con más desayunos gratis —hasta con meriendas sabatinas—, con más reparto de ropas outlet, con más aleluyas musicales tronando a todas horas por los altoparlantes, los católicos fanáticos, por su parte, iban de corriendito, sí, a la misa dominical del padre Azcona, aunque en realidad se detenían a rezarle a la Sanjuanera y a depositar sus magras limosnas en la alcancía. Tales limosnas se acrecentaron considerablemente cuando ocurrieron un par de milagros más: un niño que se cayó al pozo sin sufrir magulladuras y una gringa, justamente la esposa de Greene James, el ferviente metodista, quien le rezó a la Sanjuanera en secreto y a la vuelta de una semana se le desapareció de repente un tumor maligno incrustado por años en su seno izquierdo.

No tanto porque Azcona empezara a creer en milagros, sino por pura conveniencia en su guerra santa contra el reverendo metodista, el cura católico planeó con doña Prudencia traer de San Juan de los Lagos una réplica exacta de la venerada virgen jalisciense. La misma doña Prudencia acompañada por Javier Villezcas, beneficiario también del milagro del camión desbarrancado, emprendieron el viaje hasta el santuario siempre repleto de peregrinos, y en una de las numerosas tiendas religiosas del lugar adquirieron una imagen de bulto, de idéntico tamaño a la original, de la que sería la nueva patrona de Lopezville. Todo lo costeó el padre Azcona.

Para su entronización, Azcona invitó a monseñor Fitzpatrick, obispo de la diócesis de Texas, a oficiar en la solemne ceremonia. No obtuvo una respuesta afirmativa inmediata. Monseñor Fitzpatrick mandó decir que well well, tal vez participaría si se trataba de una devoción popular verdaderamente firme, ya se vería en el otoño, quizá.

En ese entonces sumaban varias semanas en que la iracundia había sido sustituida por la depresión en el ánimo de Frank Alexander.

Ni la lectura de los sermones y las meditaciones del reverendo Wedley, ni los aleluyas del coro de la negrita Anny Hunt —cada semana con menos cantores pero todavía con Alex Bolton, el de la voz de canario— aliviaban su profunda tristeza. El único consuelo, si acaso, se lo proporcionaba ir a McAllen en la troca que le prestaba Ronny Smith a visitar a su amigo Jack Arden, el de los aviones para la fumigación en los sembradíos de Upper Valley.

Jack también había sido piloto de guerra y lo comprendía. Bebían café en su oficina para despistar el calorón del desierto. Conversaban largamente. Jack de su mujer casquivana. Frank de su iglesia en franco declive.

—¿Por qué te hiciste pastor? —le decía—. La religión es una patraña.

Frank le hablaba de su tía Emmy y de la historia del Cura de Ars. El Cura de Ars había sido católico, por desgracia, pero en su lucha contra el demonio que le incendiaba su cuarto, que le destruía sus muebles, que lo atosigaba con maldiciones, encontró un ejemplo a seguir porque Frank luchaba también contra el demonio de Azcona, peor que el mismísimo Lucifer.

—Pero Azcona te venció, acéptalo. Haz de lado tu religión, Frank. Vente a trabajar conmigo o regresa a Pensilvania a conseguir un empleo de piloto.

—No —se resistía Frank—. Todavía no.

Luego de la plática consuetudinaria con Jack, éste le permitía montarse en uno de sus aviones, un monomotor Piper Cherokee, y el reverendo se lanzaba a volar por el valle recordando sus tiempos de piloto de guerra. Se sentía entonces más cerca de Dios. Era un poco como Dios asomándose desde las alturas a ese mundo de juguete que eran las casas, los árboles, los inmensos plantíos de algodón. Desde ahí oraba haciéndole preguntas al Supremo. Qué quieres de mí, Señor. Qué debo hacer para cumplir tu voluntad en este pueblo infame y caluroso.

Así pasaron dos meses, cuatro meses, seis meses.

Un mediodía, cuando Frank regresó a su templo luego de su rutinaria sesión aérea, sus dos chamacos asistentes, Tomy y Alex Bolton, le soltaron a bocajarro dos noticias apremiantes.

La primera: que gracias a las aportaciones del obispo de Texas habían puesto por fin la última piedra de la torre que corona la iglesia del padre Chema.

—Eso ya lo sé —dijo Frank Alexander.

—Y subieron una gran campana, nuevecita, para llamar a misa —informó Alex Bolton.

—También ya lo sé.

La segunda: que el próximo domingo, no éste sino el siguiente, el veintitrés de octubre, llegaría a Lopezville el obispo de Texas para celebrar una misa en la entronización de la Virgen de San Juan de los Lagos como patrona del pueblo.

Frank inclinó la cabeza. Se encerró en su cuarto y no salió del templo hasta la víspera de esa ceremonia humillante. Era sábado y decidió realizar su propia ceremonia en honor del fundador de los metodistas que cumplía doscientos sesenta y siete años y cuatro meses de haber fundado su iglesia. Resultó muy deslucida, casi no fue nadie; sólo míster Greene sin su esposa, los Smith, la negrita Anny Hunt, Tomy y Alex Bolton, quien cantó a capela un himno primoroso que hizo llorar a Anny Hunt.

Ya se habían retirado los incondicionales, ya el reverendo se estaba despojando de su vestimenta talar cuando resonaron en el templo, como balazos, las pisadas firmes de José María Azcona.

El cuarto de los pecados capitales: la ira.

—¿Viene a burlarse de mí?

—Vengo a invitarlo a nuestra fiesta, en actitud ecuménica como usted quería. ¿Se acuerda que me habló de ecumenismo?

—Antes de que me declarara la guerra.

—Usted la perdió, debe reconocerlo.

—Dios no ha dicho aún su última palabra.

—Nuestro Dios es el mismo, al fin de cuentas, Frank. Quien se ha pronunciado a favor de nuestro pueblo es la virgen santísima en la que usted no cree.

Frank terminó de doblar su encarnada capa pluvial.

—¿Sabe cuál es su problema, reverendo? Que su secta es una secta chafa, como dicen aquí. Trató de reformar el anglicanismo, también chafa, pero no reformó nada.

—Ahora no voy a discutir con usted.

—Lo que debería hacer, lo único que le ganaría su salvación, es renegar del metodismo y abrazar la fe evangélica de nuestra santa madre iglesia.

Frank lanzó por primera vez una risita irónica.

—¿Con ese papado espurio que pactó con los nazis? ¿Con esos curas libidinosos que tentalean a su acólitos?

—Está bien, no discutamos. Vine sólo a invitarlo a la fiesta de nuestra señora. ¿Ya se enteró de los milagros que está haciendo? Lleva quince. El pueblo, sus mismos compatriotas, le rezan con fervor.

—Gracias por la invitación. No puedo. Y aunque pudiera, no iría.

—Usted se lo pierde, Frank —y le tendió la mano que el reverendo no oprimió. Le volvió las espaldas y aguardó a que el papista desapareciera como solía desaparecer el demonio del Cura de Ars.

No durmió. El estallido de los cohetes y la música de un mariachi llegado de Monterrey blasfemaron durante horas. Cuando se levantó, abordó la troca de Ronny Smith. Quería estar lejos de la fiesta, de la prepotencia de ese cura que lo había vencido y de ese maldito obispo norteamericano traidor irredento de la fe protestante de Estados Unidos ligada siempre al país que ganó la guerra mundial y ahora se alzaba vencedor como el más potente del mundo. In God we trust.

A las once de la mañana llegó al aeropuerto de McAllen. Fue a buscar de inmediato a su amigo Jack. Por primera vez no lo encontró en su oficina del hangar. Uno de los mecánicos del negocio le informó que se había marchado con su esposa a Lopezville.

—¿A Lopezville?

—A la fiesta de esa virgen que todo mundo adora.

—Pero si la mujer de Jack es metodista.

—Hablan mucho de sus milagros y tenían curiosidad. Estaban muy entusiasmados.

Frank Alexander se mordió los labios.

—¿Puedo usar el Piper Cherokee? —preguntó.

—Desde luego, reverendo.

En el aire se sentiría mejor. Calmaría su iracundia. Hablaría con Dios; no con el Dios papista sino con el verdadero: el que reverdecía los campos de algodón cada primavera, el que dibujaba las nubes como montañas, el que hacía crecer los naranjos y dar frutos generosos, el que tal vez soplara una tormenta para castigar a ese pueblo como castigó a Sodoma y Gomorra por negarse a escuchar las palabras de Wedley sobre un Dios que nos salva únicamente por la fe, sin las obras, sin los mentirosos milagros de una virgen antievangélica.

Sobrevoló hacia el norte alejándose de Texas, pero viró de repente y se orientó hacia Lopezville. Descendió lo suficiente para observar el hormigueo de chicanos enfilados hacia el templo de Azcona mientras se volvían escuchar los cohetes, no eran cohetes, eran disparos y el hormigueo de fieles tomaba la forma de un ejército de japoneses a quienes era necesario fumigar como insectos perniciosos, nipones fanáticos, arañas, gusanos, ratas.

Fue una reacción repentina. Dirigió el Piper Cherokee hacia la torre recién terminada del templo papista con su campana tornando como cañón gigantesco al que era urgente abatir, y para abatirlo se lanzó en picada hasta estrellarse aparatosamente en la construcción mientras lanzaba un alarido que sólo él escuchó.

La noticia de un periódico texano, difundida luego en todo el mundo por la agencia UPI y consignada por Jorge Durand en su puntual reportaje, rezaba así: *Un pequeño avión se estrelló hoy sobre el santuario católico de San Juan, provocando la huida de un centenar de fieles entre las ruinas humeantes del templo. En el desastre sólo murió Frank Alexander, el piloto. Y aunque el santuario ardió en llamas no hubo muertos ni heridos.*

—Este fue el primer gran milagro de Nuestra Señora de San Juan de Lopezville —dijo el sacerdote José María Azcona durante la misa que ofreció al día siguiente por el alma de Frank Alexander.

# Madre sólo hay una

## 1

Lo conoció en un tranvía amarillo de los que rodaban por Tacubaya.

Está guapo, pensó.

Ella abordaba a diario el vehículo eléctrico acompañada de tía Mela, su hermana mayor, para ir "hasta México" —vivir en Tacubaya no significaba vivir en la ciudad de México— a su trabajo en una zapatería de 16 de Septiembre, primero, y después en Las Fábricas de Lyon, la tienda de artículos religiosos que aún existe en las calles de Madero.

Me está mirando, no me deja de mirar.

Por lo menos dos veces a la semana él se le aparecía ahí, en el interior del tranvía, de pie y asido a la correa del tubo longitudinal, como si el encuentro significara la simple coincidencia de dos pasajeros con horarios de trabajo semejantes.

¿Y si no fuera una simple coincidencia?

Era un joven moreno, de frente amplia y bigote espeso. Vestía de traje, chaleco y reloj de leontina. Una mañana se aproximó al asiento que ocupaban ella y la tía Mela. No iba solo. Una joven de cabello largo lo acompañaba; precisamente la vecina de la calle transversal.

¡Virgen santa, viene para acá!

La vecina empezó saludando de mano a tía Mela, luego la saludó a ella para enseguida hacer un ademán hacia el joven moreno y decir:

—Miren, quiero presentarles...

Él se llamaba Vicente. Ella se llamaba Isabel.

A partir de ese día, la distancia se trizó como el vidrio de una ventana, de afuera hacia dentro.

Una vez presentado podían sentirse vecinos, conocidos, amigos, un poco más…, aunque ella se hizo la remolona durante meses, tal vez un año.

Ella hablaba poco. Él era una tarabilla.

## 2

Isabel y Manuela habían quedado huérfanas de madre desde los seis, ocho años. Su padre era un militar de alto rango que presumía su uniforme y su garbo en las fotografías posadas de tres cuartos, viendo a cámara. El militar volvió a contraer matrimonio. Según Isabel, la joven segunda esposa se parecía a la madrastra mala de los cuentos infantiles: no la quería ni a ella ni a Manuela, ni a los hermanitos gemelos que padecían problemas neurológicos; epilepsia, según decían.

El padre militar, con su joven segunda esposa, terminó yéndose a vivir a provincia o a quién sabe dónde; Isabel y Manuela no lo recordaban, no quisieron nunca recordar. O no sabían. Para ella, simplemente, su padre las abandonó.

La familia deshecha quedó bajo la tutela de la tía Irene, bondadosa solterona que se hizo cargo de la prole. Aunque su padre les había dejado, eso sí, una magnifica casona en Tacubaya, con muebles y enseres de lujo; con una mesa de billar en la que Isabel aprendió las suertes de la carambola. También Isabel era hábil para el diábolo y para bordar a máquina o para ejercitar el punto de cruz en carpetas y carpetitas que salpicaban los cuartos enormes.

La falta de recursos obligó a la tía Irene a vivir de la venta de muebles. No de muebles fabricados a pedido por algún ebanista prestigioso, sino de los muebles y las vajillas y las lámparas y los adornos de porcelana de la residencia de Tacubaya. Ora se llevaban un sofá, un terno de sala; ora una lámpara, un escritorio, un juego de comedor, la mesa de billar… Hasta que la casa se fue quedando vacía como el vientre de una viuda y llegó la pobreza.

En tiempos de "la bola" —como Isabel solía calificar en su memoria a la revolución de principios del siglo XX— pasaron hambres. La tía Irene en persona, junto con sus sobrinas, se unieron al complot de vecinos para salir y llegar por las noches hasta las vías del ferrocarril que corría hacia Cuernavaca. Con martillos y mazos y piquetas arrancaban los durmientes. Los hacían leña y la vendían. Leña para calentar la casa, para cocinar en la estufa, para encender el bóiler.

Cuando Isabel y Manuela tuvieron edad, buscaron trabajo como dependientas en las tiendas de México. Salían temprano, iban a misa, abordaban el tranvía de Tacubaya.

## 3

Isabel cedió a la tarabilla de Vicente, el joven moreno de frente amplia y bigote espeso; a los poemas de Amado Nervo y Gutiérrez Nájera que le recitaba de memoria en el parque frente a La Candelaria; a su habilidad para bajarle el cielo, las estrellas; a sus papelitos de amor escritos con letra ilegible de comerciante; a su voz, a sus manos, a sus besos.

Así, Isabel terminó enamorándose del "único hombre de mi vida".

Se casaron el treintaiuno de diciembre de 1925 —cuando Plutarco Elías Calles era presidente— en el templo que llevaba el nombre del marido: San Vicente Ferrer. Fue el primer matrimonio celebrado en ese templo —presumió siempre Isabel—. Se empezaba a construir en un proyecto de fraccionamiento del antiguo Rancho Nápoles, en las inmediaciones de Tacubaya, antecito de Mixcoac. La registrarían pronto como Colonia San Pedro de los Pinos, y en su traza rectilínea, de avenidas y calles perpendiculares, se anunciaban lotes y se vendían casas. Dos eran ya propiedad de Vicente, quien para demostrar a Isabel su capacidad de "bajarle del cielo las estrellas" construyó la primera —en uno de los tres lotes que adquirió, a precio regalado— en la esquina del sexto tramo de Avenida Dos con Calle Nueve, donde viviría el nuevo matrimonio; la segunda, pegadita a aquélla, fue para la madre viuda de Vicente: Juana Orozco. Restaba un lote, en vistas a futuro.

—¿Por qué construyes aquí?, si está lejísimos y desolado —repelaba Isabel.

El rumbo era realmente precario: calles de tierra hoyancudas, construcciones aisladas, agónicos arbotantes para el alumbrado público cuya luz ensombrecían los numerosos pinos del viejo rancho. Poca gente, muchos perros.

—Esto va a crecer, se va a ir para arriba, ya verás —respondía Vicente.

Lo único grato era el templo en construcción y el parque próximo, con su quiosco provinciano.

Isabel, sin embargo, se sentía insegura.

# 4

A los veintisiete años de edad, al año y medio del casorio, Isabel dio a luz a su primera hija. Fue asistida por Serafina, hermana de Vicente y médica cirujana por la Universidad: la única profesionista de su familia.

La bautizaron con el nombre de su suegra, por supuesto: Juana. A la primogénita nunca le gustó su nombre —le sonaba a nombre de criada, decía— y con el tiempo le adosó un segundo para amortiguar el impacto del bisílabo. Se hizo llamar Juana María.

Aunque Isabel nunca se quejó en público de su suegra resultaba evidente que no sólo la hería la proximidad de casa a casa con ella, sino la excesiva dedicación que su marido le dispensaba. Para Vicente, su madre lo era todo, todo. Del titipuchal de hermanos de su familia original, únicamente él veía por ella con auténtica devoción: le construyó una casa, la visitaba a diario, la mantenía económicamente.

Muchos años después, ya muerta doña Juana Orozco, Vicente seguía haciendo ostensible su fervor. Clamaba de continuo: "mi madre era una santa", y cada diez de mayo conducía el enorme retrato de doña Juana hasta la sala de la casa, lo ponía sobre la tapa del piano y lo rodeaba de floreros rebosantes de gladiolas. Un día, cuando el cuarto hijo de Isabel y Vicente iniciaba su primaria, la maestra preguntó a sus chiquillos qué tanto sabían de los santos. ¿Le rezan a alguno de ellos? ¿Conocen el nombre de algún santo? El cuarto hijo de Isabel y Vicente levantó la mano y gritó: Yo sí, ¡mi abuelita!

Necesitó transcurrir más de un cuarto de siglo para que el cuadro de la suegra de Isabel desapareciera de su casa, una vez que Vicente falleció. Isabel lo descolgó de un muro y lo arrumbó en el cuarto de trebejos.


## 5

En San Pedro de los Pinos le nacieron dos hijos más a Isabel: Armando y Celia.

Era el último año del decenio de los veinte y el principio de los años treinta. Se había malresuelto, al fin, el conflicto que enfrentó a católicos y cristeros con el gobierno federal. Piadosa como era merced a la educación de su tía Irene, Isabel siguió con atención el agrio desarrollo de la Cristiada y los boicots organizados por la Liga de la Defensa de la Libertad Religiosa, más preocupada por esa guerra que su marido.

Mientras él alternaba sus quehaceres de comerciante —vendedor de manteca enlatada, cambalachero de bienes raíces— con la lectura de Salado Álvarez o de Alejandro Dumas, ella rezaba y rezaba, atendía a los hijos, tomaba cursos de bordado a máquina y leía libros católicos: *Staurofila, Quo vadis, El divino impaciente*.

En el hermoso librero donde su marido presumía sus novelas profanas, ella enfilaba los suyos, junto con otros de actualidad: los dos tomos en cartulina de la versión taquigráfica de *El jurado de Toral y de la madre Conchita* y un librito clandestino del cristero Anacleto González Flores: *El plebiscito de los mártires*.

Isabel veneraba a la madre Conchita. En noviembre de 1928, cuando se efectuó en el Palacio Municipal de la Villa de San Ángel el juicio contra los acusados por el asesinato de Ál-

varo Obregón, ella —embarazada de seis meses de Armando—
formaba parte del grupo de mujeres que todas las mañanas,
durante los siete días que duró el juicio, hacía valla frente al
palacio para honrar con su presencia y sus flores la llegada desde la cárcel de León Toral y la madre Conchita.

—Les arrojábamos pétalos de rosas, los bendecíamos,
les gritábamos palabras de aliento —recordaba Isabel a los setenta y dos años—. Y es que Obregón fue siempre un criminal,
y el turco Calles, el puritito demonio.

# 6

En 1932, año y medio después de nacida Celia, tercera
en el orden, la situación económica se puso mal para Vicente.
Pensó entonces en trasladarse con toda la familia a Guadalajara.

Isabel protestó:

—Qué vamos a hacer a Guadalajara, mhijo —nunca le
decía "mi amor", "mi vida", siempre le decía así: "mhijo"—.
Qué vamos a hacer a Guadalajara, mhijo. Hace mucho calor.

—A buscar trabajo —dijo Vicente. Tenía parientes allá
y alentadoras propuestas. La de montar un expendio de aguas
frescas en los portales de la Plaza de Armas. La de asociarse con
un pequeño empresario en la compra-venta de muebles. La de
conseguir tres camiones y echar a andar un negocio de mudanzas.

Nada salió bien.

El matrimonio había alquilado una casa espaciosa, de
balconcitos al frente, en la calle Coronillas, cerca de la avenida
Juárez. Pero Isabel no estaba a gusto. Se quejaba: por el calor y
por su molesto embarazo, el cuarto.

Cinco o seis semanas antes de que Vicente decidiera
regresar a la ciudad de México, derrotado por tantos proyectos
empresariales que se le frustraron, se le vino a Isabel el parto.
Fue un parto muy difícil —recordaría después— porque ahora
no estaba con ella, para asistirla, su cuñada Serafina.

A puje y puje, a suda y suda, nació por fin el cuarto de sus hijos. Lo bautizaron con el nombre de Vicente que se les olvidó poner al varón mayor.

Fue entonces cuando Isabel y Vicente se convirtieron en mis padres. Ella tenía treintaitrés años; él, cuarenta.

## 7

De regreso de Guadalajara nos fuimos a vivir a Martínez de la Torre, en la colonia Guerrero. Allí habría de nacer el quinto hijo —mi hermano Luis— y allí montó mi padre, en sociedad con tío Alberto, una fábrica de refrescos embotellados.

Eran de aquellos legendarios "refrescos de canica", porque una canica servía de tapón a la pequeña botella de medio litro. Se oprimía la canica para destaparla y ésta quedaba en un estrecho conducto hasta que el consumidor se bebía el refresco. Cuando el casco vacío se utilizaba de nuevo, una vez lavado sin excesivas medidas de higiene, el gas que se le inyectaba a presión junto con el líquido de sabores frutales impulsaba a la canica a su posición de tapón.

El negocio fue bien, muy bien. Mi madre trabajaba en él entre interminables diferencias con su cuñada María Elena, la esposa de tío Alberto.

—Trabajaba todo el día —nos relataría mi madre—. Todito el día lavando botellas usadas y llevando las cuentas del negocio. Fue un tiempo muy feliz para mí, mejor que estar en Guadalajara.

## 8

Cuando mi padre traspasó la empresa de refrescos de canica —la aparición de la Coca Cola se lo impuso— y se asoció en el negocio del restorán El Faro, en San Juan de Letrán, cerca de Ayuntamiento, la familia regresó a vivir a San Pedro de los Pinos, a la casa en esquina del sexto tramo de Avenida

Dos con Calle Nueve, que mi padre había prestado a una de sus sobrinas. Luego comenzó a construir en el tercer lote adquirido desde el principio —Avenida Dos, número setenta y nueve— la casa en que viviríamos durante toda nuestra niñez y juventud. El lote era el más grande y la casa se fue estirando con el tiempo hacia el patio-jardín, como una serpiente, con cuartos y más cuartos que buscaban la luz —decía mi padre—, pero que dio como resultado una construcción horrorosa, de muy pobre arquitectura.

Fue en esa casa nueva, me parece, donde mi madre enfermó gravemente de difteria, mortal en ese tiempo. La nana Victoria se hizo cargo de mí y de mi hermano Luis.

Durante meses, la tal Victoria fue la mujer que yo consideré mamá. No quería separarme de ella ni cuando mi verdadera madre sanó de la maldita enfermedad que trajo desazonado a mi padre.

—Anda como loquito —decían sus sobrinas. Y así andaba el hombre, desesperado, trayendo a casa médico tras médico, todos incapaces de vencer la difteria y los ahogos y las complicaciones en cadena, ofreciendo mandas a la Virgen de Guadalupe que luego cumplió religiosamente en la clásica caminata a pie desde la glorieta de Peralvillo hasta la Basílica.

A poco de que mi madre se levantó de la cama, delgadita como un palo de escoba, desencajada, macilenta, mandaron desinfectar toda la casa. Quemaron cuantas sábanas y trapos y cobertores y servilletas y pañuelos hubieran estado en contacto con la enferma.

A los tres o cuatro años de edad, yo dormía abrazado a un trozo de sarape al que llamaba "mi poncho". Pues también mi poncho fue víctima de las llamas purificadoras. Me recuerdo llorando y llorando por la pérdida, como recuerdo a mi madre llorando del mismo modo porque el cuarto de sus hijos se resistía a reconocerla como mamá, aferrado a los brazos de la nana Victoria.

**9**

Nunca los vi discutir, ni alzarse la voz, ni pelear lo que se dice en serio. Seguramente lo hacían, pero nunca delante de los hijos, al menos de mí.

Discutían, quizá, porque mi padre era jolgorioso y tarambana, o porque se la pasaba jugando ajedrez, o porque llegaba de madrugada alegando trabajo excesivo en el restorán El Faro.

Sólo conservo la imagen de mi madre, una tarde, planchando en el comedor, con el rostro goteando de lágrimas, silenciosa, y a mi padre enfurecido dando portazos al salir de la casa.

Me aproximé lentamente. Me atreví:

—¿Qué te pasa?

—Nada —respondió.

—¿Te hizo algo mi papá?

—Nada —repitió mi madre.

**10**

Nos llevaba algunos sábados al parque infantil de Chapultepec, frente a lo que hoy se llama Avenida Constituyentes.

Ahí aprendí a andar en bicicleta, a patinar.

El retorno a San Pedro de los Pinos resultaba difícil, sobre todo en tiempo de lluvias, porque los hoyancos habituales de nuestras calles se convertían en charcos, lagunas, lodazales, donde los autos se atascaban por horas —en las noches los oíamos rugir— y a más de uno se le quebraba la suspensión, el cárter.

Sabedores de que San Pedro de los Pinos era zona de peligro, los taxistas se negaban a tomar pasaje rumbo a nuestra colonia.

Mi madre detenía un taxi.

—No señora, disculpe.

Detuvo otro:

—No, a San Pedro no.

Transcurrió media hora. Le hizo la parada a un tercero.

—Aquí nomás a Tacubaya, adelantito —dijo mi madre.

Abordamos con ella Armando, Celia, Luis y yo.

Luego de cruzar el Puente de la Morena —donde se estancaban las aguas apestosas de un exiguo río que el Viaducto entubó muchos años después— el taxista se dio cuenta de que avanzaba hacia el peligro.

—Adelantito —decía mi madre—. Adelantito, sígale.

Sin embargo, el taxista frenó en seco, decidido a no avanzar.

—No nos puede hacer eso —dijo mi madre. Y ella, que era tímida, silenciosa, cohibida, adoptó una actitud vehemente. Fustigó al taxista con toda suerte de expresiones febriles. Era su obligación llevarnos. Su deber. El compromiso de la palabra ofrecida—. Ahora nos lleva porque nos lleva, no faltaba más.

Y el taxista, acobardado, reanudó la marcha del automóvil; sorteando los hoyancos terminó dejándonos en la puerta de la casa.

A pesar de que el incidente era ínfimo, anecdótico, fue para mí definitivo en la admiración que sentí por mi madre en esos momentos. Me enorgullecí de ella. Le dije, pensé decirle, sentí: Bravo, mamá.

## 11

Cuando estaba por nacer el último de los vástagos, mi padre nos llevó a Luis y a mí a pasar unos días con tía Mela y mis primos que vivían en la Escandón, frente a un prohibido templo evangelista, antro del mismísimo infierno. Los hermanos mayores se quedaron en casa. Yo acababa de cumplir seis años.

Si el sexto de los hijos nacía mujer, había dicho mi padre, se llamaría Berta; si era varón/

Me fascinó el nombre de Berta, no sé por qué. Un nombre precioso para una niña que sería preciosa como su nombre.

Transcurrió una semana. Llegó mi padre con tía Mela para darnos la noticia y recogernos. Dijo: Llegó una niña. No dijo nació, dijo llegó, seguramente para no escandalizarnos por aquello de la cigüeña.

Regresamos a casa. Me aproximé a la cama donde estaba la recién nacida pegada a mi madre. Parecía una muñeca como las de Celia.

—Le vamos a poner Esperanza —dijo mi madre.

—¿Por qué Esperanza? —me decepcioné—. Dijeron que se iba a llamar Berta.

Mi madre intentó una explicación:

—Es que la trajeron en avión los Santos Reyes, le pusieron en su cuna y dejaron un papelito con el nombre que ellos escogieron: Esperanza.

A los seis años yo era ingenuo, pero no tanto como para imaginarme a los Reyes Magos aterrizando en avión con la escuincla y ordenando un nombre de pila. Mi madre se dio cuenta de mi incredulidad y me sonrió entonces con un levísimo gesto de picardía. En ese gesto, en esa sonrisa me asomé por vez primera, como por una rendija, a los misterios de la ginecología.


**12**

A mi madre no le gustaba salir ni a la esquina. No iba a reuniones, ni a fiestas, ni a celebraciones públicas; al cine, pocas veces, con mi padre, o con nosotros a la matiné. Viajar, sólo porque la forzábamos, pero a ciudades cercanas: Puebla, Cuernavaca, Cuautla, Celaya. Lo más lejos, a Guadalajara. Con el tiempo, a Acapulco.

Acostumbrada en su niñez a vivir encerrada en la casona de su padre con la tía Irene, ella parecía feliz enclaustrándose entre las paredes que la protegían y recluyéndonos a nosotros, de paso, para mantenernos a mano jugando o leyendo en el patio-jardín. Nunca asistíamos a fiestas infantiles, y si alguna vez salíamos de visita era a casa de tía Mela, casada con Rosendo: un asombroso ebanista, colombófilo aparte por diversión. Metidos también a piedra y lodo en casa de tía Mela y nuestros queridos primos, inventábamos juegos inauditos o curioseábamos los repletos palomares donde tío Rosendo nos instruía sobre las hazañas de sus palomas mensajeras. Ellas sí volaban lejos, muy lejos.

Las fiestas en casa nunca eran de ella ni para ella. Las convocaba mi padre con el fin de celebrarse su cumpleaños, el dieciocho de diciembre, o su aniversario de matrimonio, el último día del año. Fiestas en grande, eso sí, comilonas de barbacoa y carnitas. El comedor se repletaba de los tíos paternos que emitían discursos ditirámbicos sobre el festejado o recitaciones de Antonio Plaza, Darío, Díaz Mirón. Tan emotivas resultaban algunas declamaciones que a tío Bernardo —hermano de mi padre, profesor de primaria en Tlatizapán— se le escurrían las lágrimas como venas de agua de la pura emoción.

Contrariada desde el amanecer, pero resignada a dar gusto a su marido que disfrutaba ostensiblemente su día, mi madre apenas se hacía presente durante la sobremesa oratoria; prefería quedarse allá atrás, calentando con tía Clemencia —prima de mi padre— las ollas descomunales de frijoles ayocotes.

—No me gusta la gente —confesaba mi madre—; no me gusta, no me gusta.

Ya anciana agregó una vez algo lastimoso que pareció exhibir la otra cara de su humildad: la de su arraigado narcisismo:

—En San Pedro todos me conocen, pero yo no conozco a nadie, y a nadie visito. Si me quieren ver, que me busquen.

Nadie la buscaba.

## 13

Dije que mi madre no salía ni a la esquina. Rectifico: cada mes más o menos, como excepción, se ponía lo mejor de su guardarropa para ir de compras a México.

A veces nos llevaba juntos a Celia, a Luis y a mí para que gastáramos en juguetes de El Jonuco, en 16 de Septiembre, los veinticinco pesos que nos daba como premio si habíamos merecido buenas calificaciones en el fin de año escolar.

El mejor premio, sin embargo, era para mí ir de compras yo solo, con ella. Significaba sentirme el consentido del mes, el predilecto, el momentáneamente hijo único.

Abordábamos el tranvía amarillo que corría desde Mixcoac hasta el Zócalo sentados en un asiento doble: yo en la ventanilla, casi sin hablar. Retraída que era ella y retraído que me fui haciendo yo con su ejemplo, como volcado hacia adentro, poco necesitábamos decirnos durante el trayecto de no ser mis anécdotas sosas de la escuela, de los primos, de algún pleito entre hermanos. Ella no contaba nada de ella misma y sus alusiones a lo práctico —a los zapatos que te voy a comprar— se agotaban en minutos. Lo importante era la compañía mutua. El sentirla cerca. El ir viendo juntos cómo se desenredaba la ciudad: Tacubaya, Avenida Chapultepec, Cuauhtémoc.

El tranvía finalizaba su recorrido en el Zócalo. Y allí empezaba nuestra excursión por los grandes almacenes: Liverpool, El Palacio de Hierro, París Londres y El Puerto de Veracruz con sus canastillas aéreas que corrían por encima de nuestras cabezas trayendo la mercancía solicitada y llevándose irremediablemente los billetes de la paga.

Frente a los almacenes, por 20 de Noviembre, transitaban mujeres con vestidos folklóricos, como las de Sanborns, ofreciendo bolsitas.

—Suspiros, señorita; suspiros; suspiros, señorita…

Las pequeñas bolsas —que mi madre siempre me compraba, una o dos— contenían esferitas blancas parecidas a los merengues que se disolvían en el paladar así, como suspiros de cariño.

De las idas a México de compras, a solas con mi madre en mi niñez, me quedó para siempre el sabor de esos suspiros.

# 14

De no ser por aquella gravísima difteria que se la pudo haber llevado antes de tiempo, y que yo padecí en ausencia, mi madre nunca se enfermaba.

El que se enfermaba era mi padre. Su aparato digestivo funcionaba como las tripas mecánicas de un auto descompuesto. Él decía que era por culpa de sus viejas faenas laborales, cuando vendía manteca de cerdo enlatada y se obligaba a probarla, lata tras lata, para cerciorarse del buen estado de la mercancía. Hundía la punta del índice en la manteca y la lengüeteaba luego. Como era grande el número de latas, grande era la cantidad examinada por su paladar, lo que repercutía forzosamente en el funcionamiento de su estómago. Indigestiones. Desarreglos rugientes. Úlceras que le necesitaron remendar quirúrgicamente en dos o tres ocasiones.

Mi madre lo cuidaba con esmero de santa. Todo giraba entonces, en la casa, en torno a la salud de mi padre. Ella se desvivía por él. Lo atendía delicadamente con un cariño sin regateos, sin descanso.

Yo nunca vi besarse en la boca a mis padres. Sus demostraciones de cariño físico parecían ocultarse en la recámara cerrada. De que se amaban en términos absolutos lo deducía yo por esas temporadas de enfermedad que arrancaban lagrimones en el rostro de la esposa abnegada. Su semblante de ojeras inflamadas; siempre temerosa la pobre de perder a su marido y hundirse nuevamente en la orfandad.

Mi padre se reponía tarde o temprano. Regresaba al trabajo macizo y a escondidas se escapaba al mercado Miraflores para atragantarse de los prohibidos tacos de carnitas, de la barbacoa humeante, de cuanta fritanga le pusieran delante de sus ojos glotones. Por las noches, viendo el box o las funciones de lucha libre —cuando ya existía la tele y los hijos éramos mayorcitos—, mi padre se sentaba en la orilla del sofá y en un platito rebosante de bicarbonato hundía un medio limón para chuparlo y chuparlo durante los combates.

Se asomaba mi madre, que odiaba la lucha libre, e inquiría:

—¿Te sientes bien, mhijito?

En lugar de responder, su marido golpeaba el sillón con la mano abierta para indicarle que tomara asiento junto a él y pudieran disfrutar en compañía el momento en que el Cavernario Galindo ensartaba a Gardenia Davis en una quebradora mortal.

## 15

Ni el ocho de julio, Santa Isabel de Portugal, ni el Día de las Madres, acertaba yo con mis regalos.

Un día le obsequié un par de peinetas y me dijo:

—Ya tengo.

En otra ocasión le regalé una blusa negra y la puso a un lado:

—A tu papá no le gusta que me vista de negro, porque es ropa de luto.

Ya mayor le llevé mi primer libro publicado y lo dejó en el buró:

—Luego lo leo.

Estela me sacó de apuros y resentimientos, ya casados, cuando me recomendó:

—Cuando quieras regalarle algo a tu mamá, llévala a que ella misma lo escoja. Yo te acompaño.

El plan le pareció muy bien a mi madre. La llevamos a El Palacio de Hierro y se puso a escoger una blusa, una falda, un vestido que ni Estela ni yo hubiéramos escogido. Salió de la tienda más feliz que feliz.


## 16

Quería a sus hijos, por supuesto; se vanagloriaba de nuestras calificaciones en la escuela pero pocas veces lo expresaba en voz alta.

No recuerdo besos ni caricias en mi niñez. Como no recuerdo tampoco nalgadas y pellizcos. Era mi padre quien nos anunciaba el castigo desabrochándose el cinturón para soltar un latigazo que casi nunca llegaba. Era mi hermana Juana María quien se encargaba de los castigos retorciéndonos la piel con pellizcos de monja o encerrando en un clóset a mi hermano Luis.

Mi madre velaba por nuestra salud, nos llevaba al otorrino, al dentista, al médico general, pero guardaba en secreto sus sentimientos como si fueran a gastarse. La orfandad de su niñez —ya lo he dicho— la secó como un racimo de uvas olvidado en una cesta.

Me dio leche, no miel. Me dio pan, no golosinas. Me dio su presencia, no los latidos de su corazón. Yo lo lamento, al recordar mi infancia, pero me doy cuenta de que crecí, llegué a la edad adulta y ahora a la vejez siendo un poco así, como ella.

# ¿Quién mató a Agatha Christie?

Al irrumpir en la habitación, haciendo girar el picaporte e impulsando con toda la fuerza de su brazo la puerta de caoba, el inspector Japp encontró a Hércules Poirot enfrentado a un espejo de pared. El detective belga vestía una bata de seda con dibujos orientales y se aplicaba en sus bigotes en punta un oloroso cosmético. Poirot miró a Japp a través del espejo, y no se inmutó cuando su viejo amigo de Scotland Yard le espetó, venciendo el sofoco de su entrecortada respiración.

—¡Una asesina, eso es lo que es! ¡Agatha Christie es una vulgar asesina!

Todavía sin girar hacia Japp, y como si en lugar de las exclamaciones hubiera escuchado un tranquilo saludo de buenas tardes, Poirot dijo al espejo:

—Lo hacía en Wallingford, inspector.

—De allá vengo. De la estación corrí directamente para acá. —Japp avanzó hacia Poirot y le enganchó su mano chata en el antebrazo—. La anciana se ha vuelto loca. *Telón* estará en librerías en un par de semanas… En un par de semanas, Poirot, ¿se da usted cuenta?

—Lo sé —asintió quedamente el detective belga, y en sus ojillos pardos puestos ya sobre Japp, sin intermediación del espejo, brilló una luz de melancolía. Un estornudo lo ayudó a reaccionar y a introducir el tema de la terrible gripe que lo había mantenido en cama durante los tres días en los que Japp visitó a Dame Christie en su lujosa residencia de Wallingford. Cuando al fin Poirot accedió a hablar sobre la escritora, ambos amigos se encontraban sentados a la mesa del comedor bebiendo sendas tazas de un chocolate espeso que el propio detective había preparado en menos de siete minutos.

—¿Y qué hay del libro sobre miss Marple? —preguntó de repente Poirot.

—También lo tiene el editor, pero aún no entra en prensa. Y según me informó David Holloway, el del *Daily Telegraph*, la anciana está dudando en publicarlo. Teme que miss Marple cumpla sus amenazas.

—Maldita solterona —exclamó Poirot golpeando la servilleta contra la mesa y haciendo que Japp, sorprendido, derramara el chocolate. Era natural el sobresalto: el inspector nunca había oído a su amigo referirse a miss Marple en tales términos; sabía que la odiaba, lógicamente, por celos profesionales, porque Agatha Christie solía desplazarlo de sus novelas para hacer intervenir a la gruñona y sagaz viejecita en quien los críticos habían visto un desdoblamiento de la autora, y aunque Poirot era y seguirá siendo el personaje más importante de la obra de Christie, la complejidad de los casos encomendados a miss Marple, y la brillantez con que los había resuelto, estaban acrecentando en los últimos años la fama de la solterona en demérito de la de Poirot. Todo eso lo sabía Japp, pero nunca imaginó que su amigo, contrariando su natural circunspección, se atreviese a manifestarlo abiertamente.

Lo hizo ante Japp: primero con esa exclamación y luego a lo largo de una perorata en la que Poirot censuró los procedimientos ridículos de miss Marple y la injusticia que la autora cometía al decidir darle muerte a él, el famoso Hércules Poirot, en esa novela titulada *Telón*.

—Pero recuerde que también decidió matar a miss Marple —atemperó el inspector Japp—. Al menos el fallo resulta así equitativo.

—Con la diferencia de que *Telón* estará en librerías dentro de dos semanas, como usted mismo lo ha dicho, y de que quizá nunca publique *El canto del cisne de miss Marple*.

—Si no se publica será sólo porque miss Marple amenazó con matar a Dame Christie —dijo Japp.

Un largo silencio invadió a los dos amigos. Japp buscó en los ojos de Poirot una pista que lo llevara hasta sus pensamientos, pero el detective rehuyó con discreción la mirada, al tiempo que se levantó de la mesa en busca de una cajetilla de sus queridos cigarros rusos. Ofreció uno a Japp, que el inspector rechazó cortésmente con un ademán, y tras de encender y dar una larga fumada al que se llevó a los labios, Poirot rompió el silencio:

—Es la traición lo que me duele, no la muerte —razonó tranquilo—. La muerte de un personaje de novela es siempre relativa. Muere cada vez que el lector cierra el libro y vive cada vez que lo abre.

—Pero eso no disculpa a Dame Christie de perpetrar un acto criminal tan alevoso como éste —interrumpió Japp—, así sea todo lo literario que usted dice.

—La muerte de los humanos, en cambio —continuó Poirot como si no hubiera escuchado al inspector—, es real, definitiva. Cuando mueren, ya sean víctimas de una enfermedad o de un crimen, mueren para siempre, sin remedio. Por eso temen tanto el final y por eso cualquier amenaza en ese sentido los lleva a cometer barbaridades, a renunciar incluso a sus propias convicciones y querencias.

—¿Se refiere usted a las amenazas de miss Marple contra Dame Christie? —preguntó Japp.

—Hablo en general —dijo Poirot y dio una larga fumada a su cigarrillo.

El inspector volvió a buscar, ahora tras el humo que ocultó por momentos el rostro de su amigo, una nueva pista en los ojillos pardos de Poirot, pero éste emitió una risa desconcertante y dijo enseguida, ya sin intenciones de volver a tomar asiento:

—Tengo entendido que usted no fue a Wallingford a discutir de literatura con Dame Christie, inspector. Su interés obedecía a preocupaciones más apremiantes, ¿o me equivoco?

—No, no se equivoca usted del todo, monsieur Poirot. Y debo confesarle que regreso confundido. Dame Christie no es la mujer de hace cinco años. Está perturbada, enferma de la cabeza diría yo. La encontré irritable, necia, petulante.

—No en balde ha rebasado los ochenta y cinco —sonrió Poirot.

—Me trató como a un enemigo; como le ha dado en tratar a su pobre marido, el bueno de sir Max, y a su misma hija Rosalind. Dice que sólo piensan en su herencia, imagínese, lo cual es inverosímil, usted lo sabe.

—¿Lo mismo opina de Matthew?

—El nieto tiene dinero de sobra. Todos son millonarios, en realidad. Qué puede importarles ya el testamento de la anciana.

—Son más de diez millones de libras esterlinas las que quedan por repartir —dijo Poirot palmeando el hombro izquierdo de Japp—. Diez millones a repartir entre tres, inspector, además de las propiedades y las regalías. Una suma nada despreciable para nadie, aunque se sea millonario.

El inspector pareció asentir vagamente y Poirot comenzó a caminar en círculos alrededor de la mesa. Miraba hacia la alfombra y propinaba breves y continuas fumadas a su cigarrillo cuando Japp retomó la palabra:

—No quise dar crédito a sus amenazas pues estaba encolerizada cuando me lo dijo, pero aseguró que había decidido hacer un nuevo testamento para vengarse de su familia.

—Hace usted mal en no dar crédito a Dame Christie, inspector. Ella es capaz de eso y más. Mire lo que me ha hecho a mí.

Durante sus últimas palabras los ojos de Poirot proyectaron por primera vez un resplandor de encono, aunque Japp no lo advirtió, arrebatado como estaba por sus propias ideas.

—Sería injusto despojar a su familia de lo que por derecho le pertenece —ademaneó Japp sin percatarse aún de las pistas ofrecidas por los gestos de Poirot—. Y así se lo dije a Dame Christie. ¡Claro que se lo dije! Como le reclamé también la publicación de *Telón*, como le pedí, en todos los tonos, que se retractara del asesinato de usted. Pero no me hizo caso. Me echó de su habitación.

—¿No habló después con sir Max Mallowan?

—Por supuesto. Hablé con él y con Rosalind y con Matthew. Con los tres. Aunque los tres me suplicaron que me olvidara de los desplantes de Dame Christie. Para ellos eran simples arrebatos seniles, motivados por su enfermedad... Acepté considerarlo así, pero en ningún momento la disculpé por lo de *Telón*. ¡Ésa es una canallada, Poirot!

—Lo importante no es *Telón*, inspector. Lo importante es el testamento.

Poirot miró fijamente a Japp. Agregó:

—Me imagino que hablaría también con el notario de Dame Christie.

—Desde Wallingford me comuniqué con él a su oficina de Londres. No había recibido ninguna orden ni llamado alguno de la anciana. El testamento seguía siendo el mismo de hace diez años, pero…

—¿Pero qué? —instó Poirot.

—Bueno… el notario dijo algo sobre ciertos rumores. Tonterías.

—¿Rumores de qué? —volvió a instar Poirot.

—Se cuentan cosas de Dame Christie, Poirot. Calumnias, usted sabe. En algunos círculos se habla de que McDermot, el actor ése que lleva once años interpretando *La ratonera*…, Brian McDermot, usted lo conoce.

—Sí, sí —gruñó Poirot apurando a Japp.

—Pues se dice que Brian se ha convertido en una especie de consentido, de compañero cariñoso de Dame Christie. Al menos es la única persona a quien ella trata bien en los últimos tiempos. Incluso circulan versiones de que él, McDermot, que es además un escritor frustrado, ha ayudado a Dame Christie a escribir sus últimas novelas.

—¿A escribir *Telón*? —saltó Poirot con una ansiedad desacostumbrada en él.

—*Telón* y *El canto del cisne de miss Marple* —respondió Japp—. Eso se dice. Y hay quienes afirman que tal circunstancia fue la que motivó lo más agrio de la cólera de miss Marple. Jane estaría dispuesta a aceptar, con rezongos y todo, que su autora la mandara a la tumba, pero jamás que lo hiciera por consejo de un actorzuelo ambicioso como McDermot.

—¡Vieja maldita! —exclamó Poirot degollando su cigarrillo ruso en el cenicero, aunque Japp no supo discernir si el insulto iba dirigido contra miss Marple o contra Agatha Christie.

A Agatha Christie se le ocurrió convertirse en novelista policiaca cuando tenía veinticinco años y acababa de casarse con el coronel Archibald Christie de quien conservó siempre su apellido. Eran los comienzos de la primera guerra mundial. Mientras el coronel combatía en el frente francés, ella ingresó como enfermera voluntaria en un hospital de guerra de Torquay donde abundaban los narcóticos y donde una noche desaparecieron de un armario secreto considerables dosis de morfina. Eso motivó, además del escándalo, la implacable investigación de la policía militar que al cabo de los días resultó infructuosa. No lograron descubrir al culpable. Agatha confió el incidente a su madre, y su madre le sugirió escribir una novela inspirada en el episodio. Así nació El misterioso caso de Style, su primera obra policiaca que parece apoyarse en sus autores favoritos de entonces: Conan Doyle, la Mary Sinclair de Visión, y sobre todo el Gastón Leroux de El misterio de la habitación amarilla.

En una novela posterior, Cartas sobre la mesa, Agatha Christie recuerda —desdoblándose en el personaje de Adriana Oliver— cómo conoció a Hércules Poirot en una partida de bridge. Es el detective de El misterioso caso de Style: un hombrecillo de origen belga que renunció a Scotland Yard en 1904 y se convirtió en investigador privado. Él fue, desde el principio, el Sherlock Holmes sin Watson encargado de resolver los enredados casos de la mayoría de las novelas de la escritora inglesa: El asesinato de Roger Ackroyd, Un triste ciprés, Asesinato en el Nilo, La muerte visita al dentista, Los trabajos de Hércules…

Aunque Agatha lo describe como un hombre de baja estatura, cabeza de huevo y bigotes en punta hacia arriba, los actores Albert Finney y Peter Ustinov, que lo han interpretado para el cine, no consiguieron ceñirse a su figura. Quien mejor obedece a la descripción original es David Auchet, el Poirot de la popular serie inglesa de televisión.

Jane Marple, viejecita aficionada a las tareas detectivescas por casualidad, apareció hasta 1930 —diez años después que Poirot— en las novelas de Agatha Christie cuando la escritora ya *se había divorciado de Archibald Christie y acababa de casarse con Max Mallowan, catorce años menor que ella: un arqueólogo que la llevó a viajar de continuo por el Medio Oriente en tareas de exploración. Max descifraba jeroglíficos mientras Agatha tomaba fotografías.*

*La creación de miss Marple marginó de vez en cuando a Poirot. Tanto la quería su autora que le inventó un pueblo propio cercano a Londres: Saint Mary Mead. Miss Marple le recordaba a su abuela: por desconfiada, por aguda, por detallista. La interpretó la actriz Jean Hickson y luego la célebre Margaret Rutheford quien tenía la edad de Agatha, pero a quien Agatha desdeñó en las primeras adaptaciones cinematográficas de sus novelas. Le parecía demasiado rechoncha y muy dada a los desplantes cómicos. "No parece una vieja inteligente sino un perro de caza ridículo", dijo. La Rutheford se molestó, por supuesto, y puso una gélida distancia entre ambas. Para reconciliarse con ella, arrepentida de su exabrupto, la escritora le dedicó su libro más reciente, y la Rutheford siguió interpretando a miss Marple aunque sin variar su comportamiento de perro de caza.*

Había transcurrido un par de meses desde aquella conversación entre Hércules Poirot y el inspector Japp, la noche en que este último entró en el viciado ambiente del bar Cowen, en la calle Marlowe, donde el minúsculo detective belga, solitario en una mesa rinconera a la que protegía la penumbra, vaciaba en la garganta el último vaso de una botella de Pernod.

Japp nunca imaginó encontrar a su amigo en el lamentable estado en que se hallaba aquella noche. Jamás pensó ver al más sobrio y ecuánime de los detectives de la novela policial contemporánea convertido en un guiñapo. Eso y no otra cosa era Poirot: un guiñapo.

Sucio, desaliñado, con una barba de tres días y sus puntiagudos bigotes salpicados de manchas blancuzcas, el hombrecillo en que se había transformado Poirot tardó en reconocer a Japp cuando éste se le puso delante. Al conseguirlo se irguió a medias de su asiento, le lanzó una sonrisa de ebrio, y al tiempo en que lo invitaba a compartir su mesa ordenó una segunda botella de Pernod.

Japp empezó diciendo que llevaba tres días buscándolo por todo Londres, para luego agregar con un dejo de ternura:

—Me imagino que ya leyó *Telón*, ¿verdad?

—*Merde!* —exclamó Poirot.

Japp llevó su mano derecha hasta el hombro del detective, y el gesto compasivo, solidario, desató la amargura acumulada por Poirot durante la última semana. Confesó que no sólo había leído *Telón*, sino releído las novelas de Dame Christie en las que él aparecía como protagonista.

—Son una porquería —remató Poirot—. *Merde!*

—Cálmese —dijo Japp por decir algo. Y lo volvió a palmear.

—He descubierto una cosa terrible, Japp, terrible: el más importante hallazgo de mi carrera profesional. He descubierto que Dame Christie es una pésima escritora… Sí, mi querido Japp, una mediocre, una literata de tercera categoría. Está llena de trucos, de recursos fáciles, de clichés. Como la muy imbécil no es capaz de elaborar una descripción medianamente aceptable, recurre al empleo de un puro diálogo artificioso. Además de eso, mi querido Japp, sus intrigas no pasan de ser un juego ingenioso que nada tiene que ver con la realidad, con la sangre derramada, con la tragedia que representa todo crimen. Sus asesinatos son tan inocuos como una partida de damas chinas y sus personajes somos monigotes, Japp, simples monigotes, dizque científicos, dizque matemáticos, dizque filósofos. Yo soy un pedante, una máquina deductiva, un ser insoportable; ni sombra de lo que es el Maigret de Simenon o el Philip Marlowe de Chandler. ¡Ah, cómo debe envidiar la vieja a Simenon o a los autores de la novela negra!, mi querido Japp, ellos sí que nos hacen sentir la gravedad de los crímenes.

Japp palmeó por tercera vez el hombro de Poirot, pero éste se sacudió con enfado el ademán.

—No, no hablo por resentimiento, Japp; no es nada más resentimiento. Aparte de mi rabia por esa muerte tonta que me endilga en *Telón*, aparte de eso, mi querido Japp, muy aparte, estoy convencido de que mi existencia toda es un desastre por culpa de su mediocridad. ¡Vieja imbécil! —gritó Poirot—, ¡no merece vivir un minuto más!

El inspector había mojado apenas sus labios en el Pernod que le sirvió el detective cuando éste, cambiando súbitamente el tono, agregó con una sonrisa maliciosa:

—¿Sabe quién está citado mañana en casa de la vieja imbécil?

—¿Quién? —preguntó Japp.

—No no, adivine, mi querido Japp. Adivine. Para eso es usted inspector de Scotland Yard.

—¿Quién? —volvió a preguntar Japp.

—Mañana, a las diez de la mañana, Charles Hammond tiene una cita en Wallingford con la vieja.

—¿El notario? —inquirió tontamente Japp.

—El mismo, mi querido inspector. Los rumores que usted oyó estaban bien fundados. La vieja va a dictar un nuevo testamento en el que no deja un solo penique a sus parientes y en el que nombra como su único heredero a Brian McDermot.

—No puede ser —exclamó Japp golpeando el vaso contra la mesa—. ¿Quién le dijo a usted eso, monsieur Poirot?

—Me lo dijo Brian McDermot —respondió Poirot.

Al salir aquella noche del viciado ambiente del bar Cowen, el inspector Japp se sentía alterado por la idea de que Dame Christie estaba en peligro de ser asesinada. Bajo esa hipótesis resultaba imperativo sospechar de sir Max Mallowan, de la hija Rosalind y del nieto Matthew, puesto que los tres resultarían directa y seriamente afectados en caso de que la escritora redactara un nuevo testamento a favor del actorzuelo Brian McDermot. Así razonaría cualquiera y así se lo había obligado a razonar Hércules Poirot entre vaso y vaso de Pernod.

Japp se detuvo de golpe a media calle. El frío de la noche soplaba con intensidad. El inspector recordó la sonrisa de Poirot, su gesto malicioso, la intensa presión con que le sujetó el brazo al despedirse.

¿Sería posible lo que estaba pensando? Si Poirot conseguía que se enfocaran todas las sospechas en sir Mallowan, en

Rosalind, en Matthew, incluso en la gruñona miss Marple que había amenazado con dar muerte a Dame Christie, Poirot lograría abrir un camino libre de toda sospecha para llevar a cabo su personal venganza. Nadie lo acusaría jamás a él. Su crimen resultaría perfecto.

"No, no es posible desconfiar de Poirot —pensaba Japp mientras viajaba en un vagón semivacío del tren subterráneo—. Poirot es incapaz de cometer un crimen. Más odio y más razones tienen los familiares y miss Marple. No. Absurdo también. Ninguno de ellos se atrevería. Nadie quiere matar a Dame Christie."

Japp salió del vagón, subió lentamente las escaleras y cruzó la calle rumbo a las oficinas de Scotland Yard. Seguía pensando:

"¿Sería cierta o fingida la ebriedad de Hércules Poirot? ¿Sería de veras Poirot el hombre con el que acababa de hablar en el bar Cowen, puesto que el verdadero Poirot ya había sido muerto en *Telón*? ¿O sería el monstruo de Poirot quien aprovechando el momento de vida que le permitía este relato se preparaba para cometer el asesinato brutal de su propia creadora?"

*Agatha Christie escribió más de ochenta novelas policiacas y veinticuatro obras de teatro. Una de ellas,* La ratonera, *se sigue representando en Londres desde su estreno en 1952: es, igual que* La cantante calva *de Ionesco en el teatro de la Huchette de París —en escena desde 1957—, uno de los imprescindibles atractivos turísticos de Londres.*

*Algunos de los extravagantes lectores de la novelista inglesa solían escribirle cartas de continuo. No para felicitarla por sus obras sino para pedirle consejos para la ejecución de algún crimen:*

*"Hace tiempo que deseo desembarazarme de mi suegra. ¿Qué método eficaz y discreto me aconseja?"*

*"No soporto a mi marido. ¿Qué considera usted más adecuado: el puñal o el veneno? Por favor déme instrucciones."*

*Winston Churchill dijo alguna vez que Agatha Christie era la mujer que ha sacado más partido del crimen desde Lucrecia Borgia.*

Cuando la reina Mary de Inglaterra, abuela de Isabel Segunda, estaba por cumplir ochenta años, la BBC de Londres decidió obsequiarle dos horas de transmisión a su gusto. Los consejeros de la reina le sugerían conciertos de Beethoven o de Mozart, pero ella eligió la retransmisión de una obra de Agatha Christie adaptada a la radio.

De la casa real, la escritora —cuyos libros han vendido más de mil millones de ejemplares en lengua inglesa y otros mil millones en cuarenta y cinco idiomas extranjeros— recibió el título de Comendadora de la Orden del Imperio Británico y el honroso prefijo de Dame: Dame Christie.

Cuentan sus biógrafos que en diciembre de 1926, luego de publicar El asesinato de Roger Ackroyd y cuando aún estaba casada con el coronel Archibald, Agatha Christie desapareció repentinamente de su residencia de Sunningdale, lo que provocó un gran escándalo en la prensa. La policía temía un secuestro, incluso un asesinato o un suicidio, porque el automóvil que ella conducía apareció abandonado al borde de un pequeño lago: el Silent Polt, en Newland's Coronet. Se emprendió entonces una investigación que bien podría haber encabezado Hércules Poirot, sólo que éste se encontraba lejos resolviendo El misterio del tren azul. Empezaron por dragar el Silent Polt mientras varios agentes de Scotland Yard peinaban la zona. Transcurrió una semana y Agatha Christie no aparecía.

La que apareció en el lujoso Hydro Hotel de la ciudad de Harrogate, en Yorkshire, fue Theresa Neele, una mujer alta, rubia, elegante, que noche a noche escuchaba o bailaba en el salón del hotel la música de moda interpretada por una pequeña orquesta. Fue precisamente uno de los músicos, el que tocaba el banjo, quien advirtió el gran parecido que tenía esta Theresa Neele con las fotografías de Agatha publicadas en los diarios. Se lo dijo al gerente del hotel y éste se comunicó de inmediato con Archibald Christie, el marido de la escritora.

El caso se resolvió después de diez días de conmoción y suspenso. La prensa informó que todo fue provocado por un ataque de amnesia sufrida por Agatha Christie. No era verdad, por supuesto. La escritora había desparecido y se había disfrazado de Theresa Neele voluntariamente, luego de enterarse de que su ma-

*rido sostenía amores clandestinos con una tal Nancy Neele, del mismo apellido que el de la mujer de quien se disfrazó Agatha. El golpe dado a Archibald resultó definitivo y provocó el divorcio de la pareja, dos años después. Agatha Christie había logrado vivir, en carne propia, una auténtica novela de intriga: quizá mejor que todas las que escribió después. Ese episodio se filmó en 1957 con el nombre de* Agatha *cuya protagonista, la propia Agatha Christie, fue interpretada por Vanessa Redgrave.*

A las diez en punto de la mañana del 12 de enero de 1976, el inspector Japp llegó a la residencia de Wallingford. En el salón hasta donde lo condujo un sirviente hermético, vestido de riguroso negro y con una camisa blanca ahorcada por una corbata de moño, el inspector encontró a Charles Hammond, el notario. Lo acompañaba un empleado de su oficina que cargaba una voluminosa libreta de actas y que sonreía, sin razón.

—Es cierto entonces que Dame Christie va a dictar un nuevo testamento —dijo Japp, luego de intercambiar los consabidos saludos con Hammond.

—Así parece —asintió el notario en el momento en que se abrió la puerta de la biblioteca y entró en el salón Matthew Pichard, el nieto de la escritora.

—Mi abuela no puede recibirlos, señores —dijo suavemente Matthew—. Amaneció muy bien. Comió a media tarde una ensalada ligera y luego se tomó un té negro en la biblioteca, mientras lo aguardaba a usted, mister Hammond. Me dijo, lo recuerdo muy bien: "Pronto voy a reunirme con mi creador." Regresé hace unos momentos y la encontré muerta. Al parecer fue un síncope cardiaco.

El inspector Japp sintió que una corriente eléctrica lo sacudía de pies a cabeza. No se dio cuenta de que estaba temblando cuando gritó, sin poder contenerse:

—¡No! ¡Fue un crimen!

Matthew Pichard y el notario Hammond se miraron entre sí y luego miraron simultáneamente a Japp, desconcertados.

Aunque seguía temblando, el inspector de Scotland Yard estaba convencido no sólo de la acusación implicada por su exabrupto sino de la necesidad de emprender, inmediatamente, una investigación. Por desgracia, esta vez no podría llevarla a cabo con el auxilio de Hércules Poirot.

# La bufanda amarilla

Caminaba yo por Princesa cuando lo vi.

Estela había sufrido una dolorosa caída en la recámara de nuestro departamento en los Castalia (ahora se llaman Madrid Plaza) y la amiga madrileña Charo, experta en técnicas corporales del feldenkrais, le recetó por teléfono Árnica 30X que yo salí a comprar por la mañana en la farmacia Peña, frente a la estación Ventura del metro.

Era un viejo gordinflón de cabello corto y erizado absolutamente blanco, vestido de riguroso negro y con una bufanda amarilla colgada al cuello. No tenía facha de mendigo, parecía más bien agente viajero o empleado de oficina cuando me tendió su mano limpísima diciendo:

—Lo que pueda darme, caballero.

Nada le di. Continué mi camino hasta el establecimiento homeopático, encargué el árnica que debería recoger ocho horas después y emprendí el regreso al edificio de la Plaza de España.

Por la misma calle lo volví a encontrar. No se había alejado del sitio pero ahora se hallaba sentado en la banca de un triángulo urbano convertido en parquecillo: despatarrado a sus anchas, los brazos abiertos sobre el respaldo de madera, ostensiblemente barrigón.

¿Cómo diablos era posible que un vejete así, bien trajeado, limpio, rozagante, pidiera limosna en las calles de Madrid? ¿Qué tan crítica sería la situación laboral de España para que un hombre en edad de jubilación, sin rastros de miseria, se viera obligado a pedir auxilio de la caridad pública?

Como sabía imposible hallar respuesta a mis preguntas, sentí un impulso de compasión. Extraje de la cartera un billete europeo, lo doblé en cuatro partes y fui directo hasta la banca del viejo. Antes de que tuviera tiempo de erguirse le puse el billete en la palma de la mano envuelto en un apretón cordial como si se tratara de una operación clandestina.

No me detuve a confirmar su reacción. Giré rápidamente con prisa por llegar a la esquina de Princesa con Plaza de España a esperar la luz verde en el semáforo de peatones. Tardé un par de minutos. El viejo me alcanzó frente a la cafetería Jamaica.

—Oiga amigo.

Volví la cabeza. Ahí estaba.

—Oiga amigo, usted no me puede dar esto.

Me había prensado el brazo. Me miraba a los ojos. Los suyos eran pardos, tirando a verdes.

—Se equivocó. Son cincuenta euros.

—No me equivoqué.

—Nunca me han dado una ayuda así —protestó.

Tenía las mejillas rosadas sobre el cutis blanquísimo, casi transparente. En la bufanda amarilla se alcanzaba a distinguir un par de pequeños lamparones.

—Que le aprovechen —dije.

—No no…

Me seguía oprimiendo el brazo para no dejarme ir.

—¿Cómo se llama, abuelo? —lo llamé abuelo aunque podría tener mi edad; quizá dos o tres años más viejo.

—Benito.

—Que le aprovechen, don Benito… ¿Tiene familia? ¿No está jubilado?

—El país se ha descompuesto una barbaridad. Los millonarios son cada día más millonarios y los pobres más pobres, eso está a la vista.

—Pero no tiene familia.

—Se ha perdido todo sentido de justicia. La gente es cada vez más egoísta. A nadie le preocupan los demás. Usted…

Me conmovía su mirada tierna, su gesto entre sorprendido y tristón. La bufanda amarilla parecía fuera de lugar entre sus ropas de luto: camisa negra sin cuello, chamarra negra, pantalón negro.

—Usted no sabe —dijo.

—¿Qué no sé, don Benito?

—No sabe siquiera quién soy y me da esto.

Los ojos brillantes eran definitivamente verdes. Me había soltado el brazo y lo palmeó con su derecha como si se despidiera.

—Cincuenta euros es demasiado, de verdad.

—Que le aprovechen —insistí cuando él ya giraba para encaminarse de nuevo hacia Princesa. Tropezó con una jovenzuela de pelo largo que llevaba un celular pegado a la oreja, distraída. Ella no pareció sentir el empellón.

Regresé al departamento de los Castalia. Nada les platiqué de mi encuentro con el mendigo a Estela y a mi hija Eugenia que acababa de llegar a Madrid a pasar unos días con nosotros.


Durante casi una semana no volví a ver a don Benito por aquel rumbo donde Estela y yo nos hospedábamos, donde acudíamos por las tardes a los cines Renoir, donde subíamos y bajábamos del metro línea diez en la Plaza de España, puerta hacia Leganitos.

Habrá cambiado de zona, discurría yo. Andará probando suerte en la Puerta del Sol o despertando compasión entre los turistas que visitan el Museo del Prado.

No sé por qué me obsesionaba el viejo. Quizá porque no logré saber quién era realmente ni por qué razones había caído en la mendicidad. Sin embargo, lo que importaba de veras, en lo que yo debería concentrarme, nada tenía que ver con el caso de un limosnero excéntrico sino con las tareas que me habían llevado a Madrid como casi todos los años desde 2004: el programa de guiones cinematográficos organizado por la Fundación Carolina y Casa de América.

Mariana Barassi, coordinadora de ese programa, invitó un jueves al grupo de tutores al que yo pertenecía a cenar y beber unos tragos para intercambiar opiniones sobre la marcha inicial de los grupos de talleristas. Quedamos de vernos a las ocho de la noche en un barecillo llamado La Dichosa, calle arriba de la Plaza de España luego de cruzar La Gran Vía.

Siguiendo las instrucciones de Mariana subí a pie por San Lorenzo, que a pocos metros se llamaba Juan de Dios. La calle topaba con pared, obligaba a doblar a la izquierda y por fin surgía San Bernardo que era donde se ubicaba La Dichosa, en vecindad con la taberna Mayrit.

En ese nudo de calles próximo al viejo barrio de Chamberí, La Dichosa no era lo que se dice una taberna grata para la conversación. Tenía una barra para tapear y una área izquierda de mesas con vista a la acera estrecha y lóbrega.

De los siete tutores sólo asistimos tres, quizá por lo inhóspito del sitio: Martín Salinas, Jorge Guerrica y yo, además de Mariana Barassi. Mientras bebíamos en vasitos tinto de la casa y probábamos queso manchego y trozos de no sé qué empanizados, oímos a Martín Salinas, eufórico como siempre, relatar el thriller cinematográfico de un tallerista peruano conflictuado por dos personajes centrales que no lograban provocar suficiente interés: eran planos como tablas —decía Martín— a pesar de que en ellos residía el conflicto central del guion.

En ésas estábamos cuando miré hacia la puerta encristalada de La Dichosa y vi cruzar por la acera una silueta masculina subrayada por el amarillo de su bufanda.

Sorpresa: era don Benito.

Brinqué de la silla como resorteado, la hice a un lado, y mientras ofrecía disculpas a mis compañeros me precipité hacia la calle.

—No tardo. Regreso en un minuto.

Siempre subiendo por San Bernardo la figura negra y barrigona, inconfundible, llegó a la esquina con Calle de Cristo y avanzó hacia un parquecito salpicado de olmos heridos por el otoño. Para su edad, para su corpulencia, iba demasiado rápido. Tanto que a no más de diez metros de distancia lo vi engullirse dentro de un portón.

—¡Don Benito!

No me oyó, no me quiso oír tal vez, y el portón se cerró antes de que le diera alcance.

Se trataba de un edificio pardo de muros escarapelados cuyo portón tenía como límite, a su derecha, la compacta reja de cortina —cerrada herméticamente a esas horas— de una librería de viejo con letrero frontal: Hallazgos. Libros Antiguos.

Defraudado, molesto, dudé entre pulsar o no alguno de los timbres que exhibía el murete de la entrada. De los cinco o seis, sólo uno de ellos poseía identificación: Portero.

Así que yo estaba en lo cierto, pensé: don Benito no era un mendigo de verdad. Tenía techo: una vivienda en forma dentro de esa construcción ciertamente ruinosa pero ubicada en una zona céntrica del viejo Madrid; no en uno de los barrios periféricos donde suelen vivir los desheredados.

Recordé una vieja película de mi adolescencia: *Que Dios se lo pague*, protagonizada por Arturo de Córdova y la argentina Zully Moreno, me parece. Arturo de Córdova era un mendigo callejero, barbón, ensombrerado, que resultaba un vivales. Había logrado acumular una fortuna a punta de limosnas; tenía riquezas, joyas, mansiones, criados, mujeres; vivía feliz en el disfrute de su doble vida.

Mientras reflexionaba, cuando aún no me decidía a oprimir el timbre del portero, se abrió de repente el portón como suele ocurrir precisamente en las películas para resolver el trance. Un jovenzuelo con cabello erizado por la vaselina, con un tatuaje que le enmascaraba buena parte del rostro, brotó de las entrañas del edificio.

Me ganó el susto pero el monstruoso chaval no pareció advertirlo. Sólo dijo, cuando se disponía a cerrar:

—¿Va hacia dentro?

No dudé en filtrarme.

—Gracias —dije, aunque el tatuado ya no me escuchó.

Un foco pelón iluminaba de amarillo el cubo de la entrada. Por ahí encontré una escalera que me llevó al primer piso. Tronaba la madera de los peldaños que de seguro existían desde que se construyó el edificio; antes de la guerra, calculé. Setenta años después, apestaba a humedad, al yeso aguado de las paredes infladas como pústulas, desprendido a trozos sobre las huellas de la madera que iba pisando.

Otro foco pelón pendía del techo al llegar al primer destino. Un gato maullaba en un lejano espacio exterior, seguramente en la azotea.

La puerta más cercana a la escalera tenía un extraño aldabón de fierro. Lo sacudí dos veces —sonó como un yunque— con la idea de encontrar ahí a don Benito o a cualquier vecino que me diera razón de él.

Tardó en abrirse el departamento tres cuyo número había sido rayoneado con gis sobre el tablón. Una mujer de falda hasta el suelo y colorida como su camisa flotante apareció a contraluz de la vivienda iluminada. Tenía el cabello hecho nuditos y su tez oscurísima, sus ojos enormes, sus labios abultados, hacían suponer un origen marroquí.

Con la sola mirada y el gesto despectivo de sus labiotes me interrogó.

—Busco a don Benito —dije.

No parecía con ganas de responder. Durante el prolongado silencio —me veía y me veía— alcancé a distinguir, en un perchero adosado a la pared lateral de la entrada, la bufanda amarilla colgando junto a pashminas multicolores y un paraguas.

—A don Benito —volví a decir y señalé con el índice la bufanda amarilla.

—Aquí no es —exclamó la marroquí mientras me cerraba la puerta ahora sí que en las narices.

Salí del edificio convencido de mi hipótesis. Además de un techo, don Benito tenía una mujer: no era un pordiosero auténtico.

Al diablo con el viejo.

Habían transcurrido más de veinte minutos, tal vez media hora, cuando regresé a La Dichosa. Mis compañeros no parecían haber extrañado mi ausencia; ni siquiera preguntaron la razón de mi repentino escape. Proseguían comentando los guiones del taller. Ahora el trabajo que Jorge Guerrica tutelaba de un argentino, muy diestro en la gramática del cine, empeñado en encuadrar su historia en el contexto de la guerra de Las Malvinas.

—Es un guion muy ambicioso —decía Jorge—, pero va muy bien, muy bien.

Yo aproveché mi turno para comentar el caso de Pavel Giroud.

Pavel Giroud era un treintañero cubano con experiencia cinematográfica. Un par de años atrás había escrito y filmado con el Instituto Cubano de Cine un largometraje, *La edad de la peseta*, que se vio en México en algún festival. Seleccionado por la Fundación Carolina había llegado ahora a Madrid para trabajar conmigo el primer tratamiento de un guion titulado *El acompañante*.

La historia ocurría a las afueras de La Habana en un hospital "clandestino" pero higiénico a donde el gobierno cubano enviaba a los enfermos de sida. De algún modo querían esconderlos, evitar cualquier publicidad en torno a una enfermedad considerada como vergonzosa, indigna de la pureza del régimen. Los incurables sidosos eran bien tratados ahí; tenían acompañantes exclusivos —cuidadores o carceleros— que no se apartaban de su lado antes de verlos caer en la etapa crítica.

Según el guion de Pavel, el protagonismo de la trama pertenecía a un boxeador caído en desgracia por haber perdido una pelea internacional. Lo castigaron convirtiéndolo en "acompañante" de un sidoso.

Yo no estaba de acuerdo con esa decisión argumental. El protagonista, el eje de la historia debería ser precisamente ese sidoso por un solo detalle que me pareció genuinamente dramático, espeluznante. Ese enfermo de VIH, como algunos otros del hospital, solía extraerse con una jeringa su sangre contaminada —en una operación clandestina, por supuesto— para venderla fuera con el apoyo de una red de cómplices. La sangre iba a dar a las cárceles de Cuba. La adquirían los presos políticos, los condenados de por vida a vivir en mazmorras indecentes. Preferían contaminarse de sida, ser trasladados a ese hospital higiénico y pasar sus últimos días ahí, en lugar de sufrir hasta la muerte las condiciones infrahumanas de las cárceles comunes.

De ese cambio de trama había tratado yo de convencer a Pavel Giroud toda una tarde, en una sesión especial en la Academia de Cine. No dio su brazo a torcer el obstinado cubano. Insistía en privilegiar a su *acompañante* exboxeador; era necio, necio, necio.

Rumiando esa inútil discusión que me llevó dos horas, regresé aquella tarde de viernes al departamento de Plaza de España. No iba a encontrarme con Estela, qué lástima. Ella y mi hija Eugenia se habían ido a turistear a Sevilla el fin de semana.

Salía del metro, subía las escaleras de la estación Leganitos cuando me sacudí atónito. Tropecé con el escalón, estuve a punto de caer. Ahí estaba el viejo gordo siempre de negro, erguido, de seguro mendigando aunque no tendía la mano a los transeúntes.

Él no se sorprendió, como si me aguardara. Me flechó una mirada hostil.

—¿Por qué me espía! —golpeteó las palabras.

—Qué le pasa, don Benito.

Lo prendí del brazo y nos replegamos junto al mapamural del metro para evitar a la gente que subía por la escalera o cruzaba hacia el Starbucks.

—Anoche me siguió hasta el edificio, me andaba cazando.

Traté de explicarle mi curiosidad. El impulso de darle alcance cuando lo vi en la banqueta de la taberna.

—Usted no es un mendigo cualquiera, don Benito, tiene un techo decente.

—¿Y eso le da derecho a perseguirme? —gesticuló con la boca—. ¿Trabaja para la policía?

—No, por Dios. ¿Tengo cara de policía?

Y le solté mis datos como tarabilla. Mi nombre, mi nacionalidad, mi oficio, mi trabajo eventual con la Fundación Carolina, mi domicilio.

—Vivo aquí a media cuadra en aquellos departamentos —los señalé.

Pareció suavizarse poco a poco. Parpadeaba de continuo en lo que parecía un tic.

—¿En verdad no es policía?

—Le juro que no.

—¿Qué quiere entonces conmigo?

—Platicar, si le parece. En el departamento tengo un vino tinto y un poco de jamón serrano. Podemos platicar un rato de lo que sea.

Negó con la cabeza mientras me alfilereaba con sus ojillos verdes.

—Espero no verlo nunca más —dijo acremente. Enfundó ambas manos en los bolsillos de su pantalón negro y así cruzó las calles y el parque de la Plaza de España rumbo a Princesa. Lo volví a perder entre la muchedumbre de transeúntes.


Fui a los Renoir para ver *El orfanato*, de Guillermo del Toro, pero como la función empezaba hasta las nueve me pasé a la librería Ocho y Medio en busca de *The end*, esa obrita excelente de Jean Claude Carrière. Quería obsequiarla a mis talleristas para que leyeran los consejos del gran guionista francés. No había ejemplares, estaba agotada.

Aún me dio tiempo de cenar unas tapas de tortilla española en un barecillo cercano antes de entrar al Renoir. Salí como a las once, y a las once y media ya estaba en el departamento.

Sonó el timbre de la calle cuando diluía en agua un par de alkaseltzers, me dolía la cabeza. Pensé que sería Pavel Giroud, arrepentido al fin de su necedad. No. Era don Benito. ¡Vaya con el viejo! Me dijo que no quería verme nunca más y ahí estaba de repente, al pie del interfón.

Bajé a abrir porque a esa hora ya habían cerrado con llave la puerta enrejada del edificio. Lo encaré malhumorado:

—¿Cómo supo dónde vivo? El número del departamento...

—Me lo dijo un caballero que bajaba las escaleras.

—¿A estas horas?

—Apiñonado, muy amable... Siete efe, ¿marqué bien?

Podría ser Senel Paz, del segundo grupo de tutores, que había llegado a Madrid con dos semanas de anticipación.

—¿Y cómo supo mi nombre?

—Usted me lo dijo, ¿no recuerda?

Mantuve la puerta entreabierta, dudando.

—Si quiere me voy —dijo el viejo.

—No, no.

—Venía a preguntarle si todavía existe la oferta de ese tinto —dijo sonriendo.

—Por supuesto, pásele.

Mientras yo descorchaba una de las tres botellas de Marqués de Cáceres que compré días atrás en una vinatería junto al metro Noviciado, don Benito se puso a recorrer el sitio después de colgar su bufanda amarilla en el perchero del vestíbulo. Desde la cocineta lo oía recorrer la estancia, la recámara, el cuarto de baño, como si quisiera asegurarse, pensé, de que en mi carácter de policía encubierto no le tenía preparada una trampa.

Fue a orinar sin aviso previo, confianzudo, y cuando salía yo de la cocineta con el tinto servido en dos vasos y un plato con jamón serrano y rebanadas de queso manchego —todo en la charola de aluminio—, don Benito ya estaba apoltronado en el sillón más cómodo, orgulloso de su gordura. Olía mal. Exudaba un olor penetrante impregnado en sus ropas, propio de quien no se ha bañado en semanas, pese a que su rostro y sus manos transparentes irradiaban limpieza. El tufo me penetró la nariz cuando le entregué el vaso que apuró casi de golpe.

Regresé por la botella y la deposité en la mesita de centro.

—Vive usted como rico.

—Me lo paga la Fundación Carolina durante el curso.

—Pero es rico de cualquier manera, hombre.

—Según con quien me compare. ¿Con usted?

Asintió con la cabeza.

—Tampoco usted es tan pobre como parece, ya se lo dije.

—Usted qué sabe —sonrió con amargura.

Al tercer vaso de tinto —ya se servía por su cuenta— se soltó la lengua de don Benito. Nada necesité preguntarle para que él hablara de la marroquí con quien vivía, que no resultó marroquí sino sudafricana del apartheid de Pretoria: salió huyendo con su marido por Zimbabwe en los años ochenta, antes de Mandela, y al marido lo mataron aquí en Madrid los etarras, dijo, y ella quedó viuda, sin dinero, sin nada, de no ser esa vivienda a la que usted se metió cuando me perseguía, propiedad de una concubina gitana de su marido, asesinada también cuando el tal marido y su concubina delataron a la banda terrorista con la que habían colaborado en la fabricación de una bomba, porque debe saber que el sudafricano era un experto en detonadores de acción retardada con los que contribuyó a varios actos de destrucción contra las instalaciones militares de Pretoria cuando la lucha de los naturales del país se había recrudecido y él, el marido, terminó siendo ubicado y perseguido por los afrikáners, de manera que decidió huir con su esposa y un grupo de compañeros hacia el norte de África, y de Marruecos saltaron a España donde tomaron contacto con la ETA gracias a que un alto mando de la corporación etarra había hecho relación con los activistas del apartheid y dio noticia del sudafricano y su grupo y los recomendó como expertos en la fabricación de esos detonadores de acción retardada; pero aunque el sudafricano y su grupo se resistían a participar en actos terroristas en España, dada su calidad de indocumentados y su desinterés por las luchas de la ETA, terminaron cediendo a las propuestas tanto por su angustiosa situación económica como por la represión amenazante de los vascos, de manera que algunos de ellos junto con la gitana que fungía como contacto de los de Euskadi y se había involucrado sexualmente con el sudafricano en las meras narices de la esposa engañada, participaron en una pavorosa explosión en Madrid en el que murieron mujeres, niños, jóvenes, hombres inocentes... lo cual generó en el ánimo del grupo sudafricano un sentimiento de culpa que los impulsó a la delación cuya consecuencia, en rebote, fue la venganza asesina de los etarras en la persona del sudafricano, de su concubina y de dos o tres compañeros más.

Cesó el discurso arrollador de don Benito. No lo entendí con claridad porque tropezaba las frases, enredaba los tiempos y caía al parecer en contradicciones. Si trato de reproducirlo ahora con cierta coherencia es porque quiero convencerme a mí mismo de lo que yo pensaba entonces: era una historia hechiza, producto de la imaginación de un viejo extraviado.

Fui a la cocina para descorchar la segunda botella de Marqués de Cáceres. Él mismo llenó su vaso. Como el tufo arreciaba abrí la ventana que veía a la estrecha calle vecina iluminada apenas por dos arbotantes.

—Entonces, esa mujer con la que vive/

Me interrumpió don Benito:

—Se llama Zagriba… En realidad no se llama así. Tiene un nombre muy complicado pero yo le endilgué el Zagriba. Y no vivo con ella, le advierto, no en el sentido procaz con que usted lo dice.

—A ella no le hicieron nada los etarras.

—Eso sucedió hace mucho tiempo. La conocí después, en la Plaza de Oriente, pidiendo limosna.

—Como usted.

—Hicimos un trato. Ella me daba un techo y yo la manutención para que no necesitase mendigar.

—El que mendiga es usted.

—No me ofenda.

—No lo ofendo, don Benito. Nada más digo.

Tomó con los dedos varias rajas de jamón serrano y de queso y las devoró con rapidez, sin saborearlas. Bebió de un trago el vaso de vino. Lo llenó de nuevo.

—¿Quedó satisfecha su curiosidad?

Pensé que iba a levantarse para salir del departamento, pero no. Paladeó un par de traguitos. Se zampó un trozo más del manchego.

—¿Le digo una cosa, don Benito? Esa historia de la tal Sagrario…

—Zagriba —corrigió.

—La verdad no me importa demasiado. Me da curiosidad la de usted.

—Quiere hacer una película a mis costillas, ¿no?

—No, claro que no.

—Por eso me perseguía la otra noche.

—Por curiosidad, ya se lo he dicho cien veces. Porque usted no tiene facha de mendigo.

Iba a soltar una risotada pero se le atoró en la garganta y sólo le brotó un gruñido. Seguía comiendo. Sus ojillos papujados brillaban de malicia: la de quien trenza tonterías para engañar a un ingenuo y disfrutar cómodamente del vino, de los quesitos, del jamón serrano que ya había hecho desaparecer de la charola. Fui por más a la cocineta. Le serví todo lo que restaba en el refrigerador.

Hijo de un talabartero de las calles de Hortaleza y de una maestra de escuela primaria, hermano menor de un chaval pegado siempre a los libros, Benito sintió su vida truncada a los seis años, durante la guerra civil. En un bombardeo del ejército franquista sobre Madrid, su casa fue destrozada. Murieron sus padres y su hermano, y a él lo rescataron unos vecinos por quienes fue a dar al hospicio atendido por sacerdotes carmelitas en las cercanías de la Estación del Norte. Durante su infancia y su adolescencia los hijos del Carmelo le infundieron una vocación al sacerdocio que él asumió con la naturalidad de lo inevitable. Ingresó al seminario de Pontevedra y se ordenó a los veinticinco años.

—¡Órale!

—¿Qué?

—¿Así que usted es cura, don Benito?

—No se burle, caballero.

—Nunca me lo imaginé. ¿Me está tomando el pelo?

Hizo un gesto de enojo antes de dar cuenta, atascándose, de todo el jamón serrano. Se empinó el tinto.

Como cura, como vicario, como párroco, don Benito residió en varias provincias de España: Galicia, Asturias, Andalucía, Extremadura... Realizó estudios especiales de teología moral en el Colegio Pontificio de El Vaticano, y ahí trabajó durante un par de años, con otros dos carmelitas, en la oficina de beatificaciones. De sacerdote obediente y devoto, amante de la oración y dedicado con fervor a los grupos de jóvenes laicos, fue tornándose cura insumiso luego del Concilio Vaticano Segundo. Se interesó primero en los teólogos de la muerte de Dios, se apasionó por el Catecismo Holandés y años después, cuando conoció en Madrid al jesuita uruguayo Juan Luis Segundo, se adhirió a la teología de la liberación convencido de que no era solamente válida para los países latinoamericanos sino también para España, para los territorios asiáticos, para África por supuesto. Sus provinciales lo censuraron y hasta lo castigaron severamente, y él terminó sepultando esa visión liberadora del evangelio en lo más secreto de sus convicciones. Más de sesenta años después de haber sido ordenado sacerdote, cuando ya arañaba la vejez, afloró de nuevo su rebeldía. Era entonces maestro del teologado y le encargaron impartir un cursillo sobre el pecado original.

¡El acabose!

Desde sus primeras disertaciones se dedicó a impugnar la ortodoxa interpretación del mito de Adán y Eva. No, señores. La tentación de la serpiente, el "seréis como dioses si coméis del fruto del árbol del bien y del mal" no implica ese pecado original del que según la dogmática todo ser humano es desde entonces corresponsable. Representa, por el contrario, como mito bellísimo, el nacimiento de la conciencia, el primer impulso de liberación, el florecimiento del libre albedrío. Ahí surgió el primitivo ser humano. Ya no más el Adán del paraíso que simplemente sabe, sino el Adán que por fin sabe que sabe. Cuál desobediencia, señores. Cuál pecado original. Leída rigurosamente, la Biblia no lo dice. No lo dijo Jesús de Nazaret. Lo dijo por primera vez San Pablo en Romanos Cinco torpemente: por un solo hombre entró el pecado en el mundo, y por esa transgresión domina desde entonces a los seres humanos hasta que no hayan sido redimidos por Cristo. Lo reafirmó San Agustín en el siglo quinto con exageraciones tales como decir que el pecado original se transmitía por el esperma del varón. Más que a redimirnos de ese pecado histórico, Jesús vino a salvarnos; es decir, a hacernos conscientes de nuestra humanidad. Jesús no es redentor, es salvador.

¡El acabose!

Si los alumnos del seminario de Santander se sintieron escandalizados por el claridoso don Benito, el provincial de los carmelitas, un sacerdote treintañero recién llegado de Argentina, enfureció. Lo llamó al orden. Lo acusó de heterodoxo, de rebelde, de nefasto, y don Benito, ahí mismo, en su cara, lo acusó a su vez de pertenecer a una clase sacerdotal aliada con los poderosos y olvidada de los verdaderamente pobres. No duró mucho la discusión. Don Benito le dio las espaldas no únicamente al provincial de los carmelitas, sino a la congregación misma, a su ministerio, a la maldita iglesia, dijo. No pidió siquiera su reducción al estadio laico, simplemente se fue. Regresó a Madrid.

—¡Órale, don Benito!

—Anduve dando tumbos por un tiempo hasta que conocí a Zagriba y sucedió todo lo que ya le conté.

—Me deja con el ojo cuadrado.

De las tres botellas de Marqués de Cáceres ya sólo mediaba la última. Yo había bebido apenas dos vasos.

Se levantó trabajosamente para ir a orinar. Tuve que sujetarlo del antebrazo para impedir que tropezara en el quicio de la recámara. Tardó en regresar asentando los pasos que sostenían su obesidad hasta llegar al sillón. Se sirvió antes más vino.

—Se hizo pobre entre los pobres, don Benito.

—Déjese de burlas, yo no escogí mendigar.

—No lo digo por burla.

Me pareció asqueroso que se pusiera a gargarear el último trago antes de decir, con la mirada perdida y balanceando la cabeza:

—Ya que me emborrachó con tanto vino, le voy a contar lo que me pasó hace un año, año y medio, para que me entienda.

Y me lo contó.

Regresaba una noche, ya muy noche, a la vivienda de Zagriba, cuando al cruzar por la puerta entornada se encontró con un espectáculo espantoso. Un jovenzuelo con el pelo hirsuto embarrado de gomina, el rostro enmascarado por un tatuaje y los brazos desnudos heridos de pinchazos, un drogadicto de seguro que había entrado a robar y a quien Zagriba sorprendió cuando el rufiansuco acababa de encontrar el botecillo donde ella escondía su dinero: unas cuantas monedas pero suficientes tal vez para conseguir la dosis de un jeringazo, el maldito jovenzuelo, pues, estaba zarandeando y golpeando a Zagriba, ya tendida en el suelo la pobre mujer soltando patadas inútiles y maldiciones y gritos ahogados porque el ratero la sujetó del cuello como para ahogarla sin tomar en cuenta que don Benito entrando, con un gesto automático, levantó del suelo ese trozo de capitel de columna romana encontrada tiempo atrás en un basurero que Zagriba quiso recoger porque le dio la gana de tenerla de adorno en el piso sin imaginar que iba a servir a don Benito para levantarla instintivamente y usarla como arma de defensa golpeando con ella la cabeza del tatuado ladrón. Se la partió como se parte una sandía, tronó el cráneo, brotó un chisguete de sangre y el ladronzuelo quedó muerto de inmediato. Después del desconcierto y las lágrimas y gritos de Zagriba y la ansiedad de don Benito que se golpeaba el pecho con el puño igual que en el acto de contrición de la misa, ambos se afanaron en limpiar la sangre untada en los pelos hirsutos del chaval. Ningún vecino del edificio pareció haber advertido el zafarrancho, todo se mantenía en silencio, y en silencio salieron del departamento minutos después llevando el cadáver envuelto en frazadas y trapos como si cargaran una alfombra. Eran las dos o tres de la madrugada y nadie, milagrosamente nadie, ni un palurdo de los que suelen vagar por el rumbo pinchándose o atracándose de tachas, ni la vieja loca que gimotea en las noches de calle a calle, ni siquiera un perro sarnoso los vieron llegar hasta el parquecillo de los olmos heridos y desenvolver al muerto de las frazadas y los trapos para dejarlo tendido ahí, muy cerca del pequeño busto erigido a Clara Campoamor. Lo descubrieron al despuntar el día dos uniformados de la guardia civil. La policía anduvo preguntando e investigando, pero como no era la primera vez que aparecía por ahí un drogadicto asesinado sin nadie que lo identificara o lo reclamara por miedo quizás a las pandillas facinerosas del rumbo, el caso terminó archivado, aparentemente archivado en algún cajón de escritorio, no en las almas de Zagriba y don Benito que seguirían rumiando siempre su crimen.

—No fue un crimen —me atreví a decir—, fue un accidente en defensa propia.

—¿Ya entendió mi resquemor a que usted fuera un policía?

Ahora fui yo quien abandonó la estancia para ir al cuarto de baño. Después de aliviar mis necesidades me mojé la cara frente al espejo. Pensaba: si fuera cierta la historia no se la contaría así a un desconocido; las demás quién sabe, ésta no parece verosímil.

Cuando regresé, don Benito yacía inmóvil en el sillón. Por unos segundos aluciné que se hubiera muerto de un paro cardiaco pero no: respiraba, dormía agotado por su charla, por el vino, por la cena, por el cansancio de recorrer las calles todo el día pidiendo limosna. Lo que hice fue buscar en la recámara una cobija para cubrir con ella sus sueños y ronquidos. Apagué la luz.

Tardé más de media hora en dormirme, molesto conmigo mismo y preocupado de que no pudiera sacarlo fácilmente de ahí en la mañana, no fuera que el viejo gordo tratara de instalarse a mi vera como uno de esos perros callejeros que uno acaricia al paso y luego es imposible largarlos. Mi última idea antes del sueño fue aprovechar ese encuentro absurdo —por qué no— para escribir un guion de cine mejor que el de Pavel Giroud.

Cuando me desperté ya avanzaba el sábado rumbo al mediodía. Me precipité en piyama hasta la estancia. Por fortuna, del viejo no quedaba sino su hedor penetrante. Se había marchado sin robar nada, al parecer. Ahí estaban los platos grasientos, los vasos, las botellas vacías. Ahí estaba también en el vestíbulo, la había olvidado, su bufanda amarilla.

Estela y mi hija Eugenia regresaron de Sevilla la tarde del domingo en el tren AVE. Venían felices y me contaron al detalle su itinerario. Se hospedaron en el hotel que muy acertadamente les recomendó José Manuel Navia: Casas de la Judería. Visitaron la catedral: el patio de los naranjos, las enormes capillas repletas de tesoros, el majestuoso monumento donde afirman que están guardados los restos de Cristóbal Colón. Recorrieron en turibús el barrio de Triana; a pie, el barrio de Santa Cruz. Conocieron La Casa de Pilatos y por la noche del sábado oyeron cante jondo en La Carbonería.

Cuando al fin terminé mi trabajo con los talleristas dos semanas después, redacté el informe de rigor para la Fundación Carolina. De los cuatro jóvenes a mi cargo dos habían corregido con firmeza sus libretos. El colombiano William Vega entendió que la historia contada en *La sirga* necesitaba más diálogos para explicitar el drama de sus personajes desolados. También me parecía concluido *Casi romántica y sencilla*, el guion de Daniel Gil Suárez, un argentino radicado en Madrid, que contaba la historia de una actriz porno que huye a la frontera con un soñador luego de robar una buena cantidad de euros a sus jefes. Los guiones que necesitaban más trabajo eran el thriller *Kilómetro 72* del venezolano Samuel Henríquez y el del cubano Pavel Giroud a quien no logré convencer de un cambio de enfoque en la historia de sus sidosos; fracasé.

Nada les conté del viejo mendigo a Estela y a mi hija Eugenia. Se enteraron mucho tiempo después, ahora, cuando les pedí leer la primera versión de este guion titulado *La bufanda amarilla*. Les pareció punto menos que inverosímil. Tienen razón.

# Los encuentros

*Esta historia la vivió y me la contó Gustavo Carrillo; le*
*pedí autorización para escribirla. Me interesaban, sobre todo, las*
*recurrentes casualidades y los episodios inverosímiles que operan en*
*la realidad y que en la ficción suelen ser reprobados por eso: por*
*inverosímiles. Introduje desde luego elementos aleatorios y expre-*
*siones ajenas al vocabulario prudente que suele utilizar el Gustavo*
*de la realidad. Me disculpo de antemano con los familiares o des-*
*cendientes de Martínez Urrea y de otras personas aludidas que*
*podrían ofenderse si por casualidad se topan con este texto.*

—¿Martínez Urrea Eduardo?
—Presente.
—¿Martínez Urrea Eduardo!
—¡Presente! —se oyó por segunda vez surgir del fondo
del salón una voz, ahora como estallido, entre las risas de los
estudiantes.
—No hace falta gritar —dijo el maestro.
Ésa fue la primera vez que Gustavo Carrillo vio en persona a Martínez Urrea Eduardo, un muchacho alto y delgado,
cejas espesas, incipiente calvicie, que se puso de pie mientras
levantaba el brazo con el índice en alto. Había llegado de Sonora a la Facultad de Medicina de la ciudad de México, gracias a
una de esas becas que el gobierno del estado otorgaba a jóvenes
preparatorianos para que se capacitaran en la capital y regresaran
luego a atender enfermos en las desamparadas zonas rurales.
Gustavo hizo amistad con él por simpatía —el sonorense era dicharachero, lengua suelta, ingenioso— y un poco por
compasión: la beca le alcanzaba apenas para vivir en un cuarto

de azotea del primer cuadro, comprar los útiles y libros estrictamente indispensables y mal comer.

—¿Sabes qué hago cuando el hambre me truena la panza? Me echo a la cama a dormir, con eso la distraigo.

Lo malo de Martínez Urrea Eduardo era que se pasaba de flojo. En los exámenes del primer año de la carrera reprobó casi todas las materias.

—Te van a quitar la beca —se preocupó Gustavo.

—No hay fijón, mira —y extrajo de su chamarra vaquera un fajo de boletas de calificaciones en blanco. Se puso a llenarlas delante de él: fecha, nombre del alumno, materia, calificación (en número y en letras), nombre del maestro con su falsificada firma al calce.

—Necesitas el sello oficial de la UNAM.

—No hay fijón —sonrió el sonorense y le mostró un sello de mango descolorido y el cojincillo entintado.

Todo lo había conseguido por don Galio, un mozo de la oficina de Emita al que le había resbalado en la mano abierta una jugosa propina para que se animara al saqueo.

Gustavo le ayudó a falsificar un par de boletas. Ochos y nueves de calificación para no despertar sospechas; sólo un diez en Anatomía por farolón.

—Eso te sirve para la beca pero no para tu expediente —le advirtió Gustavo.

—No hay fijón. Las materias las paso de volada en los extraordinarios o a título de suficiencia. No hay fijón.

Gustavo nunca supo a ciencia cierta si las aprobó —parece que sí, con trampa— porque en el segundo año los alumnos se dispersaron en distintos salones, con diversos horarios.

Gustavo Carrillo volvió a ver a Martínez Urrea Eduardo cuando ya cursaba el tercer año de medicina. Varios alumnos realizaban servicios médicos como practicantes —sin remuneración alguna— en instalaciones de la Cruz Verde. En el puesto 3 ubicado en la calle Campana de Mixcoac, cerca de Rodin, se encontró con el sonorense. Gustavo venía entrando al pabellón de heridos de quemaduras, despoblado en ese instante de enfermeras, cuando alcanzó a distinguir al fondo de la sala a un médico batablanca que sacudía y luego cacheteaba a un miserable paciente postrado en su camilla.

Úpale. No entendía Gustavo lo que estaba sucediendo. Corrió para detener al batablanca y úpale, no lo podía creer: el agresor era Martínez Urrea Eduardo.

—¡Pero qué estás haciendo, por Dios? —lo atenazó de los brazos por detrás. Éste giró la cabeza.

—¡Mi querido Gus!, qué gusto verte por aquí —se sorprendió sonriendo el sonorense.

—¿Te volviste loco? —lo soltó.

—Este güey que no quiere curarse —dijo Martínez Urrea Eduardo.

—Cómo que no quiere curarse. Mira lo fregado que está.

—Puro cuento. Ya nomás le quedan las cicatrices. Se resiste a que lo den de alta para seguir aquí de oquis.

—Eso lo decide el médico del pabellón, no tú.

—Hacen falta camas y sólo así entienden estos malnacidos.

—Hermano, no tienes madre.

—Okey, okey, no hay fijón. Vamos a echarnos unas frías para celebrar el reencuentro, Gustavito. Qué bien me caes.

Por razones que no vienen al caso, Gustavo Carrillo se vio obligado a dejar la carrera de medicina y entró a trabajar en un laboratorio de productos farmacéuticos.

Con su maletín en mano caminaba una mañana por la avenida Hidalgo, frente a la Alameda, en el momento en que sintió una mano sujetándole el antebrazo, por la espalda. Se volvió rápidamente, defensivo. La impresión lo hizo respingar.

—Martínez Urrea Eduardo, mira nada más. Los desaparecidos reaparecen.

El interpelado sonrió sin convicción. Parecía un estropajo torcido de sacudimientos: movía las manos como si las tuviera mojadas, bandeaba la cabeza, se llenaba de tics.

—Estás igualito —lo palmeó Gustavo.

No era cierto. Habían transcurrido diez años y Martínez Urrea Eduardo había ganado kilos y perdido buena parte del escaso cabello que lo protegía. Su calvicie era definitiva aunque los rasgos de su facia lo delataban como el mismo sonorense que conoció Gustavo en sus tiempos de estudiante: los ojos pequeñitos, la cejas pobladas como azotadores...

—¿Seguiste en medicina? Yo tuve que renunciar.

—Más o menos —dijo Martínez Urrea Eduardo—. Conseguí del gordo Alzate una responsiva médica y puse un consultorio en Acopilco.

—Pero te recibiste.

—Puse un consultorio, te digo. ¿Te acuerdas del gordo Alzate?

—¿Quién era el gordo Alzate?

—Pues el gordo Alzate, cuál otro.

—No me acuerdo, ¿en qué grupo iba?

—Es cirujano del Sanatorio Español. Le va a toda madre.

Más que del ahora y por la pura nostalgia, a Gustavo se le antojaba hablar con Martínez Urrea Eduardo de los viejos tiempos, de su beca aquella, de su violencia en la Cruz Verde, de los compañeros que se habían ido perdiendo en el recuerdo. Pero al sonorense no le importaba el ayer. Estaba anclado en el presente, tiritando como si lo sacudiera una maquinita cantinera de toques eléctricos.

—Es un milagro que te me aparezcas hoy, mi querido Gus —dijo Martínez Urrea Eduardo con los ojos empañados—. Un milagro de la Virgen de Fátima.

—¿Traes problemas? Te veo nervioso.

—Me siento de la fregada y necesito un consejo. Tú siempre fuiste bueno para los consejos, mi querido Gus. No se me olvida cuando me dijiste que mandara al carajo a esa morrita de Donceles, ¿te acuerdas? Resultó putísima.

—¿Se te antoja el Negresco?

—Mejor invítame un café, nomás un café.

Fueron cerca, al Sanborns de Madero, y pidieron dos jarritas de americano. Antes de que la mesera se retirara, el sonorense pidió una orden de molletes.

—Traigo un hambre de huérfano —dijo. Y entró de lleno en el tema que lo electrificaba—. Bueno, pues como te digo, puse un consultorio médico en Acopilco.

—¿Dónde queda Acopilco?

—San Lorenzo Acopilco, que en náhuatl quiere decir "lugar coronado de agua". Qué bonito, ¿verdad?

—Pero dónde.

—Cerca, a veinticuatro kilómetros rumbo a Toluca. Un consultorio modesto, no te creas, porque el pueblo no llega a ocho mil habitantes. Pero me ha ido más o menos en dos años y ahi la voy llevando curando escuincles, viejos con artritis, inflamaciones de anginas, de todo.

—Como médico general —precisó Gustavo—. Pero no te recibiste, ¿verdad?

—Pues un día, ya tiene tiempo, que me cae en el consultorio una señora piernuda con una comadre hasta acá, que traía una infección bien gruesa ahí donde te conté; se la había pegado el marido.

—¿Sífilis?

—La empecé a tratar con hierbas de epazote y con penicilina, sin que supiera nada su marido; eso a güevo porque es un gañán de este pelo, malencarado, rabioso: se la pasa bebiendo en la bodega de Ubaldo y cuando regresa hasta las manitas agarra a mandarriazos a su mujer. Ella se llama Aurora. Aurorita.

—La sigues viendo.

—Te digo que la traté semanas porque la infección estaba en chino, como si le hubieran metido sanguijuelas en la panocha. Por fin ya, se curó. Y me lo agradeció muchísimo cual debe de ser, no faltaba más.

—¿Está apetecible?

—Más o menos, te digo, por las comadres. Pero nada del otro mundo. Aguanta, pues. Y resulta que poco a poco, por el camino del agradecimiento, ya sabes, que empezamos a vernos, que a platicar en el parque, que a seguir llorando ella las fregaderas de su marido.

—Y te la ejecutaste.

—Espérate Gus, no te me adelantes. Déjame hablar porque si no cómo te explico el mitote para que me aconsejes.

Martínez Urrea Eduardo se interrumpió para atragantarse con la orden de molletes. Los devoraba como él dijo: con hambre de huérfano y con tanto deleite que a Gustavo se le antojaron y pidió a la mesera otra orden para él.

El sonorense recobró el habla con la boca llena:

—Como has de suponer, mi querido Gus, a mí, más que a Aurorita, me empezó a entrar miedo hasta en los huesos porque el marido era así como te digo, jetón y malora, de ésos que a mí no me veas chueco porque te quiebro, cabrón.

—¿Es riquillo?

—De la clase media de Acopilco, digamos, pero de origen campesino. Tiene animales, cabras, unos cuantos puercos. Su casa normal, de pueblo. Así son; gente provinciana sin alardes, aunque ahí justamente viene el trance porque una noche, después de salir del consultorio/

—¿De acostarte con ella en el consultorio?

—Que me va diciendo Aurorita, fíjate nomás. Que me va diciendo que su marido tenía un tesoro escondido debajo de su cama en un cajonzote de este porte.

—¿Un tesoro?

—Como de piratas, cabrón. Una caja llena de lingotes de oro macizo. Oro macizo.

—¿Oro macizo?

—Oro macizo.

—Y tú te la creíste.

—Claro que no, era absurdo.

—Absurdísimo.

Yo también pensé: es absurdo.

—Te quería enganchar la tal Aurorita.

—Pero al día siguiente, en la mañana, a la hora de la consulta, que llega la Aurorita con un morral. Y para quedarte con el ojo torcido mi querido Gus. Que va sacando del morral un lingote de a de veras, de este pelo. Y sí, era oro macizo. Te lo juro porque hasta lo raspé con un bisturí: oro macizo. Y Aurorita me dijo que había más, como veinte o treinta iguales en el cajonzote debajo de la cama.

—Y ella lo sabía.

—Desde siempre.

—Y el marido sabía que ella lo sabía.

—Claro. Era el gran secreto entre los dos. Estaban esperando la oportunidad para ver quién se los cambalacheaba, o a quién se los iban a vender, eso no sé.

—¿Los lingotes siguen ahí?

—Ahí siguen. De esto que te cuento fue hace quince días cuando la Aurorita me llevó el lingote al consultorio como de muestra. Y también me dijo que su marido ya sospechaba que yo me la andaba maloreando y que si me encontraba cualquier día de estos en Acopilco me iba a descerrajar un tiro en el cogote.

—Órale.

—Por eso me vine a México un ratito y me compré una pistola para cuando regrese al consultorio. A lo mejor son puras bravatas del maldito pero hay que estar prevenido.

—¿Dónde compraste la pistola?

—En la calle de Palma, con el güero Zamora.

—¿Así nada más?

—Aquí la traigo —dijo Martínez Urrea Eduardo esquinándose en la mesa para bajarse con discreción el cierre de la chamarra y mostrar a Gustavo la cacha de una pistola encajada al cinturón.

—Por eso andas nervioso, ¿verdad?

—Ando nervioso por el oro macizo, mi querido Gus. Esos lingotes no se me quitan de la cabeza, sueño con ellos. Por ese tesoro soy capaz de jugarme la vida. Aurorita me vale sorbete.

—Ten mucho cuidado —dijo Gustavo—. Si lo que quieres de mí es un consejo, mi consejo es que dejes esa aventura por la paz.

—Ni madres. No hay fijón.

—Además de que no es honesto, me parece muy peligroso. Te van a matar.

—Es peligroso pero fácil. Con un par de cabrones bien bragados...

—La vida no es una película, Eduardo.

—O con cuatro, para estar más seguros. ¿Tú no quieres entrarle? Ya tengo a un paisano sonorense aunque todavía no le he explicado bien de qué se trata. De seguro jala conmigo y le caemos por sorpresa a ese maldito. Es oro macizo, mi querido Gus, oro macizo. ¿No quieres entrarle?

—Ni loco.

Discutieron un rato más. Gustavo tratando de hacerlo desistir y Martínez Urrea Eduardo empeñado en su asalto. El habérselo contado con todo detalle a su amigo, el haberlo invitado a la aventura, le alivió el ansia, dijo, le dio seguridad. Ya no le temblaba la quijada ni se le movían los ojitos como canicas. Se había inventado incluso, de repente, una sonrisa de matón.

Abandonaron por fin el Sanborns de Madero —Gustavo pagó la cuenta, por supuesto— y se despidieron en la esquina con San Juan de Letrán.

—Ya te volveré a encontrar algún día —le dijo Martínez Urrea Eduardo—, siempre nos encontramos. O a lo mejor no, pérate, porque yo estaré viviendo en la Costa Azul, con un chingo de morras. Ahí te voy a invitar para que veas. Te vas a arrepentir de no entrarle.

Gustavo pensó en ir a comer a su casa, pero decidió quedarse en el centro y caminar —le gustaba caminar— hasta los Tacos Beatriz, en la calle de Uruguay, pensando todo el tiempo en la increíble historia de Martínez Urrea Eduardo que con suerte era nada más una loca fantasía. En los tiempos de la universidad, sus compañeros lo consideraron siempre punto menos que un desquiciado. Acaso se inventó ese consultorio en Acopilco y los mentados lingotes de oro.

A las cuatro de la tarde en punto, Gustavo tenía otra farmacia que visitar en la calle Soto: precisamente la farmacia Soto, por la Guerrero. Pudo irse caminando pero decidió abordar un camión que lo dejó cerca de Garibaldi y de ahí llegó con su maletín al establecimiento.

Con un apellido de origen francés, porque era descendiente de una familia que se asentó en Veracruz durante los tiempos de Maximiliano y Carlota, monsieur Simorin —a quien le decían señor Simorín castigando la i con un acento— presumía de una farmacia bien surtida y ordenadísima. Era un gordinflón que rebasaba los cincuenta años y trataba a Gustavo con una deferencia poco usual entre el resto de sus clientes. Recibía del agente el pedido solicitado a la empresa farmacéutica y lo liquidaba de inmediato con billetes tersos recién extraídos del banco. Era platicador, muy dispuesto a escuchar a los demás, y se ufanaba de sabio porque tenía información de todo: desde medicina científica y homeopática, hasta historia universal, escultura moderna y joyería.

A él se confió Gustavo luego de que realizaron la transacción rutinaria. El agente tomó asiento en un banquillo próximo a la caja registradora, y con la confianza mutua que los unía desde años atrás, le contó la historia acabada de oír del loco Martínez Urrea Eduardo.

Cuando Gustavo tocó el asunto de los lingotes de oro atesorados por el rufián de Acopilco, los ojos de por sí saltones del señor Simorín estuvieron a punto de caer como canicas.

—¡Ah caray!

—Yo sé que es increíble que un campesino común y corriente tenga lingotes de oro, pero/

—No no —lo interrumpió el señor Simorín—, no es la primera vez que alguien descubre, en los cimientos de una construcción legendaria, tesoros de esa índole. Pueden ser enterramientos de tiempos de la conquista o de la época del virreinato. Precisamente por esos rumbos, cerca de Texcoco, ¿no?, los naturales de la realeza texcocana sepultaron piezas áureas inimaginables.

—Por lo que me dijo mi amigo —aclaró Gustavo—, no eran piezas indígenas sino lingotes: oro en barras.

—Pudieron ser entonces de los conquistadores o de los criollos millonarios de la Colonia que escondían sus tesoros… tesoros robados a los piratas ingleses, o a las naos chinas, qué sé yo, para salvarlos de la voracidad de los ediles virreinales.

—Entonces no es puro cuento la existencia del tesoro.

—Nada inverosímil, don Gustavo. Y si son más de treinta lingotes del tamaño que usted me dice, el tesoro es inconmensurable.

—Pero qué se puede hacer. ¿Llegar tranquilamente a un banco y decir: vengo a depositar?

—Ahí está el problema, don Gustavo. Pero un problema con solución —sonrió el señor Simorín mostrando sus dientes cariados, antes de trazar un ademán para que su fiel proveedor se levantara del banquillo y lo siguiera por una puertecilla de fierro compacto hacia la rebotica.

Gustavo no imaginaba que el señor Simorín tuviera un negocio aparte, además de su farmacia bien surtida y ordenadísima. Fabricaba joyas en un taller impresionante: pulseras, aretes, adornos, collares de oro sumamente hermosos. Desde las seis de la mañana, antes de abrir la botica a las nueve, se entregaba ahí por entero a su vocación artística, su verdadera pasión, confesó. La pequeña empresa tenía a su servicio un par de oficiales expertos en orfebrería y otro par de vendedores —según explicó a Gustavo— que surtían en pequeña escala almacenes y joyerías del centro de la ciudad.

—Primero que nada, es necesario fundir en hornos como ése los lingotes de oro y luego, poco a poco, sin voracidad, diseñar y modelar piezas que tengan salida mercantil.

—Así que es posible sacarle provecho a los lingotes.

—Y si no es indiscreción, don Gustavo, ¿cómo se llama ese caballero que vive en Apizaco?

—En Acopilco, señor Simorín. En San Lorenzo Acopilco por la carretera a Toluca.

Gustavo no tuvo el menor reparo en definir la personalidad de Martínez Urrea Eduardo y en informarle que tenía ahí un consultorio médico relativamente fácil de localizar.

Cuando Gustavo Carrillo salió de la farmacia Soto del señor Simorín le empezó a revolotear y revolotear en la cabeza, en el apenas de un parpadeo, una imagen cinematográfica en la que se veía como miembro de la pandilla de Martínez Urrea Eduardo —con sombrero tejano y chamarra de cuero— asaltando la casa del marido matón de la pechugona Aurorita. Fue sólo una escena fugaz. La desechó con un encogimiento de hombros. No volvió a pensar en ella.

Semanas más tarde, quizá meses, Gustavo fue cambiado de zona en el laboratorio donde trabajaba.

En esa nueva zona que incluía a la colonia Juárez se topó con un antiguo compañero de sus tiempos de universidad representante de la casa Wyeht Vales. Era sonorense como Martínez Urrea Eduardo —de quien vivía obsesionado— y le preguntó por él.

—De casualidad, ¿tú conociste alguna vez a Martínez Urrea Eduardo?

—¿Al Pitoloco? ¡No me hables de ese cabrón!

—¿Le decían el Pitoloco? Nunca supe.

—Estaba en la UNAM becado como yo por el gobierno de Sonora, iba un año atrás... y se quedó muy atrás, pero muy atrás.

—¿Te acuerdas de él?

—Lo seguí viendo muchísimo en el club que teníamos los sonorenses en la Colonia del Valle, junto a donde vendían dulces mexicanos. Ahí echábamos tragos, chismes, jugábamos billar. Él era muy bueno para la carambola. Un día me ganó cien varos.

—Se fue a vivir a Acopilco. No sé si sigue allá.

—Uy no, ya no. Después de lo que pasó, agarramos caminos diferentes.

—¿Qué pasó? —empezó a inquietarse Gustavo.

—Una cosa horrible, no te puedo contar... Y no hace mucho, ¿eh?

—Cuéntame.

—Ya estaba ahora más loco el pinche Pitoloco y no me di cuenta de puro güey que soy. Me embarcó en sus vaciladas.

—Entonces eras tú el paisano que me mentó.

—¿Cuándo?

—Yo conocí parte de la historia de Acopilco.

—¿De veras? ¿Cómo supiste?

—Él mismo me habló del consultorio que había montado ahí. Nos vimos en un Sanborns.

—Si a eso le llamaba consultorio...

—Y de la mujer aquella con la que se enredó.

—¿Te contó de Aurorita?

—Cuéntame tú.

—No sé si deba.

—Te digo que yo me enteré porque me vino a pedir consejo.

—¿Te habló de los lingotes?

—Con todos sus detalles.

—Ah, pues lo que no sabes es que él fue a buscarme a la Wyeht Vales y me planteó la cuestión del tesoro de Cuauhtémoc. Por supuesto yo no quería entrarle porque me parecía una jalada, pero con su labia y su cháchara, ya sabes cómo se las daba el Pitoloco, me fue convenciendo. Ya había convencido a otros: a un matón expolicía de Toluca, que fue el que consiguió las fuscas, muy bravo y muy fajado el huerco infeliz. También a otro gordito de México, ya no me acuerdo cómo se llamaba, tenía un apellido ruso.

—¿Ruso?

—Medio ruso, no sé.

—¿El señor Simorín?

—Creo que sí. Presumía de técnico de lingotes de oro y las hilachas. Tenía unos ojos pelones que le brillaban como de brujo por la pura ambición.

—Ni duda cabe, el señor Simorín.

—Total, que planeamos el asalto como si fuéramos gángsters de cine gringo. Teníamos las fuscas, teníamos un ópel negro carcachón que Eduardo se robó de Huixquilucan. Y sobre todo, teníamos la complicidad de la vieja de aquel matón del tesoro.

—Aurorita.

—Estaba buenísima la condenada morra y bien puesta con Eduardo, según él decía de puro hablador.

—¿Y no era cierto?

—Planeamos el asalto a la una de la mañana. Parecía fácil. La Aurorita se iba a encargar de que su marido se pasara de tragos —bebía puro ron de caña directo—, para que estuviera bien trole en el momento del operativo. Y a la una en punto, con los relojes sincronizados como en las películas de ese actor buenísimo, cómo se llama, ése que tiene cara de asesino y que sale a cada rato, cómo se llama... bueno, no me acuerdo, pues a la una en punto, luego de dejar el ópel en el camino, a la salida de Acopilco, ahí nos tienes llegando de puntitas hasta la casa sin más ruido que el aire. Y que da la una, y que da la una y diez y la una y cuarto y la Aurorita no abría la contramaldita puerta.

—Se arrepintió en el último momento.

—O nos traicionó porque así son las viejas. Que te prometen una cosa en la noche y en la mañana ya cambiaron de opinión porque les dio miedo o porque el marido se la cogió rico, vete tú a saber.

—¿Y luego?

—Pues que el Pitoloco empezó a disparar contra la puerta: zas, zas, zas; pero en el momento en que quiso entrar él solo, porque nosotros nos quedamos a un lado cubriendo los flancos, el gordito de los ojos saltones más atrás cagándose de miedo a la hora de la hora, entonces se soltó desde adentro un ruidajal de tiros, ¡no sabes lo que era eso! Parece que el marido traía una metralleta o quién sabe, porque echaba bala como si estuviera en Vietnam el hijo de la fregada. Disparaba y gritaba. Disparaba y gritaba.

—¿Y la mujer?

—Creo que también disparaba, no sé, porque de repente empezamos a sentir como fuego cruzado. A lo mejor de los vecinos que se apercibieron del asalto y rájale.

—¿Y ustedes?

—No, nosotros qué. Nuestras pistolas parecían de juguete. Nomás el Pitoloco traía una Colt que sólo sirvió para la retirada, para escondernos detrás de unos barriles parados junto al corral. Y luego, patas para qué te quiero. A correr hechos la mocha. La balacera tronaba atrás como si se estuviera derrumbando el mundo.

—¿No le dieron a nadie? ¿Ningún herido?

—A Dios gracias, no. Ya cuando llegamos al ópel, nuestro expolicía que se las daba de muy acá estaba todo orinado, ¿vas a creer?, mientras el Pitoloco se volteaba de cuando en cuando para disparar contra la casa; fue el más valiente de todos, eso que ni qué, mentándole la madre a Aurorita que ni sus luces. El gordito de apellido ruso se trepó al volante y arrancamos, y nos fuimos, y ahí se acabó la maldita historia del tesoro.

—La codicia siempre acaba mal —sentenció Gustavo.

—Ahora, cada vez que me acuerdo, hasta me gana la risa.

Gustavo Carrillo terminó perdiendo la pista del representante de la Wyeht Vales, del señor Simorín, de Martínez Urrea Eduardo. Mejor dicho: no quiso saber más de las aventuras ni invocar la mala suerte de encontrarse a cualquiera de ellos en alguna esquina de esta complicada ciudad que se fue llenando de carros, de vendedores ambulantes, de secuestradores y chamacos de la calle dedicados al narcomenudeo.

Lo que se encontró una mañana, años después, en un puesto de periódicos junto al metro Balderas, fue la revista *Alarma* cuando todavía era el periódico oficial de la nota roja. En la primera plana extendida sobre la reja del tenderete se veía una foto grande, de frente, de un calvo que tenía una ceja como tuzada a la mitad y la cara hinchada de moretones: el inconfundible Martínez Urrea Eduardo.

Abajo de la foto, con letras negras, se explicaba:

En un consultorio médico de Peralvillo, el interfecto que se hacía pasar por cirujano realizó una intervención quirúrgica de apéndice a un joven de veinte años que murió en la plancha. Los familiares y sus vecinos trataron de linchar al matasanos.

# Plagio

*Madrid, 1957*

—¿Quién crees que nos invitó a cenar? Jiménez Quílez —exclamó Manuel Pérez Miranda apenas entró en el cuartucho donde vivíamos en Madrid, en el hostal Ribadavia de Fuencarral 25, tercero derecha.

La habitación era paupérrima. Tenía dos camas estrechas y desvencijadas, un ropero, una mesa, el lavabo empotrado en la pared y una ventana que miraba al pozo de luz. Era invierno. Caía nieve.

Becados por el Instituto de Cultura Hispánica de Madrid, que entonces dirigía el fascista Blas Piñar, Pérez Miranda y yo asistíamos a un curso para periodistas latinoamericanos que más parecía un programa de adoctrinamiento franquista con el que se nos trataba de convencer de las bondades del régimen; bondades que luego habríamos de encomiar y divulgar —ése parecía el propósito— en nuestros respectivos países.

La mísera beca mensual alcanzaba para poco. Apenas podíamos pagar el precio de la pensión que incluía las tres comidas diarias pero no el uso de la regadera comunitaria —aportábamos una cuota extra de cinco pesetas— ni el lavado y planchado de ropa. Eso nos obligaba a buscar trabajos complementarios si queríamos comprar calzoncillos, libros, o ir de vez en cuando al teatro o a comer en un lugar decente.

El tal Jiménez Quílez nos abrió la oportunidad, luego de aquella cena en su casa de dos plantas a las afueras de Madrid. Era un hombre importante del franquismo Manuel Jiménez Quílez. Además de ser subdirector del diario *Arriba*, acababa de fundar una revista semanal: *La gaceta ilustrada*. Con una paga exigua, pero aliviadora, nos ofreció hacer reportajes para la publicación. Yo empecé entrevistando a María Teresa Montoya, la eximia actriz mexicana que pasaba una temporada en Madrid, y luego pergeñé ocho cuartillas sobre Cantinflas, a quien los españoles idolatraban por sus películas.

La mejor propuesta de Jiménez Quílez, sin embargo —sobre todo por lo económico—, fue la de escribir semblanzas de escritores españoles célebres para una colección de cuadernillos mensuales que se venderían en los quioscos. Cada texto debería sumar entre treinta y cuarenta cuartillas, y habrían de aparecer copiosamente ilustrados con imágenes del personaje famoso, de sus manuscritos, de la España de la época.

A mi amigo Pérez Miranda se le encomendó un trabajo sobre José Zorrilla —lo que mucho envidié porque desde niño yo era fanático de *Don Juan Tenorio*— y a mí uno sobre Mariano José de Larra, apodado Fígaro; ambos, literatos de la primera mitad del siglo diecinueve.

—No tengo la más remota idea de quién sea ese José de Larra, qué mala suerte —eso no se lo dije a Jiménez Quílez, por supuesto. Se lo dije a Gonzalo Torrente Ballester, un gallego cuarentón y chaparrito, con lentes ámbar de fondo de botella, que nos daba clases de literatura española en el instituto. Me parecía un maestro sabio, erudito, extraordinario; el único por el que valía la pena asistir al programa de becarios: experto en la generación del 98, amigo de Azorín, lector infatigable de Pío Baroja.

Luego de reprenderme por mi incultura, Torrente Ballester hizo frente a todo el salón un perfil sumario de Mariano José de Larra, alias Fígaro, nacido en 1809, célebre por sus artículos periodísticos —punzantes, los calificó Torrente Ballester—, más que por sus poemas, por su novela histórica *El doncel de don Enrique el Doliente* y por su obra de teatro *Macías*. Fue precursor de la generación del 98 y alcanzó en vida el reconocimiento público merced a su ingenio de polemista y a su agudeza para retratar a pincelazos los ambientes del Madrid y de la España toda de los años treinta del diecinueve.

—Es una lectura imprescindible, mi amigo —remató Torrente Ballester dirigiéndose a mí, luego de recomendarnos un libro editado por Aguilar seis años atrás: los *Artículos completos* de Larra, a los que precedía un estudio biográfico de Melchor Almagro de San Martín.

Encontré la obra en La Celestina, una librería de viejo de la calle de Las Huertas, donde conseguí también los dos tomos de *Recuerdos del tiempo viejo*, las memorias de Zorrilla con la que trataría de auxiliar a mi amigo Pérez Miranda en la elaboración de su semblanza.

Me aboqué de inmediato a la lectura de los artículos de Mariano José de Larra.

Todos los fines de semana me instalaba en una cafetería de la Puerta del Sol, La Mallorquina —porque me parecía insufrible quedarme a leer en mi cuartucho del hostal—, y ahí fui conociendo a un autor ajeno por completo a mis intereses literarios de entonces.

Y no sólo era yo quien menospreciaba a ese Fígaro imprescindible para mi maestro Torrente Ballester, también lo hacían algunos intelectuales de apellidos notables, según me enteré por las referencias incluidas en el prólogo de Almagro de San Martín.

Para Menéndez y Pelayo: "Fígaro es inferior, como costumbrista, no sólo a Estébanez Calderón, sino hasta el insulso y agarbanzado Mesonero Romanos."

Para Benito Pérez Galdós: "Era un muchacho que hacía muy malos versos y no muy buena prosa."

Algunos más le perdonaban la vida y otros, sí, lo encomiaban en comunión con Torrente Ballester.

Azorín: "La juventud actual ama a Larra cada vez más; repara la injusticia de los años pasados y la injusticia de las cosas. ¡Fígaro resucita!"

Leopoldo Alas (Clarín): "Fígaro es el primer escritor de su tiempo; veía horizontes que sus contemporáneos no columbraban siquiera."

Juan de Valera: "Conviene hablar de un autor que, a más de poeta lírico y dramático, fue crítico eminente."

Dijeran lo que dijeran sus apologistas, me fastidiaron los artículos de Fígaro. No así los episodios biográficos en los que Almagro de San Martín entreteje —a lo largo de las ciento diez páginas de su prólogo, con letra de ocho puntos— una pasión tórrida, digna de un folletín. Ahí Larra se transforma en un ser humano acosado por la calentura amorosa, por el ansia posesiva hacia una mujer que lo lleva a perder la cordura, el temple, la entereza intelectual.

En esa pasión de Fígaro, más que en su carrera literaria, pensé apoyar mi semblanza para los cuadernillos de Jiménez Quílez. No sé si para bien.

Porque sucede que luego de casarse con Pepita Wettoret —linda muchacha apenas púber, muy frágil, muy menuda, con ojos azules y boquita de rosa, como una muñequita de Sajonia—, luego de procrear hijos con ella, luego de decepcionarse a los tres años de vida conyugal porque no soporta su cándido infantilismo, su estupidez, su misantropía, sus risas, su personalidad tontuna, Mariano José de Larra asiste una noche feliz o infausta —según se le considere por lo que habrá de acontecer— a una concurrida fiesta donde uno de sus grandes amigos, el abogado Alonso, lo presenta con una joven dama que, en el centro de un coro de admiradores, ríe y coquetea con donaire... Se llama Dolores Armijo.

Valía la pena copiar textualmente la historia en palabras del biógrafo de Fígaro.


*Melchor Almagro de San Martín, 1943*

Es Dolores Armijo la contrafigura de Pepita. Lo que en ésta echaba Fígaro de menos, había de apreciarlo vivamente en aquélla. Física y moralmente son diferentes y opuestas. Pepita es rubia; Dolores, morena. Su mujer no gusta de las buenas letras sino de los folletines truculentos; Lola hace poesías y ha escrito dos novelitas muy sentidas y discretas. El cabello de la esposa es dorado; negro como el ébano el de la Armijo. Pepita detesta la mundanidad; Dolores la adora y sabe triunfar en ella. La una es mujer retraída; de salón la otra. Madrileña Pepita; andaluza Dolores.

Ambos, Dolores y Mariano José, se sienten atraídos el uno hacia el otro por recíproco aprecio de sus brillantes cualidades. Los dos son los reyes de aquella fiesta. Ella representa la belleza triunfante; él, el talento en palmitas.

Larra, que es sensual y de pasiones violentas sin que halle a su deseo límite ninguno respetable, no vacila en hacer el amor con Dolores, aunque su condición de casada le hubiera debido hacerle abstenerse.

La corte descarada que a Dolores hace Fígaro no podía menos de levantar polvaredas de escándalo en la sociedad burguesa y estrecha en que se mueven ambos, donde no existen las amplias benevolencias del mundo aristocrático. Hubo hablillas, y hubieron de llegar a oídos del marido de Dolores, que empezó a darle mala vida. Pero no sólo a conocimiento del infortunado esposo arribaron las nuevas del doble adulterio, sino que la infeliz Pepita, tan en las Batuecas, tan inofensiva y alejada de la vida social, se entera también y acosa al marido muy en razón, con sus quejas y lamentaciones.

Pepita, a quien Larra no presta la menor atención en sus reclamaciones, decide abandonar el techo conyugal. Larra, tratando a su mujer como una niña díscola, la encierra y se lleva la llave de la casa. La madre de Pepita liberta a ésta durante una ausencia de Fígaro, y le da amparo en su albergue.

Todo esto debía ocurrir a finales del año 33 o principios del 34.

Al cabo de cierto tiempo de relaciones entre Fígaro y Dolores, con sus consabidas citas a escondidas, sus cartitas sigilosas, sus acostumbradas escenas de harturas y de celos alternativamente, que toda trapisonda pecaminosa de hombre y mujer pasa por tales trámites, debe llegar la indispensable ruptura. ¿Por parte de él en esta ocasión? ¿Por parta de ella? Ahora es la dama quien quiere romper. "Al llegar las hablillas a conocimiento del marido —escribe Fígaro—, mi apasionada me dijo que empezaba el peligro y que debía concluirse el amor; su tranquilidad era lo primero. Es decir, que amaba más a su comodidad que a mí."

En vez de dejar en paz a la pobre de Dolores, que sólo ansía tranquilidad en su retiro, la asaetea con súplicas y mensajes, algunos poéticos que publica sin respeto.

Parece que el marido de la bella, deseoso de poner término definitivo al vergonzoso escándalo, que amenazaba prolongarse, tejido en torno a su nombre y honra, se decide a encerrar a la que cree infiel en un convento, de donde la traslada luego a casa de su tío Alfonso Carrero, persona perfectamente honorable, quien queda encargado de la guarda de ella en Ávila.

La impaciencia de Fígaro por acercarse a la mujer que desea ardientemente le hace marchar a Ávila, aun a trueque de hacerle daño en su reputación, ya tan quebrantada.

Una carta de Fígaro, escrita a mediados de febrero de 1936 al tío de Dolores, nos revela claramente que la visita de Larra a la vieja urbe castellana produjo evidentes molestias a la familia de Dolores. Fígaro, en su ceguera caprichosa y endiosamiento personal, sin considerar su propia situación ni la delicadísima de la amada, llega a estampar sobre la dicha epístola esta enormidad, falta del más elemental tacto: "Dadas ya por concluidas, y aun olvidadas, relaciones de tan triste recuerdo, creí que la conducta mía bastaba para tranquilizar a todos." Y añade, con absoluta soberbia: "No sé quién pueda tener más derecho que yo a mirar por el honor de su sobrina." Es el Fígaro altanero que, en su artículo, escribe retador: "Yo soy Fígaro. Todo el mundo sabe quién es Fígaro." ¿Cabe mayor disparate que el de pretender arrogarse Larra el privilegio de salvaguardar la honra de la mujer a quien él precisamente se la había quitado? ¡El amante adulterino protegiendo el honor de la mujer casada a quien ha puesto y sigue poniendo en berlina! ¿Y el marido y los padres y tíos de Dolores? ¿A ésos no compete la cuestión en lo más mínimo? Ceguera inaudita de la arrogancia y el egoísmo.

Es inaudito, además, que Larra califique de indigna la conducta de Dolores por negarse a continuar unas relaciones pecaminosas. Lo indigno hubiera sido justamente lo contrario. Y tal insulto se atreve a escupirlo a la cara del inefable señor Carrero, valiéndose caballerosamente, para que éste lo aguante, de que el tío de Dolores ha solicitado la protección política de Fígaro.

Convengamos en que esta actitud de Larra no se aviene, ni poco ni mucho, con los cánones de la más elemental corrección y delicadeza moral, como tampoco el abandono conyugal en que tiene a la infeliz Pepita, a quien ha dejado con sus hijos y socorre parsimoniosamente, mientras él se pavonea en salones y teatros o viaja por el extranjero con un fausto del que se alaba en sus cartas.

Entre tanto, Dolores Armijo ha regresado a Madrid. El gran egoísta de Larra sueña entonces, como consuelo a su derrota, con aquella carne morena cuyo recuerdo le trastorna. En su desdicha se vuelve hacia el amor tal como él lo entiende: posesión y hartura física. Fígaro persigue a Dolores de nuevo con las consabidas súplicas y lamentaciones. Sus nervios la necesitan. Dolores no quiere perder su tranquilidad ganada con tanto esfuerzo, pero no se atreve a desengañar rotundamente a su amador, cosa muy femenina, sino que le va dando largas aunque en el fondo se mantenga inflexible. La actitud de Dolores era naturalísima y loable. El marido de la Armijo, que la amaba con toda el alma, no con toda la carne como Fígaro, había llegado a perdonarla y consentía en vivir con ella de nuevo bajo el mismo techo, en paz y gracia de Dios. ¿Podía serle a ella, no ya grata, ni siquiera soportable, la vuelta con Larra a las andadas que tantas amarguras le habían costado? ¿Iba a entregarse a vivir con Fígaro descaradamente, fuera de la ley, arrostrando todos los desprecios?

"En febrero, Larra ya no escribe —dice Azorín—. La crisis se acentúa; el desenlace se aproxima. Pasea solo; permanece solo horas y horas en algún apartado café. A la desdeñosa mujer amada manda carta tras carta, solicitando una entrevista. La entrevista le es, por último, ¡concedida!"

Es el lunes 13 de febrero de 1837. ¿Trece?, día aciago. En día 13 contrajo su desventurado matrimonio. Fígaro, que es supersticioso, mira con aprensión el calendario cuando se despierta ya bien entrada la mañana. Se acostó tarde, en la vigilia anterior. Como de costumbre estuvo con los amigos, quizá de francachela. El criado entra. Acaba de descorrer los cortinajes del balcón. La luz ceniza de un día de invierno se inicia tristemente a través de las vidrieras. Apenas se ve. Hay niebla en la calle. El criado enciende una bujía que está sobre un candelero de bronce en la mesilla de noche, y ofrece a Fígaro una carta cuya letra reconoce éste al vuelo. Es de Dolores. Larra tiembla de emoción. Quisiera adivinar el contenido. Da vueltas a la carta sin abrirla. Una angustiosa duda le tortura. ¿Qué vendrá dentro del sobre aromado con el perfume de rosas que ella acostumbra a usar? ¿Una ventura? ¿Un nuevo dolor? El corazón de Fígaro palpita de fiebre. El escritor abre la carta. ¡Oh dicha! Dolores consiente en verlo. La cita, tantas veces negada y aplazada con subterfugios, le es acordada al fin. Dolores vendrá a la casa de Fígaro. ¿Quién ha hecho el milagro? ¡Oh las mujeres! ¡Las mujeres! Siempre veleidosas, siempre incomprensibles. Una loca ilusión invade el alma de Fígaro. Con su impresionabilidad característica cambia de humor repentinamente. Convengamos en que si las mujeres son versátiles, él también lo es. ¿Hay en la carta de la antigua amante algo que fundamente su optimismo? No. Es, sencillamente, una carta simple y breve en que le anuncia su visita. Nada más. Puesto que Dolores estaba decidida a terminar rotundamente aquellas relaciones de las que nacieron para ella tantas contrariedades y disgustos, ¿con qué fin iba a emplear lagoterías ni pérfidas esperanzas? Sólo anunciarle cortésmente la visita. Bastaba. Pero el desbocado temperamento del desequilibrado toma pie en la recepción de la misiva para las más radiantes suposiciones. Dolores torna a sus brazos; la carme morena que huele tenuemente a rosas, los ojos árabes, el cabello negro en las largas trenzas, van a ser de nuevo suyos. ¡Oh felicidad!

*Madrid, 1957*

Luego de reflexionar un par de días en esa historia de amor de Fígaro con Dolores Armijo, decidí plagiármela impunemente de aquel prólogo que Almagro de San Martín tituló, con notoria presunción: *Mariano José de Larra tal como realmente fue*. Le agregaría desde luego toda suerte de datos biográficos y citas o párrafos de los artículos más notables de Fígaro, pero copiaría sin pudor —suprimiendo quizás algunos comentarios moralistas de Almagro— el relato de la imperiosa pasión; sin duda alguna lo más interesante para hacer amenos los cuadernillos de Jiménez Quílez.

La idea del plagio no era para enorgullecer a nadie, pero me apremiaba el tiempo —debía entregar la semblanza en dos semanas a lo sumo— y no tenía la suficiente experiencia literaria para recrearla como un cuento, con mis propias palabras.

Se me había presentado además otro problema, porque mi amigo Pérez Miranda llegó un domingo en la noche a nuestro cuarto del hostal y me espetó, de manera rotunda:

—Ya lo pensé, ¡no voy a escribir esa semblanza de José Zorrilla!

Venía pasado de copas después de haber ido a la corrida de toros en Las Ventas y de farra con un grupo de amigos becarios en las tabernas de la Plaza Santa Ana.

—No es justo, caray, no es justo —agregó luego de arrojarse de espaldas a su cama como si le hubieran hundido una estocada—. Venir a Madrid para ponerse a trabajar me parece un desperdicio.

En vano le argumenté que debíamos un mes de pensión, que necesitábamos dinero justamente para irnos de tragos, para visitar un fin de semana Toledo o Ávila, para ligarnos a ese par de rubias de la escuela de periodismo que nos hacían ojitos.

Ni siquiera me respondió. Cuando estaba a medias con mi taralata lo oí roncar, y a la mañana siguiente, ya en su pleno juicio, seguía con lo mismo: le telefonearía a Jiménez Quílez para rechazar el encargo.

—O hazla tú —me dijo, muy quitado de la pena—. Ya que tanto te interesa Zorrilla escribe tú la semblanza, te la regalo.

Claro que me gustaría hacer los dos trabajos en simultáneas aunque no podría sin recurrir al plagio. A fusilarme con descaro el prólogo de Almagro y las mismísimas memorias de José Zorrilla si fuera necesario.

—¿De veras piensas en un plagio? —se asombró Pérez Miranda.

—No hay tiempo para otra cosa.

—Pero eso no está bien —se puso moralista.

—No se van a dar cuenta.

—¿Y si te descubren?

—Cuando se den cuenta, de aquí a que se publiquen los cuadernos, ya vamos a estar de vuelta en México —dije. Y fue así como suspendí de momento la historia de Fígaro y Dolores Armijo para documentarme sobre la biografía del autor de *Don Juan Tenorio*.

Ya tenía en mi poder *Recuerdos del tiempo viejo*, que compré en La Celestina, y aunque años atrás había memorizado casi por completo el primer acto del *Don Juan* —por simple manía de chamaco que no viene a cuento—, nada sabía de la historia personal de mi reverenciado autor.

Dejando de lado aquella autobiografía, difícil de leer porque estaba larguísima, acudí a la biblioteca del Círculo de Bellas Artes, en Atocha, muy cerca de Fuencarral. Como no podía llevarme los libros al hostal, me puse a consultar y a copiar párrafos enteros de algunos prólogos y notas preliminares a sus obras en las que investigadores como Narciso Alonso Cortés, Enrique Pineyro o Aniano Peña deban cuenta de las andanzas de José Zorrilla.

Según informaba Aniano Peña, José Zorrilla nació en Valladolid el 21 de febrero de 1817. Era, por tanto, ocho años menor que Larra.

Su padre, José Zorrilla Caballero, hombre rígido que nunca aprobó que su hijo se dedicara a las letras, lo envió a Toledo para estudiar abogacía. Luego a Valladolid. El resultado fue nulo. El joven Zorrilla prefería la pintura, los versos y la compañía de escritores de su generación.

Harto de él, su padre lo reprendió: "Tú tienes trazas de ser un tonto toda tu vida, y si no te gradúas este año de bachiller a claustro pleno, te pongo unas polainas y te mando a cavar tus viñas de Torquemada."

Huyó el joven Zorrilla de aquellas amenazas y cuando estaba por cumplir diecinueve años se trasladó a Madrid, donde se dedicó a la bohemia. Vivía con estrecheces, siempre alerta para evitar a los ministriles de su padre que le buscaban. Como sus largas melenas lo podían traicionar, usaba unos anteojos verdes enormes que le desfiguraban la cara en caso necesario. Así, unas veces trenzándose la melena, otras destrenzándola, desfigurándose ya de gitano, ya de italiano, pasó Zorrilla sus días en la capital entre sobresaltos y aventuras, hospedado en la no muy cómoda buhardilla de un cestero. Pintaba para sobrevivir, enviaba ilustraciones para el *Museo de las familias* de París, y colaboraba en *El Burro*, periódico satírico que pronto cerró la policía.

Corría el invierno de 1836-1837. José frecuentaba la Biblioteca Nacional, unas veces para estudiar y encontrarse con amigos poetas, otras para disfrutar del calor y abrigo que no le brindaban ni el hospedaje de su amigo Miguel de los Santos Álvarez ni la helada buhardilla del cestero. El 14 de febrero de 1837, estando en la Biblioteca de Álvarez y Madrazo, Joaquín Massard, italiano al servicio del infante don Sebastián/

Aún no salía del asombro cuando tuve que detener el copiado. La biblioteca del Círculo de Bellas Artes cerraba a las ocho, y ya son las nueve menos cuarto, joven, me dijo el bibliotecario gordinflón que me atendía.

Lo que son las cosas, pensé, Aniano Peña hacía referencia a un 14 de febrero de 1837 en la vida de José Zorrilla, y en esa misma fecha —un día antes— se había detenido el relato de Almagro de San Martín en el momento en que Larra recibe la carta de Dolores Armijo anunciándole su visita. ¿Mera coincidencia? ¿O acaso era intencional que Jiménez Quílez nos hubiera encargado escribir sobre dos escritores del diecinueve cuyas vidas se cruzaban el mismo febrero de 1837?

Devolví los libros al gordinflón y regresé al hostal Ribadavia. Ni tardo ni perezoso me senté a escribir en mi Smith Corona. A transcribir, mejor dicho, aquella historia sobre Fígaro contenida en el libro de la editorial Aguilar. Estaba entusiasmado. Sentía que las palabras no brotaban de la mente de Almagro sino de la mía. Yo era por momentos el autor de ese texto ampuloso pero eficaz.

*Melchor Almagro de San Martín, 1943*

Es el lunes 13 de febrero de 1837. Fígaro se envuelve en su batín a cuadros, que aunque sólo es de algodón parece de seda; se pasa la mano por la cabellera, acaricia su cresta de gallo, escribe rápida, nerviosamente: "He recibido tu carta. Gracias, gracias por todo. Me parece que si piensan en venir, tu amiga y tú, esta noche, hablaríamos, y acaso sería posible convenceros. En este momento no sé qué hacer. Estoy aburrido y no puedo resistir a la calumnia y a la infamia. Tuyo."

Fígaro está radiante. Su temperamento es impulsivo, voluble, casi femenino. Se viste y acicala con aquel típico cuidado de su persona a la que ama sobre todas las cosas. Llama a Falconi, el peluquero de moda, para que le recorte y perfume cabellos y barba. Se anuda cuidadosamente al cuello el alto corbatín, se viste de levita cortada por Utrilla, cálzase los guantes, se encasqueta la chistera en forma de tubo que ha inventado en París de Francia el caballero de Orsay, y se lanza a la calle luego de besar ruidosamente a su hija Adelita, que habita en la casa con él.

Es Carnaval. A pesar del tiempo inseguro, las máscaras chillan y alborotan ya por el Prado y las calles vecinas. Algunos lo reconocen y le gritan bromas imbéciles. Fígaro, en vez de ofenderse, sonríe. Cree que todas sus cosas se arreglarán. El primer paso hacia la fortuna que, esquiva, le había huido últimamente y ahora va a retomar, es la vuelta de Dolores. De casa del editor Delgado, con quien habla meticulosamente de dinero, va a la redacción de la *Revista Española*, después visita al bueno de Mesonero Romanos, por quien no siente el menor aprecio literario pero cuya hombría de bien estima mucho. Le habla de amplios proyectos, de escribir una obra de gran envergadura como venía desde hace tiempo aconsejándole su tío Eugenio. Era preciso salir ya del articulito al libro. Mesonero Ramos lo oye sonriendo. Sabe, por demás, que todo aquello se lo llevará el río, que Fígaro mudará de ideas y de sentimientos veinte veces en cada día.

Mariano José no sabe qué hacer para llenar las horas que lo separan de su cita con Dolores. Sin remorderle un punto de la conciencia por las infidelidades que sin tregua comete con Pepita, decide ir a visitarla. Va a verla para distraerse un rato, para llenar un hueco de aquel día tan largo.

Pepita, al contemplarlo tan contento, le propone acompañarlo para ver a la hijita de ambos. Acaso la esposa sueña también, por su parte, en una posible reconciliación con el amado lograda por medio de la niña, que es el lazo de carne que une a entreambos. Pero Larra se zafa. Lo esperan unos amigos. Los bellos ojos de Pepita se ensombrecen. ¡Siempre los amigos! ¡Las malas compañías! Ella entonces, al oír la excusa, sabe ser discreta una vez más, y dominando su corazón, no insiste. Fígaro parte.

Regresa a su hogar en la calle de Santa Clara. Al paso ha comprado un ramo de violetas y otro de camelias blancas, la flor de lujo que con su alto precio halaga la vanidad y el prurito aristocrático de Dolores. Es ya de noche. Fígaro se desprende de su capa, marrón obscuro con vueltas del terciopelo rojo, del sombrero de copa que cuelga en el perchero del recibimiento. Fígaro manda encender todas las luces del saloncito: las bujías de esperma de los cuatro candeleros de metal dorado a fuego, el quinqué de bronce con bombo de cristal labrado traído de París. Luego pasea su mirada por todo el ámbito. Queda satisfecho. Cada cosa, desde su sitio, ordenada y limpia, parece sonreírle con el mudo lenguaje de los objetos familiares. Cerca del balcón está la mesa escritorio, ventrudo mueble de caoba, algo siglo XVIII, con un tablero que puede recogerse y quedar cerrado a llave. Ahora está abierto y en desorden. Hay allí un tintero, una pluma de ave, un sello con las iniciales M.J.L., una cajita con tafilete encarnado, muy linda, donde Fígaro acostumbra colocar su magnífica saboneta de oro, y sobre todo muchos papeles manuscritos revueltos y confundidos, como si adrede los hubiera esparcido. Sobre la carpeta hay unas cuartillas recién escritas, acaso de por la mañana o de la noche antes.

La cuartilla que resume el desvarío de Fígaro en sus últimas horas es aquélla en que entre incoherencias garrapateadas, tachones y dibujos de absurdas grecas, aparece nítidamente escrito en un ángulo del papel, como luz que da la clave de la terrible turbación de Larra, este nombre: *Dolores Armijo*.

Fígaro enciende una vela que hay sobre una palmatoria de bronce y pasa a inspeccionar la alcoba próxima. Todo está también en perfecto orden según los mandatos que él diera a su criado. La cama de caoba es un nido blanco de lienzos finos, recién sacados del arca que huelen tenuemente a espliego, cubiertos con una colcha de cotonia guarnecida de encajes. A sus pies, el sillón también de caoba que Fígaro usa para desnudarse; al lado del lecho, la mesa de noche con una botella que los españoles de entonces llaman con barbarismo *verdó*, y en un cajoncito, dos pistolas cargadas que Fígaro, a pesar de las frecuentes amonestaciones de su tío Eugenio, conserva siempre cerca de sí.

Satisfecho de su inspección, Fígaro, terriblemente inquieto, se sienta en el canapé y espera. Enciende un pitillo. Fuma. Lo tira sin acabarlo. Se levanta. Va al balcón. Levanta los visillos. Mira a la calle de Santa Clara. Está sola bajo la llovizna silenciosa. Suenan las campanas de Santiago próximas. Pronto será la hora de Ánimas. Fígaro retorna a su asiento. Torna a levantarse. Coge de la biblioteca un libro. ¿Cuál? No importa. Uno cualquiera. Trata de leer. No puede. Lo devuelve a su sitio. En la casa de Larra no se oye una mosca. La niña está en la cocina con la criada, que la entretiene. Pedro, el brutote del criado, da cabezadas de sueño, aunque atento a las órdenes de su amo espera ruido de pasos en la escalera para abrir la puerta del piso sin demora.

Al fin se escucha el rumor de dos personas que suben quedamente. Son ellas. La amiga de Dolores se detiene en la antesala. La Armijo penetra rápidamente en el salón, y adrede deja la puerta de éste de par en par. Fígaro, que ha adivinado a Dolores, se precipita hacia ella; pero la dama lo contiene con su actitud fría y reservada.

La decepción cubre de livor el rostro pálido y verdoso de Fígaro. ¡Dolores! Fígaro suplica. Él, tan altivo para todo el mundo, se humilla y pide amor como un mendigo que demandara limosna. Las palabras de Larra son atropelladas, vehementes, sin ilación. Más bien gemidos y lamentos que voces articuladas. Llega a llorar. Pero ¿es posible esto? ¿Es posible que la amante Dolores de antaño se le niegue tan rotundamente?

Fígaro no es dueño de sí, es ya sólo un manojo de nervios y un poso de bilis desatados, un epiléptico que tiembla como un azogado con los ojos en estrabismo encandilados.

Ella, que desde el principio se muestra aplomada, tranquila y firme, como quien tiene tomado su partido resueltamente, habla apenas. No, no, no. Dolores deniega con el gesto, con la voz, con todo su ser. No quiere tornar a ser la hembra impúdica de antes, la coima. Está decidida a rehacer su hogar. Por nada ni por nadie cambiará su decisión. Menos que por nadie por este hombre egoísta que sólo le habla de él, de su dolor, de su pasión, de este hombre que ha publicado sus secretos, que ha sido la causa de su catástrofe familiar. No, no, y mil veces no.

Fígaro se dirige hacia ella.

—¿Para qué has venido entonces? —le grita ronco.

—Para recuperar mis cartas. Dámelas. Aquí está la tuya de esta mañana. Es preciso borrar el pasado y que nada quede entre nosotros.

Fígaro, en el paroxismo de su rabia, se aproxima y hace además de apresarla por los brazos.

La amiga, que desde fuera vigila, cree llegado el momento de cortar la escena atroz que ya ha durado bastante, y entra.

—¡Larra, por Dios! —dice severamente.

Fígaro siente con estas palabras como un latigazo en su alma. Se contiene.

Vuélvese hacia el escritorio. Abre con mano tembleequeante un cajoncillo que está cerrado con llave, saca un gran envoltorio, atado por una cinta de seda. Un sudor frío corre por su frente.

Dolores coge vivamente las cartas de la mano de Fígaro, que aún no se resolvía a entregarlas.

Todo ha terminado. Dolores y su amiga salen. La Armijo siente que se ha quitado un gran peso de encima. Las acompaña hasta el vestíbulo Pedro.

Fígaro ha vuelto a la estancia donde aún chisporrotea el alegre fuego de la chimenea y juega la luz de las bujías y de las lámparas en los cristales de los vasos, entre las violetas y las camelias, en la nítida blancura del lecho incólume. Con paso trémulo, como un beodo, enajenado de celos, dolor, deseos, desesperación, busca en la mesilla de noche, abre la caja amarilla, extrae una de las pistolas y se dispara un tiro que nadie oye.

*José Zorrilla*

Y aconteció que entre las personas con quienes un día tropezamos en la Biblioteca, acertó a ser una la de un italiano al servicio del infante don Sebastián, llamado Joaquín Massard, quien con su hermano Federico andaba bien admitido por las tertulias y reuniones. Abordonos Joaquín Massard, que por Pedro Madrazo nos conocía, y nos dio de repente la noticia de que Larra se había suicidado al anochecer del día anterior. Dejonos estupefactos semejante noticia, y asombrole a él que ignorásemos lo que todo Madrid sabía, e invitonos a ir con él a ver el cadáver de Larra depositado en la bóveda de Santiago. Aceptamos y fuimos. Massard conocía a todo el mundo y tenía entradas en todas partes. Bajamos a la bóveda, contemplamos al muerto, a quien yo veía por primera vez, a todo nuestro despacio, admirándonos la casi imperceptible huella que había dejado junto a su oreja derecha la bala que le dio muerte. Cortole Álvarez un mechón de cabello y volvímonos a la Biblioteca, bajo la impresión indefinible que dejaban en nosotros la vista de tal cadáver y el relato de tal suceso.

Joaquín Massard, que en todo pensaba y de todo sacaba partido, me dijo al salir:

—Sé por Pedro Madrazo que usted hace versos.

—Sí señor —le respondí.

—¿Querría usted hacer unos a Larra? —repuso entablando su cuestión sin rodeos. Y viéndome vacilar, añadió: —Yo los haría insertar en un periódico, y tal vez pudieran valer algo.

Ocurriome a mí lo poco que me valdrían con mi padre, desterrado y realista, unos versos hechos a un hombre tan de progreso y de tal manera muerto; y dije a Massard que yo haría los versos pero que él los firmara. Avínose él y convíneme yo. Prometíselos para la mañana siguiente a las doce en la Biblioteca, y despidiéndonos a sus puertas echó Massard hacia la plazuela del Cordón donde moraba, y Álvarez y yo por la cuesta de Santo Domingo a vagar como de costumbre.

Pensé yo al anochecer en los prometidos versos y fuime temprano al zaquizamí, donde mi cestero me albergaba con su mujer y dos chicos, que eran tres harpías de tres distintas edades. No me acuerdo si cenamos, pero después de acostarnos metime yo en mi mechinal con una vela que a propósito había comprado.

En aquella casa no se sabía lo que era papel, pluma ni tinta, pero había mimbres puestos en tinte azul, y tenía yo en mi bolsillo la cartera del capitán con su libro de memorias. Hice un kalan de un mimbre como lo hacen los árabes de un carrizo, y tomando por tinta el tinte azul en que los mimbres se tenían…

He aquí cómo se hicieron aquellos versos cuya copia trasladé a un papel en casa de Miguel Álvarez en la mañana siguiente.

A los tres cuartos para las tres eché hacia la plaza del Cordón. Los Massard habían comido a las dos. La hora del entierro, que era de las cinco, se había adelantado a la de las cuatro. Los Massard me dieron café. Joaquín recogió mis versos y salimos para Santiago.

La iglesia estaba llena de gente. Hallábanse en ella todos los escritores de Madrid, menos Espronceda que estaba enfermo. Massard me presentó a García Gutiérrez, que me dio la mano y me recibió como se recibe en tales casos a los desconocidos. Yo me quedé con su mano entre las mías, embelesado ante el autor de *El Trovador*, y creo que iba a arrodillarme para adorarle, mientras él miraba con asombro mi larga melena y el más largo levitón en que llevaba yo enfundada mi pálida y exigua personalidad.

El repentino y general movimiento de la gente nos separó. Avanzó el féretro hacia la puerta. Ordenose la comitiva. Ingirióme Joaquín Massard en la fila derecha, y en dos larguísimas de innumerables enlutados nos dirigimos por la calle Mayor y la de la Montera al cementerio de la Puerta de Fuencarral.

Llegamos al cementerio; pusieron en tierra el féretro y a la vista el cadáver, y como se trataba del primer suicida a quien la revolución abría las puertas del campo santo, tratábase de dar a la ceremonia fúnebre la mayor pompa mundana que fuera capaz de prestarla el elemento laico, como primera protesta contra las viejas preocupaciones que venía a desenrocar la revolución. Don Mariano Roca de Togores, que aún no era el marqués de Molins, y que ya figuraba entre la juventud ilustrada, levantó el primero la voz en pro del narrador ameno de *El doncel de don Enrique el Doliente*, del dramático creador del enamorado Macías, del hablista correcto, del inexorable crítico y del desventurado amador. El concurso inmenso que llenaba el cementerio quedó profundamente conmovido con las palabras del señor Roca de Togores, y dejó aquel funeral escenario ante un público preparado para la escena imprevista que iba en él a representarse. Tengo una idea confusa de qué hablaron, leyeron y dijeron versos algunos otros. Confundo en este recuerdo al conde de las Navas, a Pepe Díaz… no sé…, pero era cuestión de prolongar y dar importancia al acto, que no fue breve. Íbase ya, por fin, a cerrar la caja para dar tierra al cadáver, cuando Joaquín Massard, que siempre estaba en todo y no era hombre de perder jamás una ocasión, no atreviéndose sin embargo a leer mis escritos con su acento italiano, metiose entre los que presidían la ceremonia, advirtioles de que aún había otros versos que leer, y como no me había llevado por delante, hízome audazmente llegar hasta la primera fila, púsome entre las manos la desde entonces famosa cartera del capitán, y halleme yo repentina e inconscientemente a la vera del muerto, y cara a cara con los vivos.

El silencio era absoluto. El público, el más a propósito y el mejor preparado. La escena solemne y la ocasión sin par. Tenía yo entonces una voz juvenil, fresca y argentinamente timbrada, y una manera nunca oída de recitar. Y rompí a leer…

Ese vago clamor que rasga el viento
es la voz funeral de una campana:
vano remedo del postrer lamento

de un cadáver sombrío y macilento
que en sucio polvo dormirá mañana.

…pero según iba leyendo aquellos mis tan mal hilvana-
dos versos, iba leyendo en los semblantes de los que absortos
me rodeaban el asombro que mi aparición y mi voz les causaban.

Era una flor que marchitó el estío,
era una fuente que agotó el verano;
ya no se siente su murmullo vano,
ya está quemado el tallo de la flor.

Todavía su aroma se percibe,
y ese verde color de la llanura,
ese manto de yerba y de frescura,
hijos son del arroyo creador.

Imagineme que Dios me deparaba aquel extraño escenario, aquel auditorio tan unísono con mi palabra, y aquella
ocasión tan propicia y excepcional, para que antes del año rea-
lizase yo mis dos irrealizables delirios: creí ya imposible que mi
padre y mi amada no oyesen la voz de mi fama, cuyas alas veía
yo levantarse desde aquel cementerio, y vi el porvenir luminoso y el cielo abierto…

Duerme en paz en la tumba solitaria
donde no llegue a tu cegado oído
más que triste y funeral plegaria
que otro poeta cantará por ti.

Ésta será una ofrenda de cariño
más grata, sí, que la oración de un hombre,
pura como la lágrima de un niño,
¡memoria del poeta que perdí!

…y se me embargó la voz y se arrasaron mis ojos con
lágrimas…

¡Digno presente por cierto
se deja a la magra vida!
¡Abandonar un desierto
y darle a la despedida
la fea prenda de un muerto!

...y Roca de Togores, junto a quien me hallaba, concluyó de leer mis versos...

Poeta: sin en el no ser
hay un recuerdo de ayer,
una vida como aquí
detrás de ese firmamento...
conságrame un pensamiento
como el que tengo de ti.

...mientras él leía... ¡ay de mí!, perdónenme el muerto y los vivos que de aquel auditorio queden, yo ya no los veía. Mientras mi pañuelo cubría mis ojos, mi espíritu había ido a llamar a las puertas de una casa de Lerma donde ya no estaban mis perseguidores padres, y a los cristales de la ventana de una blanca alquería escondida entre verdes olmos, en donde ya no estaba tampoco la mujer que ya me había vendido.

Cuando volviendo de aquel éxtasis aparté el pañuelo de mis ojos, el polvo de Larra había ya entrado en el seno de la madre tierra; y la multitud de amigos y conocidos que me abrazaban no tuvieron gran dificultad en explicar quién era yo, el hijo de un magistrado tan conocido en Madrid como mi padre.

*Madrid, 1957*

Mientras transcribía este episodio autobiográfico de José Zorrilla en mi cuartucho del hostal Ribadavia, sentí de repente, al interrumpir el tecleo, no que me invadía un desmayo como el que hizo perder el sentido al joven Zorrilla frente al cadáver de Larra, sino un oscuro sentimiento de culpa por la maldita ocurrencia de iniciar mi carrera de escritor con plagios descarados. Zorrilla empezó la suya con unos versos mediocres para enaltecer a un autor que ni siquiera admiraba, pero ese poema era propio, surgido de su ingenio, y le valió ingresar a los círculos literarios, abrirse paso en editoriales, periódicos, escenarios teatrales. Yo en cambio estaba ahí, en Madrid, soñando convertirme en escritor, y a las primeras de cambio cedía a la tentación de hacer pasar por míos textos escritos por otros.

Me levanté de la silla. Me enfundé mi abrigo. Salí del hostal por las escaleras de encino abolladas por el tiempo y me fui a recorrer camino abajo esa mítica Gran Vía a la que los franquistas habían cambiado el nombre por el de su héroe José Antonio, líder de la falange.

Ya iba a cumplir veinticuatro años, cuatro más de los veinte de Zorrilla cuando callejeaba de aquí para allá melenudo y con lentes verdes, cuando sufría el rechazo de su padre como yo del mío que reprobó mi viaje a Madrid, cuando se hospedaba en el cuchitril de un cestero como yo en el de la pensión de un gallego, cuando se ganó por fin el crédito de escritor. Nada aún había hecho yo. Ni siquiera tenía un amor como el que lo desazonaba a él, sólo un interés platónico por aquella hermosa Estela, apenas entrevista en mi pequeño círculo de amigos y a quien pretendería acercarme —quizá, no sé, quién sabe si me aceptaría— a mi regreso a México.

Flagelado por un viento zumbón, helado, bajé y subí la Gran Vía hasta que se hizo de noche y empezaron a surgir de las esquinas las zaparrastrosas prostitutas de las que me evadía con más asco que deseo, como debería evadirme, pensé, de la tentación de un plagio peor de inmoral que la carne de aquellas mujeres lanzadas a la calle principal en un país denigrado por los vencedores de la guerra civil.

Volví a Fuencarral mientras empezaba a nevar. Luego de palmear y dar voces el sereno apareció por fin para abrirme el portón. En el cuarto encontré de regreso a mi amigo Pérez Miranda. Estaba en su cama, tiritando de frío y leyendo el *Vuelo nocturno* de Saint-Exupéry.

—Ya lo decidí. No voy a escribir las semblanzas para Jiménez Quílez —le dije.

—¿No?

—Ni la de Fígaro ni la de Zorrilla. Al carajo los dos.

—Te convencí, ¿verdad? —sonrió Pérez Miranda.

—Prefiero empezar con mi novela.

—¿Cuál novela?

—Mi primera novela. Ya sé todo lo que tiene que pasar, pero de momento sólo he pensado en el título: *Nadie tiene la culpa*. Es un buen título, ¿no?

—Pues te diré… —levantó los hombros Pérez Miranda mientras yo me ponía a ver por la ventana la nieve cayendo de las bambalinas del cielo como si alguien despanzurrara cojines de plumas sobre el oscuro pozo de luz.

# El enigma del garabato

Encontré la carta por casualidad, hace algunas semanas, en un fólder amarillento de mi archivero. Como no conservé el sobre del remitente y la carta no había sido fechada me es imposible ahora recordar cuándo la recibí. Debió ser a principios de los años setenta, quizás en 1972, a pocas semanas de que se cumplieran los noventa años del nacimiento de Virginia Woolf.

Escrita en español, la carta está firmada por tres iniciales, H. J. K., de quien se dice gerente general de Penguin Books Ltd. / 762 Whitehorse Road / Mitcham, Victoria / Australia.

Sin saber los antecedentes —que expondré después— es imposible entender la carta en una lectura espontánea. Dice así:

*Estimado señor Leñero:*

*Tenemos entendido que usted conoce al Sr. Fabián Mendizábal, autor de una novela titulada* El garabato, *homónima de una novela del Sr. Pablo Mejía Herrera, a su vez homónima de una novela de usted.*

*Hemos sabido que en la novela del Sr. Mendizábal se hace mención a una de nuestras ediciones* (Orlando *de Virginia Woolf) y que se involucra a nuestra publicación con la solución de un acertijo que no tiene aparente solución en las páginas de* El garabato.

*Nos interesa ponernos en contacto con el señor Mendizábal para proponerle la traducción de su obra a fin de regalarla junto con la novela de la señora Woolf ahora que se acerca el aniversario de su natalicio y estamos preparando una serie de eventos y publicaciones para conmemorarlo.*

*Le rogamos a usted atentamente se sirva poner en contacto con nosotros, lo antes posible, al autor de la novela para proponerle que sobre nuestra página 95 de* Orlando *aparezca una hoja de papel*

*albanene donde pueda seguirse la ruta del garabato y así el lector pueda dar por terminada su novela con la solución del acertijo.*
*Esperamos oír noticias del Sr. Mendizábal muy pronto.*
*Atentamente*
*H.J.K.*
*Gerente General*

Como por desgracia fueron pocos los lectores de mi libro *El garabato*, publicado en 1967 en la serie del volador de Joaquín Mortiz, con una espléndida portada de Vicente Rojo, me siento obligado a contar a los lectores de este texto la trama fundamental de mi novela.

Era una de esas novelas locas escritas con la obsesión de los juegos experimentales, influidos por el *noveau roman*, que practicábamos algunos colegas de mi generación. Una novela malucha.

Empezaba precisamente con una carta que me remitía desde Texas un supuesto amigo de nombre Pablo Mejía Herrera. Me agradecía muchísimo que yo hubiera conseguido que se editara una novela suya titulada *El garabato*.

La novela de mi amigo Pablo Mejía consistía, formalmente, en un juego experimental. Pablo inventaba a un escritor inexperto, un tal Fabián Mendizábal, que se daba a la tarea de elaborar un thriller convencional, muy torpe —titulado también *El garabato*—, y se lo llevaba luego a un crítico pedante dispuesto, en un arranque de generosidad, a echarle un vistazo a ese mamotreto mecanografiado y provisionalmente embutido en una carpeta de las llamadas "eléctricas".

La novela de mi amigo Pablo Mejía contenía una escritura en paralelo: alternaba los capítulos propiamente dichos del thriller de Mendizábal con breves o largas parrafadas en las que el crítico divagaba sobre sus problemas personales mientras leía y zahería la prosa malescrita del joven Mendizábal. Escribía mal Fabián Mendizábal —es decir: Pablo Mejía (o yo) lo hacíamos escribir mal—, pero la natural expectación que suele generar todo thriller, por muchos defectos en que incurría su discurso, impulsaba al crítico pedante a continuar devorando las peripecias del protagonista.

El protagonista era un estudiante tímido que conocía por azar a una misteriosa gringa de cuerpo apetitoso. Con la vaga promesa de hacerlo compartir su cama en el hotel Alameda, la gringa le pedía un favor previo: llevar al departamento de un edificio cercano un sobre de papel manila, urgente, en cuya superficie resaltaba una inscripción: *Salvatore Tomassi / H. J. K.* Parecía fácil el encargo. El estudiante tímido salía del hotel pero, oh sorpresa, al llegar al departamento encontraba muerto, horriblemente asesinado, al destinatario del sobre de papel manila. El joven huía asustadísimo, telefoneaba al hotel Alameda —la gringa había desaparecido— y a partir de entonces se enfrentaba a una persecución vertiginosa.

Huyendo, escondido en alguna parte, el protagonista rasgaba el sobre de papel manila, angustiado y curioso. Entre muchas hojas en blanco había una llavecita como para abrir un archivero y una hoja de papel cebolla —o albanene— en la que se veía dibujado un garabato. (Ése no es un garabato, me espetó Joaquín Díez Canedo cuando le di a leer el original de mi novela y encontró aquel dibujo que debería reproducirse tal cual en el libro. ¡Es un simple laberinto, coño!) Eso era en realidad mi supuesto garabato: un laberinto de complicados retorcimientos con una flecha de entrada y otra de salida. Arriba del dibujo, una inscripción rayoneada a mano: *Orlando PB-95.*

Como le sucedía al lector al llegar a la ilustración del garabato, el jovenzuelo protagonista se mostraba incapaz de traducir la inscripción secreta, motivo por el que hombres y mujeres de extraña catadura lo anduvieron persiguiendo capítulo tras capítulo por toda la ciudad. Hasta llegado el momento en que el crítico pedante —en sus capítulos alternativos— se cansaba de la trama, de la titubeante prosa de Fabián Mendizábal y decidía suspender la lectura. Ya no aguanto más, reaccionaba justo en la escena en que el jovenzuelo universitario era atrapado por sus persecutores en el aeropuerto.

El crítico cerraba entonces la carpeta de golpe y él y quienes estaban leyendo la novela se quedaban sin conocer el desenlace.

Rabia. Desengaño. Frustración. ¿Cómo diablos no sigue leyendo? —protestaba el lector—. El thriller podía ser malísimo pero faltaba la solución, carambas. Maldito crítico. Pablo Mejía Herrera, el creador de Mendizábal, concluía ahí, con ese final sin final, su experimento literario. Y yo mismo, como creador de Pablo Herrera dejaba en suspenso la verdadera intriga de mi novela de cajas chinas.

Reviví esas ocurrencias experimentales de los años sesenta cuando reencontré en 1972 la carta de Penguin Books.

Era, por supuesto, una carta apócrifa que nunca adiviné quién me la envió. Una broma, un juego más con el que trataba de vacilarme algún lector amigo. ¿Gustavo Sainz? ¿José Agustín?

Lo apócrifo saltaba a la vista: no estaba escrita en papel membretado de la editorial, venía en español, firmada con las iniciales del supuesto gerente editorial H. J. K; las mismas iniciales, H. J. K., del sobre papel manila que —dentro de la novela— entregaba la gringa apetitosa al joven protagonista para ser llevado a ese tal Salvatore Tomassi.

Lo que ni mis amigos bromistas, ni Fabián Mendizábal, ni Pablo Mejía Herrera fueron capaces de descifrar jamás era la verdadera intriga del garabato dibujado por mí.

El garabato —que no era un auténtico garabato sino un simple laberinto, ya lo dije— funcionaba más allá del texto como uno de esos mapas para encontrar un tesoro de los cuentos juveniles de piratas.

Era el mapa de un "tesoro" cuyas pistas descubría —pero sin resolverlas— el joven protagonista en el aeropuerto cuando en una librería para viajeros se topaba con un libro en exhibición: *Orlando*, la novela de Virginia Woolf en un pocket de Penguin Books. Eso significaba la inscripción *Orlando PB 95*. Quería decir que si el protagonista o el lector —debía ser el lector— lo calcaba en papel cebolla y colocaba el garabato-laberinto sobre la página 95 del *Orlando* en la edición de Penguin Books, podría seguir con un lápiz, desde su flecha de entrada, cada una de las letras que iba tocando la curveada línea, hasta integrar el texto de un breve mensaje. No un mensaje en realidad, rectifico: la dirección de un domicilio donde se encontraba el "tesoro", clave definitiva del libro.

Lo adivinó, sí, el bromista H. J. K. —ningún otro lector, era un acertijo muy jalado de los pelos— pero no se interesó en llevar el juego hasta el final para descifrarlo.

Cuando *El garabato* se publicó por fin en febrero de 1967 en Joaquín Mortiz, me fui de viaje con Estela a Mexicali, a la casa de sus padres: doña Hortensia y don Uriel Franco. Frecuentemente, mientras mi esposa salía de compras o de paseo con su madre y su hermana, yo me quedaba leyendo en la copiosa biblioteca de don Uriel, donde destilé con paciencia de santo la edición de Santiago Rueda del *Ulises* de Joyce.

Una tarde, mientras me hallaba a solas en la casa, extraje de mi maleta un ejemplar de *El garabato* que había llevado a propósito y salí al jardín posterior. Ahí, como lo había planeado tiempo atrás, cavé un agujero en la tierra con una pala de jardín, al pie de un matorral esquinero, y enterré a treinta o cuarenta centímetros de profundidad un ejemplar recién editado de mi novela. Ese lugar era el domicilio al que llevaba la ruta del garabato-laberinto: el jardín de una casa de Mexicali en la Colonia Nueva, en la calle Arista 1952. Ahí se resolvía el único enigma de la trama. Una vuelta de tuerca: el "tesoro" del libro era el libro mismo.

Nunca hablé a nadie de este juego personalísimo, quizás idiota, porque tenía la vaga esperanza de que algún día fuera descubierto por un lector avispado y juguetón.

Del final final del enigma nada sé después de treinta y cuatro años. Los padres de Estela vendieron la casa de Arista 1952 y vinieron a vivir a la ciudad de México. Ambos murieron ya.

Imagino que aquel ejemplar de *El garabato* continúa ahí, en el jardín de sus nuevos dueños o de los que hayan venido después, enterrado frente al matorral esquinero. Quizás el agua de riego o la humedad o las alimañas lo destrozaron. Quizás un jardinero, al remover la tierra, lo encontró desbaratado, ilegible, y lo arrojó a la basura. Quizás se pulverizó por un fenómeno de reciclaje.

A la distancia ignoro si valió la pena el juego. Literariamente no, ya lo sé. Pero me divertí jugándolo.

# La muerte del Cardenal

INTERIOR. RECÁMARA DEL CARDENAL. GUADALAJARA. AMANE-
CER. 24 DE MAYO DE 1993.

El repiqueteo de un despertador. Amanece. Las cortinas permiten que se filtre una vaga claridad en la recámara donde duerme el Cardenal.

La mano del Cardenal tentalea para buscar y apagar el despertador, pero esta vez parece haber quedado en otro sitio de la mesita de noche y no lo encuentra. Manoteado, el viejo despertador cae al suelo. Sigue timbrando.

El Cardenal se yergue amodorrado. Se sienta en la orilla de la cama y busca el despertador. Al fin lo encuentra en la alfombra. Lo apaga. Quiere tenderse otra vez, quizá lo hace apenas; se endereza reaccionando. Se pone de pie. Se ve maltrecho. Se oprime con una mano las sienes como si le doliera muchísimo la cabeza. Abre los ojos. Parece sufrir. Se santigua con lentitud.

EXTERIOR. PATIO CON ALBERCA. AMANECER.

El momento en que un cuerpo se flecha en la alberca. Es el Cardenal en su sesión diaria de natación.

El lugar, como toda la casa, exhibe la comodidad en la que vive su dueño. La alberca está circundada por macetones de barro cargados de azaleas y malvones.

El Cardenal nada en crawl de extremo a extremo de la alberca. Una vez y otra vez. Luego se tiende bocarriba, de muertito.

En la orilla de la alberca, Pedro, su chofer, aguarda a que el Cardenal concluya su diaria sesión. Lo recibe con una gran toalla extendida con la que se cobija el clérigo.

Pedro: Cómo amaneció, señor.

Cardenal: Con un dolor de cabeza brutal. No dormí en toda la noche, Píter.

Pedro: Sea por Dios.

INTERIOR. DESAYUNADOR EN CASA DEL CARDENAL. MAÑANA.

En bata, el Cardenal desayuna. Sigue exhibiendo su dolor de cabeza. Pedro le coloca a un lado los periódicos del día, pero él no muestra intenciones de hojearlos.

Se enfrenta a un desayuno frugal: un licuado de piña y un platito de frutas picadas. Se lo está sirviendo Felisa, la monja que lo atiende.

Cardenal: En lugar de licuado dame un vaso de sal de uvas o con carbonato, lo que tengas.

Felisa se extraña por el gesto del Cardenal.

Felisa: Pero no me vaya a dejar la frutita, señor.

El Cardenal ensarta con el tenedor una rodaja de plátano.

INTERIOR. CUARTO DE BAÑO EN CASA DEL CARDENAL. MAÑANA.

Frente al espejo de un lujoso cuarto de baño, el Cardenal se afeita con una rasuradora eléctrica. Trae puesta una camiseta sin mangas. Parece un hombre de negocios gordinflón.

Se producen toquidos en la puerta que el ruido de la rasuradora impide escuchar por momentos. Al fin el Cardenal se da cuenta cuando arrecia la voz de Felisa.

Felisa: Señor, señor.

El Cardenal apaga la rasuradora y abre la puerta. Mira a Felisa.

Felisa: Aquí está el padre Miguel. Que lo invitó usted a desayunar.

El Cardenal se sorprende. Reacciona de inmediato.

Cardenal: Ay, sí, se me olvidó. Orita acabo.

INTERIOR. DESAYUNADOR EN CASA DEL CARDENAL. MAÑANA.

Sentados a la mesa: el padre Miguel y el Cardenal. Se ha puesto una camisa negra de mangas largas, sin cuello. Felisa, de pie, se dirige al padre Miguel:

Felisa: Le puedo dar huevitos revueltos, chilaquiles o unos huevos a la albañil, padre.

Padre Miguel: Eso, los huevos a la albañil. Para aliviar la santa cruz que cargamos, ¿no monseñor?

Felisa se encamina rumbo a la cocina.

Padre Miguel: ¿Sabe cuántas botellas de *châteauneuf* nos bebimos anoche?

Cardenal: Ni me diga. No me despierte sentimientos de culpa.

El Cardenal reacciona y llama a Felisa, que regresa pronto de la cocina.

Cardenal: ¡Felisa!… Oiga, madre Felisa, tráigame también a mí esos huevos a la albañil, pero picositos.

Felisa hace un gesto reprobatorio, aunque no se atreve a contradecir al Cardenal. El padre Miguel sonríe y bebe, casi de un trago, el vaso de jugo de naranja que tenía sobre la mesa.

Padre Miguel: Ya quedó todo listo para la fiesta de mañana.

Cardenal: ¿Cuál fiesta?

Padre Miguel: La celebración de los mártires cristeros. Las organizaciones están puestísimas y luego va a haber una comilona con las madres de la cruz.

Está sonando el teléfono cuya extensión se encuentra próxima, y antes de que el padre Miguel concluya su frase, el Cardenal alcanza la bocina. Gesticula como para ofrecer disculpas a su invitado.

Cardenal: ¡Qué gusto oírlo, mi querido Nuncio! ¿Cómo estás?

La conversación telefónica entre el Cardenal y el Nuncio se produce en paralelo con:

EXTERIOR. CAMPO DE GOLF EN CIUDAD DE MÉXICO. MAÑANA.
Sobre la maravillosa planicie de un campo de golf impecable, bellísimo, el Nuncio habla desde un teléfono celular. Va montado en un carrito de golf y lo acompaña el obispo Onésimo.

Nuncio: Trabajando muy temprano como siempre, carísimo gordo… te tengo una gran noticia. Voy a volar hoy mismo a Guadalajara. Al rato.

Cardenal: ¿Te decidiste por fin? ¿Vienes a la fiesta de los mártires?

Nuncio: Tus mártires van a seguir mártires sin mí. Voy de entrada por salida. A la bendición de la mueblería del flaco Pizaña. Lo conoces, ¿no?

Cardenal: Pero te quedas a la concelebración de mañana.

En el campo de golf, el carrito está llegando al *green*. Descienden el Nuncio y Onésimo. La pelotita de Onésimo ha quedado a más de tres metros del hoyo catorce. Onésimo empieza a calcular sus posibilidades.

Nuncio: Me regreso porque tengo esa comida con el presidente. Es fatigoso ir y volver, pero no puedo fallarle al flaco Pizaña: me regaló todos los muebles de la nunciatura. Necesitas verla, quedó como la del Papa.

El Nuncio se ha aproximado al fin, mientras Onésimo prepara el tiro. Duda. Vuelve a calcular posibilidades. El Nuncio sigue con el celular.

Cardenal: ¿A qué hora llega tu avión? Paso a recogerte.

Nuncio: No, gordo, no. Voy con el gerente de ventas de la mueblería. Nos vemos después.

Atento a Onésimo, el Nuncio mira hacia el *green*. El tiro de Onésimo, larguísimo, se antoja de un profesional. La pelotita cae al hoyo. Onésimo reacciona feliz sacudiendo el puño izquierdo al aire. El Nuncio está asombrado.

Cardenal: Te paso a recoger aunque no quieras. Así tenemos tiempo para cotorrear. ¿Qué número es tu vuelo?

Por momentos el Nuncio parece olvidarse de su interlocutor telefónico, sorprendido aún por el tirazo de Onésimo. Reacciona y extrae del bolsillo de su chamarra sport un papelito.

Nuncio: Cuatrocientos sesenta y dos de Mexicana. Llega como a las cuatro. Pero en verdad no te molestes, carísimo gordo.

Cardenal: Es un gusto, no tengo nada que hacer.

El Nuncio profiere un par de monosílabos en el celular y lo apaga. Va hacia Onésimo, quien gesticula con el caddy celebrando su tiro.

Nuncio: Qué putt, Onésimo, a la Tiger Woods. Se ve que has practicado.

Onésimo: Todo lo que puedo.

El Nuncio va a colocarse frente a su pelotita, más lejana del hoyo que la de Onésimo.

Nuncio: Yo no la llego ni en tres.

Onésimo: Deberías ayudarme a construir un campo de golf en Ecatepec.

Nuncio: Tu iglesia está en un lugar horrible, Onésimo.

El Nuncio hace su tiro.

INTERIOR. CATEDRAL DE GUADALAJARA. CAPILLA LATERAL. DÍA.

Vestido con sus ornamentos de celebrante, pero sin la mitra, el Cardenal está repartiendo la comunión entre los fieles durante la misa que celebra. Una mujer, a punto de comulgar, lo mira con arrobamiento.

INTERIOR. COMEDOR EN CASA DEL CARDENAL. MEDIATARDE.

Felisa coloca frente al Cardenal un plato con sopa de fideos. Otro plato igual es para el doctor Sandoval que lo acompaña. El Cardenal trae una servilleta colgada al cuello y bebe una copa de vino tinto.

Felisa: Pensé que iba a esperar al señor Nuncio a comer, monseñor. Le preparé mole.

Cardenal: No, él llega hasta las cuatro. Pero si no comió en el avión (sonríe) volvemos a comer, Felisa, para no desperdiciar su molito.

Doctor Sandoval: Tú no tienes remedio, de plano.

Cardenal: Pecadillos de viejo, doc. Los únicos.

El doctor Sandoval extrae del bolsillo de su saco un papel tamaño carta cuidadosamente doblado.

Doctor Sandoval: Preparé la carta que me pediste para el secretario de Salud. El jueves que vaya a México se la entrego. ¿Quieres que te la lea?

Cardenal: No. Cuéntame nomás qué barbaridades me haces decir.

Doctor Sandoval: Bueno, además del bla bla bla, le das las gracias por el apoyo que te dio para la atención médica de tus sacerdotes... en las zonas alejadas de Jalisco.

Cardenal: La firmo de una vez, a ver si suelta más billete.

Con la pluma fuente que el doctor Sandoval le entrega, el Cardenal firma el papel a un lado de su plato. Habla entretanto:

Cardenal: Voy por el Nuncio al aeropuerto, ¿no me acompañas? Así platicamos.

Doctor Sandoval: Me encantaría pero no, no puedo, tengo mucha consulta.

Cardenal: Tú te lo pierdes.

INTERIOR. AVIÓN EN VUELO, ÁREA BUSINESS CLASS. MEDIANOCHE.

El Nuncio, de negro y con alzacuellos, viaja en el asiento de la ventanilla. Junto a él se encuentra Portas, el gerente de la mueblería.

Portas: ¿Y cada cuánto viaja usted al Vaticano, excelencia?

Nuncio: Una vez al mes, por lo menos... Desde que se restablecieron las relaciones/

Portas: Gracias a usted.

Nuncio: Bueno, sí, gracias a mí, ¿por qué no reconocerlo? Y gracias al presidente Salinas, el Vaticano y México estamos ahora a partir un piñón.

Portas: ¿Puedo hacerle una pregunta indiscreta, excelencia?

El Nuncio asiente con frescura.

Portas: ¿Qué ha sido de los sacerdotes comunistas?

Nuncio: Uy, no, eso se acabó desde que murió el obispo de Cuernavaca... Y hay que decirlo: este cardenal realizó la hazaña de fumigar todo el estado de Morelos, por eso lo quiero. Quedan algunos en Tehuantepec, en Chiapas, pero igual, ¡los vamos a hacer fetuccini!

La sonrisa del Nuncio.

EXTERIOR. PATIO. CASA DEL CARDENAL. MEDIATARDE.

El Grand Marquis del Cardenal.

Yendo hacia él, el Cardenal. Viste de negro, con pechera y alzacuellos. Sobre el pectoral se advierte la cadena de la que cuelga una cruz metálica. Felisa está detrás. Del fondo del patio se aproxima Pedro.

Felisa: ¿Viene a cenar, monseñor?

Cardenal: No sé, pero déjame preparado el molito… ¡Píter!

Pedro: ¿Adónde vamos, señor?

Cardenal: Al aeropuerto.

Pedro abre la portezuela delantera para dar paso al Cardenal. Luego va hacia la zona del volante y entra en el auto. Las puertas de la casa se abren accionadas por el mecanismo eléctrico. El Grand Marquis blanco del Cardenal sale a la calle.

EXTERIOR/INTERIOR. CALLES DE GUADALAJARA. AUTO. MEDIA-TARDE.

El Grand Marquis del Cardenal circula por las calles de la ciudad.

Cardenal: Qué calorón está haciendo, Píter.

Pedro: Cuarenta y dos grados, señor. Imagínese.

El Cardenal, sofocado, se abre el saco y hace correr dos dedos de su derecha bajo el alzacuellos, como para respirar mejor. Un momento después se desprende de la cadena con la cruz y la guarda en el bolsillo. Transcurre un tiempo en silencio. El Cardenal observa las calles de la ciudad, el tráfico intenso.

Cardenal: ¿Vieras qué ganas tengo de salir de vacaciones, Píter?

Pedro: Se las merece, señor.

Cardenal: En junio, si Dios me lo permite, me voy a ir con el doctor Sandoval a un *tour* a Canadá. Tú no conoces, ¿verdad?

Pedro: Uy, lo más lejos que he salido es a Colima.

Cardenal: Algún día me gustaría hacer un viaje contigo a Roma, Píter.

Pedro sonríe por lo absurdo de la propuesta. Sigue conduciendo.

Las calles de Guadalajara por la carretera al aeropuerto.

EXTERIOR. PATIO DE ESTACIONAMIENTO EN EL AEROPUERTO. MEDIATARDE.

El Grand Marquis blanco del Cardenal cruza la caseta de entrada al estacionamiento. Pedro recibe el boleto y luego se dirige a la zona de vuelos nacionales buscando dónde estacionarse. Se enfila hacia un cajón vacío. Cuando se estaciona se escucha un fragor que ni el Cardenal ni Pedro identifican. Gritos lejanos. Gente que corre.

Cardenal: ¿Qué fue eso, Píter?

Pedro: No sé.

Cuando el Cardenal abre la portezuela para salir, un hombre al que no advierte lo ametralla a bocajarro. Otro hombre hace lo mismo con Píter, en la portezuela contraria.

Los cuerpos del Cardenal y Pedro acribillados.

INTERIOR. AVIÓN EN LA PLATAFORMA DEL AEROPUERTO. MEDIATARDE.

En la zona de *business class* donde viajan el Nuncio y Portas, el Nuncio llama la atención de la sobrecargo que los atiende y que está saliendo de la cabina del piloto. El avión está detenido.

Nuncio: ¿Por qué no bajamos, señorita?

Portas: Tenemos prisa.

Sobrecargo: Parece que hubo un secuestro en el aeropuerto. Seguridad nos pidió esperar.

Portas: Ya ve cómo está nuestro país, excelencia.

Sobrecargo: Unos minutos nada más. Ya todo se arregló.

La sobrecargo continúa su recorrido por el pasillo, rumbo a la zona de la clase turista. El Nuncio mueve la cabeza contrariado.

EXTERIOR. ESTACIONAMIENTO EN AEROPUERTO DE GUADALAJARA. MEDIATARDE.

Flashazos y disparos de cámaras fotográficas capturan las imágenes de los cadáveres del Cardenal y Pedro.

EXTERIOR. ENTRADA A LA CRUZ ROJA DE GUADALAJARA. NOCHE.

Reporteros y fotógrafos de prensa acosan al Nuncio, quien ha salido de un auto y avanza hacia el interior de la Cruz Roja. Con él va el doctor Sandoval y un hombre trajeado.

Al Nuncio le representa un esfuerzo avanzar entre el grupo de reporteros. Sacude una mano para negarse a cualquier declaración.

INTERIOR. MORGUE EN LA CRUZ ROJA DE GUADALAJARA. NOCHE.

Dos cadáveres desnudos se encuentran en sendas planchas: el del Cardenal y el de Pedro. El del Cardenal sangra de continuo. En vano el forense intenta limpiar la sangre de cada agujero de donde brota.

Al doctor Sandoval le escurren gruesos lagrimones. El Nuncio se muestra francamente impresionado.

Nuncio: ¿Por qué a nosotros?

Forense: Fueron catorce disparos, monseñor.

Nuncio: ¿Van a embalsamarlo?

Forense: Tenemos que hacerle la necropsia.

Nuncio: De ninguna manera. No pueden destazarlo. Yo me encargo de la dispensa.

El Nuncio no deja de mirar el cadáver, mientras el doctor Sandoval, lacrimoso, acaricia apenas la frente del Cardenal.

El Nuncio contiene el llanto. Con cortos ademanes bendice al cadáver, y con frases casi inaudibles recita en latín la extremaunción.

INTERIOR. CATEDRAL DE GUADALAJARA. MEDIODÍA. 25 DE MAYO.

La catedral, repleta de fieles. El féretro del Cardenal, cerrado por un grueso cristal que permite a los devotos desfilar para verlo, ha sido expuesto en el presbiterio, rodeado con macetones de flores blancas.

Con ornamentos eclesiásticos para la celebración de la misa fúnebre, el Nuncio se dirige a la concurrencia. Muchos otros prelados lo acompañan en el presbiterio.

Nuncio: Nuestro santo pastor, sorpresiva y bárbaramente arrebatado a la grey tapatía, ha dado generosamente su vida.

Y recuerden, hermanos: no hay amor más grande que el de aquel que da la vida por sus amigos, por el cristiano pueblo mexicano que vive un doloroso momento de desconcierto. No estoy aquí para predicar una resignación pasiva frente a la violencia irracional y absurda. Estoy aquí, en nombre del Santo Padre, para combatir calladamente el dolor del pueblo de México herido por la muerte de un pastor ejemplar. ¡Sí! Perdónales, padre, porque no saben lo que hacen, ¡pero también tenemos derecho a conocer los nombres de los victimarios, para en perfecta fidelidad con el evangelio, conjugar el perdón con la justicia!

EXTERIOR. CALLE. AUTO. CIUDAD DE MÉXICO. NOCHE. 2 DE DICIEMBRE.

Un auto negro circula por una calle de escaso tráfico. Detrás de él: una camioneta negra. El auto negro enfila hacia un portón de fierro.

En el interior del auto viajan, en los asientos traseros, dos hombres enchamarrados de cuero: los hermanos Benjamín y Ramón Arellano Félix. Adelante, al lado del chofer y muy nervioso, el padre Montaño, un sacerdote joven con alzacuellos.

El padre Montaño manipula un control remoto para abrir desde el auto el mecanismo eléctrico de la reja.

Montaño: A ver, a ver, hay que apretar aquí.

El padre Montaño oprime el control y la reja se abre. Ingresa el auto en una casona. La camioneta se estaciona en la acera.

EXTERIOR. PATIO DE LA NUNCIATURA. CIUDAD DE MÉXICO. NOCHE.

Del auto negro descienden Benjamín, Ramón y el padre Montaño. Los tres caminan hacia una amplia escalera exterior en la que se encuentra, para recibirlos, un hombre de traje negro y corbata amarilla.

INTERIOR. SALA-BIBLIOTECA EN LA NUNCIATURA. NOCHE.

Benjamín y Ramón avanzan por la sala-biblioteca sin dejar de mirar de aquí para allá. Muestran interés por los muebles, por los adornos, por los cuadros. Se detienen frente a algunas fotografías enmarcadas entre las que se distingue al Nuncio con el Papa y al Nuncio con el Cardenal.

El padre Montaño, siempre nervioso, habla con el hombre de negro en voz baja. Luego avanza hacia Benjamín y Ramón. Les indica los mullidos sillones del área de conversación.

Montaño: Con confianza, don Benjamín, está usted en su casa.

Ramón toma asiento en un sofá. Benjamín permanece de pie, mironeando.

Montaño: ¿Quieren tomar algo? Un whisky, una copa de vino, un tequila.

Benjamín: No, nada.

Ramón niega con la cabeza como obedeciendo la negativa de Benjamín. Éste reacciona y se dirige al hombre de negro.

Benjamín: Bueno, traime un agua mineral. Nomás eso.

El padre Montaño sonríe mientras el hombre de negro desaparece.

Ahora Benjamín está bebiendo del agua mineral servida en un vaso, sólo un sorbo. Permanece de pie. Deposita el vaso en la mesa de centro cuando hace su entrada, proveniente de los cuartos interiores, el Nuncio vestido de civil. Ramón se pone de pie, de inmediato. Él y Benjamín miran al Nuncio y el Nuncio a ellos, en silencio. Se prolonga por instantes la tensión.

Benjamín: Gracias por recibirnos, señor monseñor.

Benjamín se aproxima y estrecha la mano del Nuncio.

Nuncio: Lo hago contra mi voluntad, señores.

Ramón se aproxima. En lugar de estrechar la mano del Nuncio, pone una rodilla en tierra y besa el anillo del eclesiástico.

Nuncio: Confío en que sea algo realmente importante.

Benjamín: Le queremos decir que mis hermanos y yo somos católicos, monseñor. Católicos apostólicos y romanos. Además, como le habrá dicho el padre Montaño, siempre fuimos muy amigos del Cardenal, desde que era obispo de Tijuana y nosotros lo ayudábamos con sus obras y con sus/

Nuncio: Sé todo eso.

Benjamín: Nosotros no matamos al Cardenal, monseñor. Seríamos incapaces de cometer un crimen así.

Nuncio: Dicen que fue una equivocación.

Benjamín: El que lo mató fue el Chapo, monseñor. Quería matarnos también a nosotros y/

Benjamín se interrumpe de golpe, como si le incomodara la presencia del padre Montaño y de su hermano. Hace un ademán a éste y Ramón extrae dos sobres que guardaba en la parte trasera del pantalón, encajados detrás del cinturón y cubiertos por la chamarra. Los entrega a Benjamín.

Benjamín: Escribí dos cartas. Una para el presidente, que espero que pueda entregarle, y otra para el Santo Padre. Ahí les explicamos de nuestra absoluta inocencia. No queremos que nos sigan culpando de un crimen que no cometimos.

El Nuncio no deja de mirar fijamente a Benjamín. Recibe el par de sobres.

Benjamín: ¿Puedo hablar a solas con usted un momentito, monseñor?

El Nuncio sonríe apenas, le señala una puerta y por ella desaparecen ambos.

En la sala-biblioteca permanecen Ramón y el padre Montaño en absoluto silencio. Este último lo rompe al fin.

Montaño: ¿No le gustaría escuchar un poco de música, don Ramón? Podría ser Juan Gabriel. O música norteña.

Ramón: Odio la música.

Nuevamente el silencio.

Ramón: Esta visita tiene que darse a conocer a todo mundo. Que la opinión pública se entere de que nosotros venimos con el señor Nuncio. Yo le diré en qué momento, y con qué periodista tendrá que hablar para contarle todo.

Montaño: Eso yo no lo puede hacer.

Ramón: No es que no lo pueda hacer, curita. Es una orden de Benjamín.

Algo va a decir el padre Montaño, muy nervioso, pero decide mantenerse callado y deambular por la sala. No vuelven a cruzar palabra.

Treinta o cuarenta minutos después, la puerta por donde desaparecieron el Nuncio y Benjamín se abre. Una risotada del Nuncio precede el ingreso del eclesiástico y de

Benjamín, quien ríe también. Palmea al Nuncio, con cordialidad.

Benjamín: Gracias, monseñor. Salúdenos al Santo Padre.

Benjamín estrecha la mano del Nuncio y Ramón se aproxima para poner de nuevo la rodilla en tierra y besarle el anillo.

Antes de abandonar la sala, Benjamín se vuelve.

Benjamín: ¿Podría darnos la bendición, monseñor?

Benjamín y Ramón se arrodillan como dos devotos fieles. El Nuncio los bendice.

# Una visita a Graham Greene

*Uno*

Julio Scherer llegó eufórico a su oficina. Siempre que conversaba con Gabriel García Márquez se le encendían las pilas y regresaba con mil ideas para posibles reportajes.

—Estuve hablando con Gabo sobre Graham Greene —me dijo—. Son amiguísimos pero amiguísimos, ¿sabías?

Lo sabía sobre todo después de ese extenso reportaje que escribió Greene en torno a Omar Torrijos y a los problemas del canal de Panamá en el que aparece García Márquez como personaje. Traducido por Juan Villoro para la Colección Popular del Fondo de Cultura Económica se titulaba originalmente *Getting to know the General* aunque García Márquez sugirió un título rotundo: *El general*.

—Tú has leído mucho a Greene, ¿verdad? —se acordó Julio.

Muchísimo, como un fanático.[1] Últimamente lo hice a un lado, me cansó. Los escritores de mi generación lo consideraban un novelista de segunda, incluso Salvador Elizondo que muchos años después lo elogió con desmesura ante mi consecuente azoro.

—¿Te gustaría entrevistarlo?

—¿Yo?

—Te gustaría, Vicente, yo sé que te encantaría. Le hablo ahora mismo a Gabo y él te consigue una cita, dalo por seguro.

—Greene vive en Francia, en la Costa Azul.

---

[1] Véase "Leyendo a Graham Greene" (p. 85) en: *Sentimiento de culpa*, Plaza y Janés, México, 2005, y "A pie de página" en este mismo volumen.

—Pues te vas a la Costa Azul, cuál problema, con gastos de *Proceso* —Julio me castigó el brazo con su garra—. Estás vuelto loco, no me digas que no. ¿Le hablo a Gabo?

—Déjame pensarlo, Julio.

—Pensar qué.

—Déjame pensarlo.

## Dos

Aunque sabía que Graham Greene hablaba un buen español, no quería confiarme ni viajar solo: necesitaba un acompañante. Pensé primero en Luis Guillermo Piazza, quien presumía de haber amistado con él cuando Greene visitó por segunda vez México allá por los años setenta. Pensé mejor en Carlos Puig, entonces corresponsal de *Proceso* en Washington, que hablaba inglés a la perfección.

Apenas lo llamé telefónicamente, Carlos se apasionó por el proyecto: me traduciría todo lo que fuera necesario si el español del escritor británico fallaba, llevaría una cámara fotográfica y una grabadora casi invisible, no se entrometería en la conversación.

Carlos Puig viajó de inmediato a México y juntos volamos a París por Air France. De ahí a Cannes.

La misma tarde que llegamos y nos metimos a tomar unos tragos en el bar Volupte de Cannes, en la Rue Hoché, nos encontramos por una milagrosa casualidad con Alexis Grivas.

Nacido en 1940, Alexis era un camarógrafo griego que había trabajado en México con Arturo Ripstein en *La hora de los niños* y con Paul Leduc en *Reed, México insurgente*. Se consideraba gran amigo de Scherer y mío, y yo lo encontraba a menudo en los festivales de cine de Guadalajara como jurado o seleccionador de películas extranjeras. También como seleccionador trabajaba de vez en cuando para los festivales de Cannes. Por eso estaba ahí, tratando de traerse *Rojo amanecer* de Jorge Fons o *La mujer de Benjamín* de Carlos Carrera.

Ante el asombro de Carlos Puig, nuestros abrazos fueron estruendosos.

—¿Vienen a husmear el próximo festival? —preguntó Alexis luego de presentarle a Puig—. Es muy pronto, ¿no?

—Para nada, Alexis. Vamos a Antibes.

Le conté mi proyecto de entrevistar a Graham Greene que vivía en Antibes. Peló los ojos —sabía del escritor de *El tercer hombre*—, pero en lugar de opinar sobre las muchas películas que se habían filmado en torno a las novelas del británico nos contó un chisme que nada tenía que ver con Greene. A sus cuarenta y ocho años, Alain Delon quería filmar en México una película ¿con quién creen? Con Isela Vega en los cenotes de Yucatán. Alexis sería el camarógrafo, le había prometido Delon, y éste ya había enviado el guion a Isela. Una película muy sexy, con muchos desnudos. Isela Vega le respondió que sí, aunque le puso una condición a Delon: Que seas tú el que se encuere.

Luego de sus risotadas, que sólo Carlos secundó, Alexis Grivas nos explicó cómo llegar a Antibes: muy fácil, dijo, toman un tren de aquella estación, en la taquilla G5 o en la H2, y en menos de treinta minutos ya están en Antibes.

Nos recomendó el hotel Belles Rives donde Scott Fitzgerald, según la leyenda, escribió *Tierna es la noche*.

—No dejen de visitar el Museo Picasso y cuando regresen —garabateó su número telefónico en una servilleta de papel— me cuentan cómo les fue con el tercer hombre. Eso sí les digo: Antibes es una ciudad preciosa, la van a disfrutar, no tiene más de setenta mil habitantes, como Cannes.

*Tres*

Antibes era realmente una ciudad preciosa salpicada de villas y más villas frente al Mediterráneo, pero también con una zona erigida sobre las ruinas romanas, de callejuelas estrechas y empedradas que me recordaron las del barrio gótico de Barcelona.

En una de ellas vivía Graham Greene. Nunca lo imaginé. Suponía uno de esos palacetes blancos mirando a la playa, con amplias terrazas y ventanales corredizos, moderno, como de veraneo.

Veinte minutos antes de la cita a las seis de la tarde, Carlos Puig y yo localizamos el domicilio: una construcción de dos pisos oprimida por otras semejantes. Algunas de las ventanas estrechas se asomaban a la calle con balconcillos de fierro y macetas con geranios.

—Aquí es —sonrió Carlos mientras disparaba su Canon con frenesí. No había dejado de hacerlo desde que llegamos a Antibes como si hubiéramos ido a elaborar un reportaje turístico, no una entrevista cultural.

A dos casas se anunciaba una pequeña cafetería, Lautrec, a donde entramos a consumir los veinte minutos que restaban para el encuentro.

—Diga lo que te diga, te platique lo que te platique, ya la hiciste —me animó Carlos—. Con verlo cara a cara ya está el reportaje. Tenemos la descripción de Antibes y puedes completarla con todo lo que sabes de Greene.

—¿Y si nos deja plantados?

—Nunca. Se comprometió con el Gabo, son amigos, es inglés.

—Debimos pedirle a García Márquez el teléfono para confirmar la cita.

—El plantón es también periodístico.

—No para Julio. Lo que a él le importa es la entrevista. Nadie lo ha entrevistado nunca, ni en *Excélsior* ni en *Proceso*.

A las seis en punto picamos el timbre. Un timbrecillo vulgar, sin interfón. Cuando íbamos a intentarlo de nuevo apareció un joven pecoso, cejudo, que vestía un overol como personaje de Faulkner. Carlos le explicó en inglés a qué veníamos y el pecoso, como si ya lo supiera, nos hizo entrar y nos acompañó por una escalera de cuatro o cinco peldaños de encino recién barnizado.

Un portón crujiente se abrió. Un vestíbulo con reloj de pared y perchero. Otra puerta de madera labrada, antigua, y el enorme salón donde parecía aguardarnos una mujer de treinta o cuarenta años que consideré bellísima. Traía el cabello rubio hasta los hombros y nos recibió con una mirada entre azul y violeta, como la de Liz Taylor. Pensé que sería la hija del escritor. Hablaba en inglés con Carlos animada y sonriente. Algo le decía él de México y de la revista *Proceso* mientras ella, toda cordialidad, no dejaba de mostrar sus dientes perfectos mientras se reacomodaba su cabellera rubia, lacia, sencilla. Propuso que tomáramos asiento donde nos sintiéramos cómodos: en el sofá o en los sillones de piel frente a una mesa con cubierta de mármol. Nos ofreció de beber —eso sí lo entendí.

Ambos pedimos whisky con hielo. Ella desapareció con todo y sonrisa.

El amplio estudio del escritor no correspondía a la estrecha fachada ni al aire vetusto de la construcción. Debieron eliminar alguna pared medianera para darle la dimensión de ahora y una gran luminosidad, no sólo merced a las dos ventanas que seguramente daban a la calle sino a la luz artificial emanada de cornisas perimetrales. El lugar no se hallaba repleto de libros, como imaginé. Una estantería estrecha y chaparrona corría detrás de la mesa de trabajo, larga por supuesto. No se antojaba la mesa de un escritor en acción, por lo ordenado de sus papeleras, de sus cuatro o cinco volúmenes depositados encima entre los que descubrí un título: *Roseanna*, de dos autores desconocidos para mí —los anoté—: Maj Sjöwail y Per Wahlöö. Los libros se hallaban cerca de una máquina de escribir mecánica, simiportátil, vencida por el tiempo y el trajín. Ahí mismo: un par de botecillos lapiceros, un caballito de bronce, un Quijote con su Sancho Panza y un pequeño busto de mármol de Henry James, supongo.

En las paredes no colgaban fotografías enmarcadas, únicamente en fila sobre el muro blanco tres pinturas originales: una de Matisse —también supongo—, un dibujo a tinta de Picasso y un paisaje decimonónico.

Todo lo fotografiaba Carlos Puig a velocidad. Le pedí que lo hiciera con una pequeña cruz de madera, simple, sin Cristo, escondida en un rincón. Lo mismo con una borrosa imagen enmarcada en plomo de la Guadalupana, escamoteada entre los libros de la estantería. Probablemente era un viejo *souvenir* del México de los años treinta cuando reporteó sus *Caminos sin ley.*

## Cuatro

—Así que usted es amigo de Gabriel García Márquez dijo cuando me estrechó la mano huesuda, larga, arañada de estrías y con esas manchas con que la vejez sella a los sobrevivientes para el viaje final.

Graham Greene había entrado a su estudio por una puerta trasera que parecía la de un baño o un clóset, casi al mismo tiempo en que la rubia bellísima lo hacía por la puerta principal llevando una charola de cristal con vasos chaparrones de dos dedos de whisky —sin hielos— y un platón de quesos surtidos; además de platitos, tenedores, servilletas y un racimo de uvas coloradas.

—Usted también es escritor.

—Soy periodista —dije, y exageré por conveniencia mi relación con García Márquez calificándola de estrecha, frecuente, entrañable. Luego le presenté a Carlos Puig como corresponsal en Washington de nuestra revista mexicana.

—¿Qué tal va México? —preguntó con un español arrastrado pero fluido que luego alternaría, casi sin darse cuenta, con el inglés.

Al alimón con Puig respondimos con un hilillo de frases pesimistas sobre la realidad reciente de nuestro país. Él sonrió.

Desde luego Graham Greene se veía mucho más viejo que el de sus fotos conocidas —andaba ya por los ochenta y cinco años— aunque se mostraba ligero en sus movimientos. Se hundían abundantes surcos en sus mejillas: "una piel arrugada como la cáscara de una manzana podrida" —escribió alguna vez sobre el personaje de un cuento: Claude Morin—. Los párpados inferiores abultados. El cabello completamente blanco, escaso ya. Tenía, eso sí, una mirada inteligente y clarísima igual a la bella rubia que se retiró con un par de frases en inglés dirigidas a ¿su padre?, ¿su abuelo?, y con una sonrisa especial para Carlos.

Greene vestía una camisa blanca, abierta, chaleco de piel ocre y pantalones de pana. Sus zapatos parecían o eran pantuflas afelpadas con pintitas de colores, feas en realidad.

Apenas levantamos nuestros vasos de whisky muy ralos y tomamos asiento en el área de conversación, el escritor advirtió con firmeza:

—No dispongo de más de una hora. Debo viajar a París esta noche.

Ciertamente no era un hombre afable. Aunque a veces dejaba escapar una sonrisa, más por cortesía que con naturalidad, su semblante era ya una máscara del célebre al que la vida lo había mellado desde la niñez a pesar de sus éxitos literarios.

Puig encendió discretamente la grabadora depositada en la mesita central de mármol.

—De qué asunto quieren conversar conmigo —tradujo Puig—. No quiero hablar de política ni de mi vida privada —añadió en español.

—De qué quiere hablarnos, míster Greene.

—Usted es el que pregunta.

—Podría ser de lo que está escribiendo ahora —negó con la cabeza—. O del premio Nobel que le han regateado tanto.

—Ya se lo dieron a Mauriac en el cincuenta y dos… y a su amigo García Márquez. No, es un tema liquidado.

—Qué tal de la influencia de Henry James en su literatura.

—Henry James, uf.

—Entonces de la fe.

—¿De la fe? —bebió un trago largo de whisky, yo también.

—De la fe religiosa. De su fe, míster Greene. Usted se convirtió al catolicismo cuando era joven y en todos sus libros aborda el tema con obsesión. Eso lo hizo famoso, además de la calidad literaria de sus novelas, obviamente.

Puig le traducía presuroso cuando él se esforzaba por entender alguna de mis palabras.

—Ahora leí en alguna parte que usted había abandonado la fe.

Hizo un gesto de extrañeza. Repetí la frase y la tradujo Puig.

—Que usted ha abandonado la fe.

—La fe no se abandona voluntariamente. En todo caso, es la fe la que nos abandona a veces. Pero no es mi situación —bebió de golpe lo que restaba de whisky, parecía molesto, y fue hasta su mesa de trabajo para extraer de una puertecilla lateral otra botella mediada de la que empezó a llenar su vaso—. La noche oscura del alma la llaman los místicos.

—San Juan de la Cruz.

Cuando volvió a tomar asiento, Greene ya había bebido de la nueva porción.

—Los periodistas católicos siempre me preguntan eso —dijo con una mueca de enfado—. No me preguntan de literatura, de mi literatura, me preguntan de teología, de metafísica, del Vaticano... o de mi fe, como usted. ¿Y sabe qué respondo?

—¿Qué responde, míster Greene?

—Nada. No les respondo absolutamente nada.

Se abrió un silencio peligroso que Puig aprovechó para tomar varias fotos de Greene en su sillón, con el vaso de whisky en la derecha y un gesto inescrutable.

Rompí el silencio antes de que el novelista se levantara y nos echara de su casa.

—Recuerdo muy bien un cuento suyo que escribió hace varios años: *Una visita a Morin*, ¿lo recuerda?

—¿Morin?... No... no. He escrito tantos, demasiados tal vez, que es imposible saber de qué trata todo lo que hago.

—Trata de un escritor de ochenta años, los que usted tiene ahora/

—Tengo más —sonrió.

—Un escritor, Claude Morin, que abandona la literatura, se retira a un pueblo apartado de Francia y no quiere saber más de sus obras. Se había hecho célebre por sus novelas de temas y personajes creyentes que escandalizaban a los católicos tradicionales, pero interesaban a la crítica liberal o a lectores agnósticos —Puig intentó traducir pero él lo detuvo con un ademán—. El problema de Claude Morin es que al paso del tiempo ha terminado perdiendo la fe y así se lo confiesa a un gran lector suyo, de los agnósticos precisamente, que lo conoce por casualidad en una misa de gallo y luego lo visita en su refugio. Entre tragos, Morin se confiesa conflictuado por vivir en una profunda contradicción: la de ser el novelista católico por excelencia y ya no comulgar con la fe que motivó toda su obra y que/

—¿Dice que es un cuento mío? —me interrumpió Greene con un aire de sarcasmo—. ¿No lo habrá escrito usted?

—Es suyo, se lo garantizo: *Una visita a Morin*, acuérdese. Se parece un poco al *San Miguel Bueno, mártir* de Unamuno. El viejo párroco de un pueblo español al que todos veneran con devoción extrema aunque ignoran que ese gran santo, en su intimidad, se ha vuelto totalmente ateo.

—No he leído a Unamuno —dijo secamente.

Greene me observaba con desprecio y ahora bebió sólo un sorbo de su whisky. Yo me acabé el mío y Puig atacó el queso roquefort con tenedor y cuchillo.

—¿Qué me está queriendo decir, amigo?

—Que usted podría ser San Miguel Bueno mártir o Claude Morin.

—Tranquilícese, yo no escribí ese cuento.

—Entonces no es cierto que haya perdido la fe, míster Greene… dicho sea con todo respeto.

—¿Eso le importa? ¿Eso le parece interesante para una entrevista?

—Francamente sí, míster Greene.

El escritor se quedó quieto unos instantes. Movía la boca con los labios cerrados como si masticara de antemano la andanada que iba a soltarme. Con el brazo horizontal me señaló con el whisky.

—¿Sabe cuál es el problema de ustedes, los periodistas de hoy en día? Que cuando visitan a una persona digamos célebre, un político, un filósofo, un escritor, no llegan con el ánimo de establecer un diálogo que contribuya en algo a la discusión de ideas literarias o religiosas. Van directo, como si trajeran una escopeta, a amenazar a su entrevistado en busca del escándalo. Quieren encontrar algo que se pueda escribir con mayúsculas en una portada: Graham Greene perdió la fe. El conocido escritor de tales y tales novelas que conmovieron a los católicos ha perdido la fe. ¡Noticia!, ¡noticia! Graham Greene se ha vuelto ateo.

—Perdón míster Greene, yo no vine a eso.

—Vino a eso, amigo. Y desde el principio, antes de probar siquiera mi whisky, me tendió una trampa con ese cuentecillo que nunca escribí.

—Déjeme explicarle por favor.

—Vino a eso, ¡carajo!… como ustedes dicen: carajo. Utilizó a mi amigo García Márquez para meterse no solamente en mi casa sino en mi intimidad. ¿Con qué derecho! ¿Con la pretensión de hacerme escupir una frase para escandalizar a mis lectores?

—Discúlpeme si le di una impresión equivocada, míster Greene. Discúlpeme pero el tema de la fe es el tema de sus lectores… de muchos de sus lectores como yo… Y claro que me interesa. Me interesa que el autor que he leído toda mi vida… el de esas novelas en que la gracia persigue al pecador… ¿Se acuerda de *Una pistola en venta*? El personaje suelta de pronto una frase que subrayé para toda la vida: Soy un hombre perseguido por algo peor que la muerte… y uno deduce: por la gracia. Por eso me interesa… por eso me preocupa más bien que ese autor, míster Greene… ese autor, usted, haya perdido la fe en la última etapa de su vida… Todo se derrumba entonces… Me preocupa. Le juro. No es sensacionalismo. Es como si dijeran que Teresa de Calcuta dejó de creer en su lecho de muerte.

Impávido, como si le aburriera mi taralata, Graham Greene se puso de pie. Avanzó hasta donde Carlos Puig le ofrecía con un tenedor en ristre un trozo de queso gruyere. Lo tomó con el índice y el pulgar y lo masticó lentamente como si trajera lastimadas las encías. Dijo, cuando también nosotros nos sentimos obligados a levantarnos:

—Dos rectificaciones nada más, amigo, antes de que se vayan porque tengo prisa. Viajo a París en un momento, se los advertí.

Mentía, obviamente. Nos prometió una hora y apenas habían transcurrido quince, veinte minutos de mi entrevista fallida. Se sentía harto.

—Dos rectificaciones, amigo. Primera. Usted utiliza el término "escritor católico" como si fuera una unidad compacta. Y si emplea el "católico" como adjetivo de escritor convierte al escritor en simple mensajero de una ideología, en un acólito. De ahí proviene toda esa literatura piadosa que abomino. Escritor como sustantivo y católico como sustantivo son dos conceptos independientes. Así deben entenderse en cualquier gramática del idioma inglés o del idioma español.

—Lo entiendo, míster Greene.

—No, no lo entiende. No piense en las historias de santos, por favor. Piense en Malraux, en Camus… agnósticos que por momentos nos inducen a la fe.

—En Dostoievski.

—Dostoievski era un esclavo del diecinueve que utilizaba sus novelas para predicar.

—Sin embargo/

—La segunda rectificación —me interrumpió— es que usted confunde la fe con la creencia, dicho sea en español tanto como en inglés. No es lo mismo. "Si alguien lo sabe son los sacerdotes en el confesionario. A diario oyen decir a un penitente: Padre, he perdido la fe. Y lo que han perdido es la creencia."

Había llegado el momento de volver a sentarnos, porque hasta ahora empezaba a fluir una verdadera conversación, pero Greene no dio el menor indicio de querer regresar a los sillones.

—Le pongo otro ejemplo —agregó—. "Si un doctor le prescribe cierto medicamento y le ordena que lo tome todos los días hasta el resto de su vida y usted lo desobedece, cesa de tomarlo y su salud declina, ¿dejará por eso de tener fe en su médico?"

—Supuestamente no. Al contrario.

—"Pues ese médico es como la iglesia y la iglesia tiene razón."

—¿De veras cree usted en esta iglesia, míster Greene? Esta iglesia retardataria, corrupta, millonaria, aliada siempre con los poderosos.

—La iglesia es la depositaria de la fe.

—Pero ha traicionado al evangelio.

—No todos sus miembros, se lo garantizo —me miró durante un rato—. Supóngase, es un simple suponer, que yo, un hipotético yo, "se ha desligado durante veinte años de la gracia, y su creencia se ha ido marchitando como se lo predijeron los sacerdotes. Supóngase que ese yo ya no cree en Dios, ni en su hijo, ni en sus ángeles y sus santos, pero sabe por qué razón ya no cree. Y la razón es: la iglesia es verdadera y lo que me enseñó es verdad, y le ha vuelto las espaldas a esa verdad. Supóngase que ha vivido durante veinte años sin los sacramentos y puede darse cuenta de los efectos causados por lo que se perdió".

—El desconsuelo.

—O la desesperación.

—¿Y si ese hombre volviera al redil, míster Greene?

—"Supóngase que volviera y no lograra recuperar su creencia. Es lo que en ese supuesto caso yo temería. Mientras se mantenga apartado de los sacramentos, la falta de creencia sería un argumento favorable para la iglesia. Pero si volviera supuestamente a su seno y no lo salvaran los sacramentos, entonces ese yo supuesto sería en realidad un hombre sin fe. No sólo sin creencia: sin fe. Y entonces, lo mejor que podría hacer sería buscar rápidamente un refugio, el refugio de la tumba, para no desalentar a los demás. Una paradoja, ¿verdad?"

—Me quiere decir que perder la creencia es muy distinto a perder la fe. Perder la fe es caer en la negación total. En la desesperación absoluta. "Eso es lo que plantean sus libros", ¿verdad?

—"Lo sé."

—"Sus personajes llevan sus ideas a extremos absurdos". Condenación o salvación. Misericordia quizá. Eso dicen y eso le censuran sus críticos creyentes.

—"¿Y usted piensa que tienen razón?"

—¿Sus críticos?

—Mis críticos.

—Sí, míster Greene. Tienen razón.

Con su mano en mi hombro, Graham Greene me empujó suavemente hacia la puerta de su estudio.

Carlos Puig recuperó la grabadora, se colgó la Canon en el hombro y salió despidiéndose de mano del novelista primero que yo.

Greene me detuvo unos instantes. Ahora sonreía sinceramente y me dijo afable, en voz baja:

—El personaje de ese cuento no se llama Claude, se llama Pierre. Pierre Morin.

Antes de cerrar la puerta me lanzó un guiño/

*Uno*

Julio Scherer llegó eufórico a su oficina. Siempre que conversaba con Gabriel García Márquez se le encendían las pilas y regresaba con mil ideas para posibles reportajes.

—Estuve hablando con Gabo sobre Graham Greene —me dijo—. Son amiguísimos pero amiguísimos, ¿sabías?

—Claro, cómo no.

—Tú eres un buen lector de Greene, ¿verdad? —se acordó Julio—. ¿Te gustaría entrevistarlo?

—¿Yo?

—Te gustaría, Vicente, yo sé qué te encantaría. Le hablo ahora mismo a Gabo y él te consigue una cita, dalo por seguro.

—Greene vive en Francia, en la Costa Azul.

—Pues te vas a la Costa Azul, cuál problema, con gastos de *Proceso* —Julio me castigó el brazo con su garra. —Estás vuelto loco, no me digas que no. ¿Le hablo a Gabo?

—Déjame pensarlo, Julio.

—Pensar qué.

—Déjame pensar si me atrevo a entrevistar a Greene.

Entró una llamada telefónica y Julio se entretuvo más de diez minutos. Colgó por fin.

—¿Ya estás puesto?

Le respondí como Bartleby:

—Preferiría no hacerlo.

# A pie de página*

Como su hubiera sucedido ayer, recuerdo con claridad el gesto de orgullo de Polo Duarte cuando azotó sobre el mostrador de Libros Escogidos aquel ejemplar de pastas verdes y grises, ligeramente maltratado.

—¡Aquí está!

—¿Cómo lo conseguiste?

—Lo conseguí—dijo nada más Polo Duarte porque siempre mantenía en secreto sus increíbles pesquisas para encontrar cuanto libro antiguo o simplemente viejo le solicitábamos sus clientes consuetudinarios.[1]

Era *Caminos sin ley* de Graham Greene: la traducción de un tal J. R. (Rodolfo) Wilcock —traductor de buena parte de las novelas del británico y narrador argentino muy admirado por Enrique Vila-Matas— de *The Lawless Roads* publicada por Ediciones Criterio de Argentina en 1953. Ramón Zorrilla fue quien me habló de ese libro de viajes, con la advertencia de que nunca lo encontraría. Se había prohibido importar el original en inglés desde que Greene lo publicó en 1939, porque el presidente Lázaro Cárdenas decretó que era un panfleto denigrante contra Méxi-

* Las notas a pie de página de todo escrito, académico o no, siempre son un estorbo. José Emilio Pacheco dice que son como llamadas telefónicas en la noche nupcial. Eso son. El lector necesita frenar de golpe, mirar hacia abajo y distraer por consiguiente su atención para enterarse de los datos documentales o de las digresiones del autor. Con el propósito de evitar este zangoloteo en la lectura, algunos editores deciden con frecuencia trasladar esas notas a pie de página al final del texto principal. Y eso me he permitido hacer en este relato; a excepción de esta primera nota a pie de página y de algunas llamadas secundarias a las notas a pie de página propiamente dichas. El lector tiene derecho a leer (o no leer) mi relato, como se le antoje.

co.[2] Según mi amigo Zorrilla, la prohibición se mantuvo para las traducciones durante los regímenes de Manuel Ávila Camacho y Miguel Alemán. Por eso era imposible encontrar un ejemplar de *Caminos sin ley*, a no ser que alguien viajara a Argentina.

Vivía yo en aquellos años —finales de los cincuenta, principios de los sesenta— un íntimo deslumbramiento por Graham Greene que me llevaría luego a François Mauriac, a Bernanos, a León Bloy, a Evelyn Waugh, a Heinrich Böll. Me asombraba que un escritor converso, católico como los de mi lista, se atreviera a hundir su prosa en el lodo del pecado y del mal sin el recato y el afán evangelizador que manifestaban los novelistas piadosos frecuentados durante mi adolescencia: el padre Coloma, Carlos María Heredia, José María Pereda... Esa laicidad radical, más la voluntad de novelar crudamente el fenómeno de la gracia entendida en términos teológicos, disolvieron mis prejuicios de católico conservador.[3]

En la lectura de *El poder y la gloria* me impresionó el descarnado retrato de un inolvidable cura briago e incontinente perseguido por los Camisas Rojas de Garrido Canabal en Tabasco, aunque yo no encontraba en Greene las experiencias formales que me obsesionaban como a muchos de los escritores de mi generación. Había que leer entonces al británico para apreciar sus obras como thrillers religiosos, no para aprender recursos narrativos de la vanguardia. Esos abundaban en los seguidores de Joyce, en Faulkner, en Onetti, en Sánchez Ferlosio, en Robbe Grillet...

Así leí *El poder y la gloria* y así me hundí —gracias a Polo Duarte— en esos *Caminos sin ley* que eran el disparador elocuente de la novela.[4] Entre reportaje y crónica personal, el libro podía considerarse sí, denigrante para México, pero no por una intención preconcebida como afirmaban sus detractores —hablar mal del país que había afectado a las empresas británicas con la expropiación petrolera del 38— sino porque así lo vio y lo vivió un escritor políticamente independiente. Un buen libro, sin duda, tan escandaloso como sincero, tan irritante como útil para entender cómo se mira a nuestro país desde afuera. Yo mismo escribí un ensayo torpe sobre *Caminos sin ley*[5] tratando de analizar las razones de ese repudio a México de Greene, mezclado con una fascinación poco menos que masoquista. Aún lamento no haber tenido la cortesía de mostrarle a Polo Duarte mi escrito para seguir agradeciéndole su hazaña bibliófila. En realidad ya había dejado de frecuentar aquel templo de la avenida Hidalgo donde conocí nada menos que a Simón Otaola. Ése fue otro hallazgo de Libros Escogidos.

Vasco exiliado en México a causa de la guerra civil, o incivil —como la calificó Unamuno según Hugo Hiriart—, Otaola visitaba la librería casi a diario. Ahí tenía lugar una extraña tertulia, de pie junto al mostrador, a la que acudían fervorosos Gustavo Sainz —yo siempre con él—, José Agustín, Nacho Méndez y algunos refugiados españoles como Juan Rejano y Pedro Garfias.

Además de simpático y puntilloso, pronto a hacer pomada a novelistas consagrados de nuestro entorno, Otaola me introdujo en el conocimiento de escritores imprescindibles: Ramón Gómez de la Serna, Bioy Casares, Jean Giono, Ramuz… y ese Leopoldo Marechal a quien él había conocido en Buenos Aires y cuyo fatigoso *Adán Buenosayres* me obligó a leer de tanto que lo elogiaba.

Otaola era además un escrupuloso novelista, manejador excelente de los diálogos de sus personajes. Joaquín Díez Canedo le publicó en el 63 *El cortejo*,[6] una novela entre dolorosa e irónica, a veces delirante, sobre el exilio español.

Ya muy tarde descubrí —cuando Libros Escogidos emigró de la avenida Hidalgo a la colonia Santa María y se acabó esa tertulia— que Otaola estaba muy cerca de varios amigos con los que yo trabajaba en *Revista de revistas*. Era suegro de César Rodríguez Neumann, hijo del gerente y exgerente de *Excélsior* Hero Rodríguez Toro y hermano de Hero-chico quien había trabajado conmigo, hombro a hombro, en la cien veces reinventada *Revista de revistas*.[7]

Le manifesté mi asombro a Hero-chico cuando lo supe, por boca de Manolo Robles:

—¿Así que la esposa de tu hermano César es hija de Otaola? Ésa sí que es sorpresa.

—Era alumna del Colegio Madrid —me explicó Herochico—. Ahí la conoció él: Maru Otaola, guapísima. Vivía cerca de mi casa y todos los vecinos se volteaban a verla y a chiflarle cuando pasaba por la calle.

—Como la del manojo de rosas.

Estaba por concluir el 1979 de la naciente crisis económica desatada por el presidente López Portillo, y yo acababa de publicar *El evangelio de Lucas Gavilán* que cayó en el silencio o en los puyazos críticos. Entonces, en un alarde de atrevimiento porque sabía lo exigente que era mi admirado Otaola, le envié a través de César un ejemplar de la novela.

Otaola me respondió pronto, con una carta de cuatro páginas en un bello papel amarillo escrito a máquina.[8]

Tanto me emocionó la carta que al preguntar a César cómo podría comunicarme con su suegro para darle las gracias, César propuso organizar una cena en su casa a la que podría invitar también —si yo quería— a Federico Cantú. Sabía de mi admiración al gran pintor de Cadereyta, Nuevo León, al que no conocía personalmente, pero sí a través de sus grabados con buril: sus cristos de fuego, sus caballos del Yemen, sus mujeres pechugonas, sus ángeles…; también los óleos monumentales del coronado de espinas en la iglesia de La Purísima de Monterrey y en el Seminario de Misiones. Y conocía, quién no, el emblema del IMSS de esa tierna madre amamantando a su hijo con el águila patria detrás —él la llamaba Nuestra Señora del IMSS—, y los relieves pétreos del Centro Médico.[9]

Alguna vez, en tiempos de *Revista de revistas*, encomendé al reportero Manolo Robles entrevistar a Cantú, y el pintor me envió de regreso, con Manolo, la prueba de autor de una de sus caligráficas Ceres impresa sobre una tela de finísima urdimbre. Me invitaba además a visitarlo en su casa-taller de Patricio Sanz para compartir —decía en una tarjetita— *nuestro atrabancado cristianismo*.

Nunca fui. Ni en esa ocasión ni en las muchas otras en que José Audiffred quiso jalarme a tomar tragos en la cueva de Cantú. Ambos eran bebedores compulsivos y eso me retuvo siempre. "No se juntan a platicar —me advertía Ernesto Ortiz Paniagua—, a lo que van es a beber, a beber, a beber."

—Entonces qué, ¿invito también a Cantú? —insistió
César Rodríguez Neumann, porque su socio en la empresa Crea-
tividad Tipográfica era Gilberto Martínez Cantú, hijo de Gilberto Martínez Solares, el célebre cineasta de Tin Tan cuya esposa Diana era hermana de Federico Cantú.

—Me encantaría —respondí—. Una cena con Otaola
y Cantú es un privilegio.

—Cena masculina si te parece —precisó César—, con
tragos y sangüichitos, informal.

No asistieron solamente Otaola y Cantú. Se agregaron
Hero Rodríguez Toro —admirador y amigo del artista—, su
hijo Hero-chico y si mal no recuerdo Froylán López Narváez,
que iba a todas.

Sobre Kafka disertaba el elocuente Otaola cuando llegué
en compañía de Hero-chico a la cena de César. Estaba por
cumplir sesenta y tres años y seguía con la misma enjundia que
le conocí en la época de Libros Escogidos.

Luego de los abrazos y de su negativa a aceptar de mi
parte agradecimientos por su carta "que no venían al caso",
retomó el tema: su obsesión por encontrar las obras completas
de Kafka publicadas por Emecé en los años sesenta.

—¡Ni Polito Duarte las ha encontrado! —exclamaba—.
Además de sus novelas y sus cuentos, están compilados ahí sus
diarios, sus cartas y todo el material fragmentado que rescató
Max Brod. Daría un trozo de mi vida —exageró Otaola— por
dar con esos libros.[10]

También buscaba un ejemplar de la revista *Sur*, aquella
que publicaba Victoria Ocampo en Buenos Aires, en la que su
amigo Gómez de la Serna colaboró, en el número 2, con un
relato delicioso sobre Diego Rivera.[11]

Ya empezaba Otaola a explayarse ahora sobre su relación
con su amigo Ramón —"lo conocí en su tertulia del café Pombo de Madrid, a mis veinte años"— cuando llegó Gilberto Martínez Cantú acompañando a Federico Cantú.

Me lastimó la figura setentona y devastada del artista.
Poco se parecía al Cantú vigoroso de sus autorretratos o de las
fotografías periodísticas. Conservaba la violencia de su mirada

de cisne —*en el cisne se unen el ángel y la serpiente*, escribió Gómez de la Serna en una de sus greguerías—, pero los cabellos largos y entrecanos lo semejaban más bien a ese grabado con buril del Moisés en cueros que rompe furioso las tablas de la ley.

Así se veía: agrio, aunque no: entró sonriente, feliz de encontrarse con amigos.

Fui el primero en abrazarlo y en sentir su esqueleto; frágil su cuerpo con quien parece a punto de extinguirse por culpa de los maleficios de alguna enfermedad. Se entretuvo conmigo antes de saludar a los demás. Me traía un regalo, sonrió al entregarme una carpeta tamaño esquela: contenía tres grabados con dedicatoria a lápiz. Me parecieron hermosos.

Cuando Hero Rodríguez Toro se dio cuenta de que no había grabados de regalo para todos los presentes, gruñó desde su silla:

—¿Por qué sólo para él?

—Porque teníamos una cuenta pendiente —mintió Cantú.

—No hay derecho —volvió a gruñir Rodríguez Toro hasta que el abrazo del artista lo sofocó.

A petición del propio exgerente de *Excélsior* puse a circular entre los reunidos la carpeta con los grabados, mientras Otaola nos relataba cómo era aquella tertulia de Gómez de la Serna en el Pombo de la calle Carretas. Ahí se presentó Diego Rivera una tarde —Diego María Rivera, lo llamaba Gómez de la Serna— *en la plenitud de su erupción, plenamente monumental como portador de Méjico a la espalda, todo él como un mapa de bulto y en la escala aproximada a la realidad.*

Más que del Diego Rivera de los años treinta —cuando Federico Cantú exponía sus primeros óleos en Nueva York—, Otaola discurría sobre Gómez de la Serna y su carteo con él, Gómez de la Serna y sus maravillosas greguerías. Las citaba Otaola de memoria con una gracia que arrancaba asombros y sonrisas. Asombros por la prodigiosa memoria de la que hacía gala, y sonrisas por el contenido de las cápsulas: *El musgo es el peluquín de las piedras, El cascarrabias tiene la boca del cascanueces, El tranvía aprovecha las curvas para llorar, El arcoíris es la bufanda del cielo, El pez está siempre de perfil.*[12]

No siguió citando Otaola greguerías ni se ahondó en el tema político sobre la calamidad que era todo López Portillo, porque Hero Rodríguez Toro se empeñaba en hacer beber a Cantú whisky tras whisky. Podría ser un gesto de excesiva cordialidad o de simple venganza. El caso es que al cuarto o quinto fogonazo, antes de que Cantú nos hablara de su obra reciente —por la que osé preguntar en una pausa—, la embriaguez de su cuerpo alcoholizado durante años se manifestó con una explosión volcánica.

En el momento en que Cantú se levantó a orinar, su pierna derecha se enredó con la izquierda, o como haya sido, y el hombre se fue de bruces, cayó de rodillas, metió las manos.

Entre el estupor y la pena ajena de quienes lo veíamos, su sobrino Gilberto brincó en su auxilio y consiguió llevarlo hasta el cuarto de baño. Cantú regresó repitiendo estoy bien, estoy bien, aunque la reunión ya había caído en picada. En realidad él era el único briago.

—Estoy borracho pero estoy bien —trató de bromear Cantú.

Y Otaola, para suavizar la situación, soltó una greguería:

—Sólo se puede llamar borracho al que bebe con embudo.

Pese al esfuerzo generalizado por volver a la normalidad, la cena masculina tocó fondo. Acompañado por Gilberto sosteniéndolo del brazo, Federico Cantú se despidió y se fue.

—Visítame cuando quieras en el taller —me dijo antes de desaparecer, con la comisura izquierda burbujeando.

No tenía sentido continuar en casa de César. El fuego verbal de Otaola se había consumido y Hero Rodríguez Toro se veía más atufado que un palo de escoba encerrado en un clóset, habría dicho Gómez de la Serna.

Al regresar a casa más temprano de lo previsto, abrí la carpeta de Federico Cantú. Sólo encontré uno de los tres grabados que me había obsequiado. Sólo uno: el de una mujer que podría ser la Virgen María cargando a un Jesús niño: *prueba artística para Vicente Leñero*, decía la dedicatoria. Rebusqué en la carpeta: nada de los otros dos.

No había de qué preocuparse, pensé. De seguro se cayeron cuando hice circular la carpeta, o se quedaron en la mesita junto a los bocadillos que apenas probamos.

Llamé por teléfono a César a la mañana siguiente. Ya se había ido al trabajo. Cuando le dije mi apuro a su esposa Maru, ella, en un espérame tantito, se dedicó a explorar en toda la sala y nada encontró. Terminé dándolos por perdidos. Se me habrían caído de la carpeta en la calle al subir a mi auto, era lo más probable, maldita sea, qué descuidado soy.

Una semana después, Hero-chico, que nada sabía de mi pérdida porque no había hablado con César, me informó telefónicamente: el domingo fue a visitar a su madre Isle y en el despacho de su padre, en el escritorio, encontró mis dos grabados con dedicatoria. Se sorprendió al verlos ahí.

—¿Se los regalaste a mi padre?

Cabrón. Hijo de la fregada. Qué acto de prestidigitación debió realizar el exgerente de *Excélsior* para quedarse con ellos, pensé.

—Le gustaron mucho, ¿se los regalaste? —insistió Hero-chico.

Me dieron ganas de enviarle a través suyo una mentada de madre a su progenitor pero me sentí obligado a responder a Hero-chico:[13]

—Sí, se los regalé.

*Notas a pie de página*

¹ En 1970 Polo Duarte me hizo otro hallazgo extraordinario. Empezaba yo a escribir una obra de teatro sobre José de León Toral y la madre Conchita, porque entre los libros que dejó mi padre a su muerte encontré el primer volumen de la versión taquigráfica del juicio popular que les hicieron a ambos en San Ángel, acusados del asesinato de Álvaro Obregón. Esa versión taquigráfica era ya en sí, en bruto, una obra documental. Sólo necesitaba condensarla y conseguir el segundo volumen sin el cual no podía llevar a cabo el proyecto.* Recurrí entonces a Polo Duarte, y en menos de dos meses él me consiguió ese ejemplar junto con varios títulos relacionados con el tema: las memorias de la madre Conchita, editadas en Madrid con el título: *Una mártir de México*; un reportaje de Miguel Gil sobre la estancia de la monja en la cárcel de las Islas Marías: *La tumba del Pacífico*, y otros. El inevitable "¿Cómo los conseguiste, Polo?" se topó con su silencio de siempre. Extrañamente, ese silencio no se prolongó mucho tiempo porque Polo Duarte me tenía un recado. "Todos los libros que te di me los trajo la madre Conchita en persona —dijo—. Ella quiere que lo sepas porque desea hablar contigo antes de que escribas la obra." Me negué a la entrevista. No quería soportar presiones.

² En realidad, el ejemplar que conservo de *Caminos sin ley* es la segunda edición en español, aparecida en 1954. Luego aparecieron otras. Adquirí una, semiclandestina ("pirata" diríamos ahora), editada por el diario *La Prensa*. La versión argentina abarca 284 páginas y contiene, en hojas adheridas en papel couché, algunas fotos tomadas por el propio Graham Greene durante su recorrido por México. Son fotos maluchas: de Villahermosa, de Saturnino Cedillo cuando Greene lo entrevistó, de Yajalón, de un templo destrozado en Chiapas… Una de ellas es la de un panel que tiene adosadas, como estampitas para la

---

* En mi libro *Vivir del teatro* está relatada con más amplitud esa anécdota. *Vivir del teatro*, Col. Contrapuntos, Joaquín Mortiz, México, 1982, págs. 103-104.

veneración, fotos del padre Pro durante su fusilamiento que se publicaron en la prensa mexicana, con breves explicaciones escritas a mano en mayúsculas, con torpeza.

[3] Siempre sentí, con paranoia posiblemente injustificada, que el jacobinismo de nuestro ambiente cultural durante mis primeros años de escritor me convirtió en persona *non-grata* por católico, por mocho, por conservador. No sé si fueron razones ideológicas, más que literarias —tomando en cuenta además mi temperamento de suyo solitario— las que me hicieron a un lado. Tengo presentes algunos recuerdos: Estaba por revisar el "manuscrito" de mi novela *El evangelio de Lucas Gavilán* (paráfrasis "mexicanista" del evangelio de Lucas) cuando me telefoneó Enrique Krauze, en ese entonces jefe de redacción de la revista *Vuelta*: "Octavio quiere una colaboración tuya y me parece muy bien. Mándame lo que gustes: un cuento, un ensayo, lo que quieras." Le envié un fragmento de la última parte de la novela en la que se narraba la muerte de mi Jesucristo Gómez. Enrique Krauze me volvió a telefonear: "Tengo un problema. Al consejo de redacción de la revista no le gustó tu texto; particularmente a Gabriel Zaid que es creyente como tú. No le gustó.* Mándanos mejor otra cosa, lo que quieras." Le respondí lo que era lógico responder: "Tú me dijiste que Paz pidió una colaboración mía y ésa es la colaboración que yo escogí. No voy a mandar otra. Si es mala, es mi responsabilidad. Y si no les gusta no la publiquen, tan sencillo como eso." Krauze se portó generosamente y en el número 31 de *Vuelta*, junio de 1979, apareció mi fragmento de *El evangelio de Lucas Gavilán*. Aunque obviamente me asaltaron dudas literarias, recibí dos llamadas sorpresivas de felicitación: de Tito Monterroso y de Antonio Alatorre. Años después, ajeno ya a los jacobinismos de generaciones anteriores, Christopher Domínguez Michael enjuició con dureza obras mías que contienen expresamente una temática religiosa: *En-*

---

* El consejo de redacción de *Vuelta* estaba formado, en ese tiempo, por Julieta Campos, José de la Colina, Salvador Elizondo, Juan García Ponce, Ulalume González de León, Jorge Ibargüengoitia, Alejandro Rossi, Kazuya Sakai, Tomás Segovia y Gabriel Zaid.

*tonces Leñero es un escritor simplista y dogmático como la teología política a la que se adhiere. A este católico al parecer no le fue concedida la gracia que dramatiza a la literatura cristiana moderna: la crisis de conciencia. A diferencia de ancestros ilustres como Bloy, Bernanos, Julien Green, Leñero siempre aparece como un escritor demasiado seguro de sus convicciones que son pocas y firmes, tan hábil para desarmar las contradicciones fácticas del realismo, es parco al hallarlas en el mundo de las conciencias y de las ideas.**

[4] *El poder y la gloria* fue llevada al cine en 1947 por John Ford en locaciones mexicanas y con Henry Fonda y Dolores del Río como protagonistas. Algunos la consideran una obra maestra de Ford pero está muy lejos de serlo. Dolores del Río, como lo repitió en toda su carrera, se esfuerza en presentarse como "india bonita", y Henry Fonda no alcanza a manifestar la angustia existencial y culpígena de un cura mexicano perseguido. Esta película, como las otras que se filmaron sobre lo que Charles Moeller calificó de "la trilogía de la gracia" (*El poder y la gloria, El fin de la aventura y El revés de la trama*) poco dicen de la problemática religiosa de la narrativa de Greene. Más les importó a sus directores el carácter que tienen de thrillers, a excepción, quizá, de las versiones cinematográficas de *El fin de la aventura* (1955: con Deborah Kerr y Van Johnson, bajo la dirección de Ken Annakin, y 1999: con Ralph Fiennes y Julianne Moore bajo la dirección de Neil Jordan). Son eso: preponderantemente thrillers la veintena de películas filmadas sobre cuentos y novelas del escritor inglés.

[5] Mi ensayo, publicado en 1959 en la revista bimestral *Istmo*,** se llamaba "México en la obra de Graham Greene". Era un

---

* Christopher Domínguez en "El poder y los cuerpos", *Antología de la narrativa mexicana, del siglo XX*. pp. 486-487, Fondo de Cultura Económica, México, 1991.

** La dirigían el Dr. Carlos Llano Cifuentes y el Lic. Felipe Colomo Castro, ambos miembros destacados del Opus Dei. En esa publicación escribía reseñas sobre música un talentoso muchacho de veinte años: José Antonio Alcaraz. Ahí lo conocí. Amanerado y burlón me decía: "Aguas, no te dejes pescar por los del opus". Y le contestaba yo: "A ti es al que quieren atrapar." "Zafo", remataba el querido José Antonio.

ensayo atrabancado, casi un panegírico. Trataba de explicar, poniéndolo entre comillas, el "odio" a México del escritor inglés, y antologaba un puñado de frases hirientes contra nuestro país: *De día, San Antonio* [Texas] *es más mexicano que norteamericano; no muy genuinamente mexicano, es demasiado limpio para eso,* [Después de una pelea de gallos:] *Creo que ese día empecé a odiar a los mexicanos, Siempre asociaré a la ciudad de México con el olor repugnante a dulces y con los vendedores de Lotería, Los adultos no pueden encontrarse en las calle sin empezar a boxear como escolares, Acribillado a balazos es la frase habitual, Uno no se salva de los mendigos ni en el tren, Volví al hotel: calor y moscas, calor y moscas,* [Las mujeres tienen] *cabello azabache, dientes de oro y ojos negros y estúpidos de mexicanas,* [México] *era un país donde sólo se podía morir y dejar ruinas tras de sí, Me alegré de irme de México.*

[6] *El cortejo* ubica a los refugiados en dos momentos concurridos: un velorio en Gayosso y una celebración de bodas de plata. Los personajes llevan nombres distintos a los que tienen los hombres y mujeres que los inspiran, pero los lectores del exilio, se supone, pueden identificarlos fácilmente. Y enojarse, cuando la ironía los alude directamente; o desternillarse cuando alude a un coterráneo conocido. León Felipe, por ejemplo, se llama en la novela Burgos Juan, y su pintura es perfecta, por burlona. Asombra en Otaola su facilidad descriptiva —precisión, buen ojo— y su delicioso manejo de los diálogos que gobiernan el régimen de la novela. Además de *El cortejo*, Otaola escribió en México *Unos hombres* (1950), *La librería de Arana* (1952), *Los tordos en el pirul* (1963) y *Tiempo de recordar* (1978). Vivió unos años en Buenos Aires, y en nuestro país trabajó como publicista de Películas Nacionales. Durante la guerra civil en España fue comisario político de los republicanos en los frentes de Lérida y Aragón. Llegó a México como exiliado en 1939.

[7] A Hero Rodríguez Neumann le decían familiarmente Herochico porque tenía el mismo nombre que su padre. Cuando fui llamado por Julio Scherer y Miguel Ángel Granados Chapa a dirigir *Revista de revistas* en 1972, me dijeron que yo era libre

de elegir y traerme de donde fuera a todos los miembros de mi equipo. A todos menos a Hero-chico que ya había sido designado jefe de redacción del semanario. Me extrañó la imposición. ¿Por ser hijo del gerente? No sólo por eso —me enteré después—, sino porque Hero-padre y Julio deseaban apartarlo de "las malas influencias" que ejercía sobre él Manuel Becerra Acosta, subdirector de *Excélsior*. Becerra Acosta lo arrastraba al trago y al desmadre, y pensaron que trabajando conmigo —en lugar de con Becerra Acosta en la mesa de redacción del diario— resolverían el problema. Hero-chico fue a mi lado un gran colaborador en *Revista de revistas*: en idear temas de reportajes semanales, en dar órdenes periodísticas, en corregir textos. Pocos desencuentros tuve con él en cuatro años. Llegamos a ser, juntos, eficaces directivos y muy buenos amigos. Hero-chico, por supuesto, no abandonó su estrecha relación con Becerra Acosta: constructiva en lo periodístico, distractiva en su inclinación al ocio, al trago, a la conquista de féminas.

[8] Después de las críticas o los desdenes del silencio que sufrí con *El evangelio de Lucas Gavilán* no resisto la vanidosa tentación de publicar algunas líneas de la carta de Otaola: *Me gustó mucho. Tú eres un gran novelista y encima seleccionas un buen asunto para tu Evangelio y creas un estupendo personaje y cuentas a lo divino la historia demasiado humana… ¡Vaya si me interesó la historia! ¡Coño si me gustó!… Prendido en el hilo de la historia, sumergido en el fondo de ella, para nada tuve en cuenta los puntos concomitantes con su fuente de inspiración… yo viví la vida accidentada de este Gómez albañil, curiosamente llamado Jesucristo. ¡Qué raro, eh, Jesucristo!*

[9] De Federico Cantú escribieron mucho sus admiradores en los primeros años de carrera, antes de que cumpliera cincuenta años que es cuando más lo necesita un artista para cuajar. Al final, se olvidaron de él. A continuación, unas citas: Arthur Miller (1929): *Aquí hay un extraordinario talento creando un arte vital, un arte que con seguridad encontrará un amplio campo hoy en día, porque infunde vida nueva en la tradición pictórica más sonada*

*de la cultura occidental.* Luis Cardoza y Aragón (1938): *Cantú sabe pintar con maestría y talento. Y cuando digo que pinta bien, por supuesto que no estoy pensando únicamente en su claridad, plasticidad, sentido del color y dibujo lírico. Quiero significar que con todas estas cualidades, él llega a la expresión de lo más escondido, apasionado y puro de su fuerza.* Octaviano Valdés (1948): *La nota religiosa domina su arte. Mas no sólo por la elección del asunto sacro, sino sobre todo por su sentido profundamente contemplativo que traspasa la superficie anecdótica, haciendo vibrar el drama que toda creatura de Dios vive bajo su propia epidermis.* Antonio Rodríguez (1948): *Cantú es, pues, el único artista del movimiento plástico contemporáneo —nos referimos, claro, a México— que hace pintura clara y sinceramente religiosa y que confiesa, además, que este tipo de pintura corresponde, en él, a una verdadera necesidad espiritual y creadora.* Algunos curas conservadores atacaron con frecuencia las obras de Cantú porque caricaturizaban, decían, las figuras religiosas. En 1987, un grupo de "guadalupanos" protestó airadamente contra los cuadros expuestos en el Museo de Arte Moderno pidiendo que los retiraran por blasfemos. Y poco después, "hordas fanáticas" —las llamó la prensa— destruyeron por irreverentes buena parte de los ciento cincuenta metros cuadrados de murales en la parroquia de San Miguel Allende. Federico Cantú murió en enero de 1989, a los ochenta y un años. Nunca le otorgaron el Premio Nacional de Ciencias y Artes.

[10] Me impresionó esa noche oír hablar a Otaola de las obras completas de Kafka editadas por Emecé en Argentina. ¡Qué coincidencia! Por mágica casualidad yo tenía en mi modesta biblioteca esos dos tomos encuadernados, a la manera de Aguilar —de lujo—, en pastas duras de tela verde. No eran lo que se dice un tesoro de anticuario. Aparecieron en 1960 aunque en México —como se dolía Otaola— no se hallaban en ninguna parte. Tuve el impulso de confesarle ahí mi posesión y decirle: ¡se los regalo, maestro, en gratitud por su carta!, pero me contuve a tiempo. Los libros provenían del padre de Estela, mi suegro Uriel Franco, como parte de un lote copioso de los tres

que había repartido su madre entre las hijas a la muerte de mi suegro. Pertenecían a mi esposa, más que a mí. No tenía derecho a regalar algo de lo que no era dueño, aunque era yo quien solía leer en sus páginas textos de lo mucho que me faltaba para conocer a Kafka. Podría desde luego plantear a Estela la situación para que ella aceptara realizar el obsequio. Ella diría que sí o que no. También podría yo sustraerlos clandestinamente y dárselos a Otaola sin más. Preferí mantenerme esa noche en silencio para pensarlo, pensé. Y lo pensé durante semanas antes de encontrarme de nuevo con Otaola. Pero no nos encontramos. Murió ese mismo año de 1980 a los setenta y dos.

[11] En su relato, Ramón Gómez de la Serna cuenta cómo Diego Rivera llegaba al café Pombo siempre acompañado de Angelina Beloff. Tan sólida resultó la amistad entre el escritor y el artista que Diego Rivera se ofreció a pintarle un retrato cubista. *Al hacerme ese retrato* —escribió Gómez de la Serna— *Diego María Rivera no me sometió a la tortura de la inmovilidad o a la mirada mística hacia el vacío durante más de quince días, como sucede con los demás pintores, ni me puso ese aparato que tanto se parece al garrote vil y que en las fotografías colocan detrás de la nuca. Yo escribí una novela mientras me retrataba, fumé, me eché hacia adelante, me eché hacia atrás, me fui un rato de paseo y siempre el gran pintor pintaba mi parecido; tanto que cuando volvía del paseo —y no es broma— me parecía mucho más que antes de salir… Este retrato es el más estupendo retrato mío. Sus colores me animan, y todo él me aparta de lo que de estampa podría haber en mi rostro. Mi retrato cubista no figurará nunca en ese concurso de presumidos a que asiste todo retrato. Con este retrato acabó en mí el poco aire de irresistible que pudiera haber tenido…*

[12] Es evidente que me resultaría imposible recordar las greguerías que citó Otaola aquella noche. Yo no tenía su privilegiada memoria. Reproduzco en el texto, copiándolas de un libro, las que me disparan como alfileres a golpe de vista. El género de la greguería inventado y "patentado" por Ramón Gómez de la Serna —algunos dicen que publicó más de ¡cien mil!, otros que

quince o veinte mil— ha merecido múltiples definiciones para distinguirla del apotegma, del proloquio, del epifonema, del aforismo, del haikú… La mejor me parece la fórmula aritmética: greguería = humorismo + metáfora. Para el estudioso Richard L. Jackson: "La greguería es una idea ingeniosa, una comparación sorprendente, un intento de redefinir metafóricamente facetas de la realidad a través de asociaciones inesperadas, originales y humorísticas." ¡Uf!

[13] Después del golpe a *Excélsior* me veía con Hero-chico con escasa frecuencia. Él no se sumó a la aventura de *Proceso* ni tampoco al diario *unomásuno* que echó a andar Manuel Becerra Acosta. Tomó su propio rumbo y trabajó en distintas instituciones privadas y públicas. Sin embargo, cada que nos encontrábamos éramos por momentos los grandes cuates de antes. Un día, Manolo Robles me informó que a Hero-chico le habían encontrado tres tumores cancerosos en los pulmones. Estaba grave. Estuvo grave durante semanas. Lo operaron. Se sometió a radiaciones y a quimioterapias. Pasado un tiempo Hero-chico me telefoneó para invitarme a desayunar en La Mansión de Insurgentes cerca de Plaza Inn. Lo vi llegar muy sonriente, con una apariencia extraña porque se había quedado pelón como un coco, pero alegre, feliz. "Me acaban de dar de alta —dijo—. Ya salí de ésta. Los médicos me aseguran que estoy como nuevo." Conversamos largo sobre el pasado común y sobre el futuro. Tenía planes, proyectos, y quedamos de vernos más seguido. Dos semanas más tarde, el 17 de abril de 2009, Hero-chico murió repentinamente.

# Crucero

—Cómo te gustaría morir.
—Como una vela que se apaga —responde Humberto
desde el sillón de su estudio.


*Te agarraste a la vida como a un fierro que ardía y era*
*urgente soltar. Entero siempre. Astuto. Valiente, digo, porque te vi*
*enfrentar el azoro de lo que habrá después. O nada o todo… Te*
*conocí camino a nuestra cueva de Chamilpa a recibir sonriendo a*
*los nuevos vecinos. Fueron más que cordiales. Excesivos si acaso en*
*el cálido aprecio de una amistad como el café instantáneo. Huraño*
*como soy, reacio y seco, tú me venciste con tus brazos abiertos. Su*
*terraza fue siempre el centro de un convivio. La cháchara, la plá-*
*tica entre Maru y Estela: que las flores, los hijos, los tuyos y las mías,*
*la fe y la religión, el lento envejecer hora tras hora. En el ir y venir*
*de parientes y amigos que llevabas a tope a compartir tu espacio*
*con largueza: el whisky, el dominó, el futbol en la tele y la comida*
*espléndida. Ustedes siempre ahí, después del sol a plomo al lado de*
*la alberca. Te recuerdo leyendo y hablando de escribir. Y qué bien*
*que lo hacías. Se me aguadan los ojos como lágrimas porque te sigo*
*oyendo elogiar a tus hijos y a tus nietos. A tu mujer dolida porque*
*no le confiabas tus misterios. Al Güero en Nueva York. A la Maru*
*y a Gaby. A la Adriana y a Laura y a tus yernos. Te observo toda-*
*vía compartiendo aventuras de tus viajes continuos, la historia de*
*tus males que nunca exagerabas ya que eras un enfermo en estado*
*perfecto de salud: decías y mentías cuando sabías cuál era la verdad.*
*Pronto es para mí escribir "te recuerdo", porque estás en presente,*
*porque andas por ahí tomando el sol, porque vas a llegar cuando*
*menos lo espere y nos vas a invitar a tu terraza, porque te voy a*

*entrevistar para hacer un relato sin desgarres tomando mi distancia
como si yo no fuera el que en verdad lo escribe.*

Humberto Murrieta y su esposa María Eugenia eran
viajeros por compulsión. Habían recorrido el mundo por avión
y carreteras, en cruceros turísticos, hasta en sueños. Europa,
Asia, Estados Unidos, América del Sur. No pasaba un año en
que no realizaran un par de viajes de trabajo o de placer a lugares desconocidos o reconocidos con ese afán de comerse ciudades y países a bocanadas de perplejidad.

Murrieta era un padre prolífico: cinco hijos —cuatro
de ellos mujeres— y diecisiete nietos.

—Eres zurdo, ¿no?

—Pero escribo con la derecha porque en la escuela de
Xalapa me quitaron lo zurdo a madrazos. Como zurdo jugaba
beisbol en un equipo que formamos en el despacho de contadores; con mucho entusiasmo, eso sí. Tenía buena figura, qué
Ted Williams ni qué nada. Murrieta, vas a pichar. Estás loco,
en mi vida he pichado. Pues vas a pichar. Bola bola bola bola
(creo que metí un strike). A los del equipo contrario los mandaron aguantar. Base por bolas, base por bolas, base por bolas.
Entonces me sacaron del partido.

—Pero siempre fuiste muy deportista, me decías. Cam-
peón de natación.

—Campeoncillo. En nado de pecho gané un campeo-
nato en Xalapa y luego el estatal de Veracruz. Con Otilio Hol-
guín, Walter Ocampo y Tonatiuh Gutiérrez impusimos un récord
en relevos. Me preseleccionaron para los juegos panamericanos
de 1955 pero ya no seguí porque estudiaba y trabajaba al mismo
tiempo.

—¿También jugabas tenis?

—Soy socio del Deportivo Chapultepec. Nado, voy al
vapor...

Como contador público graduado en la UNAM, Murrieta fue un hombre exitoso: llegó a director general del despacho Roberto Casas Alatriste/Coopers & Lybrand. Después, en 1977, fue designado oficial mayor de la Cámara de Diputados donde implementó el sistema de votación electrónica. Propuesto por el presidente Ernesto Zedillo fungió como vocal independiente del Instituto para la Protección del Ahorro Bancario, y luego pasó a ser presidente ejecutivo de Transparencia Mexicana.

—Para andar en tantas chambas tenías energía, buena salud.

—Hasta el 91, cuando lo de San Diego. Trabajé más de cincuenta años y nunca, ni en la peor de las crudas, ni con dolor de cabeza o gripa o chorrillo, nunca dije no voy a trabajar. Ni recuerdo haber guardado cama, hasta ahora.

—Cómo fue lo de San Diego.

—Me hicieron una operación gigantesca pero yo dije cuándo me la hicieran. Pedí turno para agosto y me prepararon para el lunes nueve de septiembre.

En torno a esa operación quirúrgica, Murrieta escribió una prolija carta a los trabajadores de su despacho de contadores —publicada en un boletín— para mantenerlos informados. Le gustaba hacer eso con sus compañeros y con su familia:

Escribo desde un hospital de San Diego en donde me están haciendo mil y un exámenes para determinar si soy operable, y vía cirugía eliminar unos malvados coágulos que en pésimos segundos se enquistaron vaquetonamente en la arteria pulmonar.

…Han sido despiadados: me han picoteado más que a una meretriz de puerto. He pasado por todo, desde extracciones de sangre por doquier a ritmo de no menos de seis por día, desfilando ante modernísimos aparatos para ecos, ultras, electros, sonos, etc., hasta la canallada medieval de dos inyecciones diarias en el estómago.

Me atiende un equipo de seis médicos con distintas subespecialidades comandados por el doctor Keneth Mosler (mi doctor Kildare) que es un hombre maduro, humano y afable. Mi hijo dice que se parece al doctor chiflado de *Volver al futuro*.

Soy operable. El jueves en la tarde nos lo informó Mosler con una explicación sin tapujos: Hemos operado 231 casos como el suyo y se nos han muerto 28 (12%). Su riesgo específico es de 8%. Si llegamos al final le garantizamos limpiarlo en un 90%. El otro 10% es inalcanzable.

La operación está picuda. Entra en la categoría de corazón abierto y en síntesis sobresquemática empiezan por introducir un tubo en la tráquea, abren el esternón para destapar la máquina, desconectan el corazón y lo suplen por uno de a mentis mientras le llegan a la arteria pulmonar y la limpian. Estiman entre diez y doce horas.

Puede ser que no me crean, pero a la operación en sí no le tengo miedo. Pase lo que pase no me daré cuenta de nada.

La operación resultó afortunada. De no ser intervenido le hubieran restado seis, siete, ocho años de vida… y adiós. No hubiera llegado al año 2000.

Durante cinco días, Murrieta se mantuvo en terapia intensiva: entubado, maniatado… Un día llegó un sacerdote a visitarlo y al pinche padrecito que llegó ahí sin que yo lo supiera le pregunté: soy hombre de números, dígame: ¿diez o cero? El caso es que llegó a santolearme como un fantasma en la penumbra, como una sombra, y entonces me deprimí… fue la única vez que me deprimí de veras. Y dije: Bueno Dios, allá voy.

—Pero luego escribiste en una tablilla/

—Sí, en una tabla y un papel que me llevaban para que escribiera lo que sentía, porque estaba entubado, no podía hablar. Y escribí: Dios existe.

—¿Por qué?

—¿Por qué qué?

—¿Por qué escribiste Dios existe?

—Porque estaba vivo. Porque mi porcentaje de sobrevivencia era del ocho por ciento y yo estaba vivo.

—Dios seguiría existiendo lo mismo si te salvas que si te pelas.

—Pues eso escribí. Ahí me salió el cobre, si tú quieres.


Transcurrieron ocho años entre ocasionales episodios de sangrados repentinos, aparatosos, a causa de los anticoagulantes que ingería metódicamente, y a Murrieta le detectaron un cáncer de próstata en 1998. Lo intervino quirúrgicamente un cirujano que le recomendó el presidente Zedillo.


—Pero otra vez, como en lo de San Diego, yo escogí el momento de la operación y le dije al médico: Oiga, doctor, ahorita no. Acabo de entrar al IPAB y no quisiera empezar como que ya no doy. Eso por una parte, le dije, por la otra tengo un crucero familiar y ya di un adelanto. ¿Puede operarme hasta septiembre?

—¿No era muy urgente?

—Los tiempos eran manejables. No se trataba de un cáncer de vísceras, de hígado.

—Y te operaron en septiembre.

—En septiembre del 99. Salí muy bien. Me dijeron ya estás limpiecito, que no sé qué, que no sé cuánto...

—Pensaste: ya gané el partido.

—No. Pensé: ya estoy alargando el partido a tiempos extras.

—O a pénaltis.

—Sí, pénaltis, cabrón.

—Yo digo...

—Al tercer o cuarto año, por el 2002 o el 2003, el antígeno se fue para arriba y me mandaron un tratamiento hormonal de seis meses. Me dejaban descansar tres o cuatro meses y vuelta al tratamiento. Así hasta el 2009 en que empezaron las quimioterapias, las radiaciones...

*Me entrometo en tu vida sin decoro y pongo en el papel lo que me dices o averiguo. Me estorba ser tan breve, tan conciso. No quiero ser intruso. Pero tú me dijiste alguna vez, ¿te acuerdas?, ni tú ni Estela ni tus hijas serán intrusos nunca en mi familia. Sin embargo lo siento y me repliego para no interferir en el camino que sólo a ti te atañe. Y me vuelvo discreto. Y el Güero y tu hija Maru me replican, me dicen que quisieran saber lo que hay detrás de las palabras. El corazón de las palabras dónde está, me preguntan. Y me niego y me escondo. Y si ahora lo pongo así en cursivas es nada más para que tú lo leas porque no hay corazón que valga más que el tuyo. El corazón. El que bombeó de coágulos tu cuerpo, el que latió de niño tus proyectos y se quebró de pronto en tantos hospitales de emergencia. Tanto trajín, hermano. Tanto entrar y salir de tubos y aparatos y remedios. Tanto tragar pastillas y sufrir inyecciones. Tanto hurgar en tus órganos heridos y luego despertar en una cama aséptica como si hubieras vuelto solamente de un sueño. Tanto y tanto desmadre y tú de nuevo ahí, entero una vez más. Guerrero de ti mismo. General de batallas tatuado por internas cicatrices: tus trofeos. Luego viajar, viajero. Luego encontrar respuestas y aventuras en Europa o en Asia o en donde fuera. Hasta Australia llegaste, carajo, qué pensabas, ¿distraer a la muerte?, ¿aplazar el momento? Lo conseguiste, digo si lo pienso mejor. Si así lo entiendo es porque entiendo bien lo que querías. Tu gusto por la vida, por la fiesta, por el color del mundo. Tu merecido premio a lo que hiciste como un trabajador profesional. Según se dice en el lugar común: fuiste un hombre de éxito. Y no es fácil. Desde abajo hasta arriba. Desde cero hasta diez, con mención honorífica. No hay nada que perder cuando has ganado todo. Lo importante está aquí: en esta cama de hospital que se plantó en tu casa donde se cobra el saldo de los números negros, donde me filtro yo sin hacer mucho ruido. Aquí te observo, te escucho, te entrevisto.*

Los tiempos extras no frenaron la compulsión viajera de Murrieta. Al contrario, la activaron. Era quizás un impulso inconsciente para reafirmar que estoy vivo, sigo vivo, la muerte me pela los dientes.

Y en noviembre de 2010, en un receso de su avanzado cáncer, decidió realizar con Maru una aventura anhelada durante muchos años: treparse a un crucero para asomarse a Australia. Maru no estaba de acuerdo pero aceptó. Irían acompañados por sus queridos amigos: Alejandrina y Luis Castillo.

—Ésa fue una tontería, un error monumental. Me produjo una infinita vergüenza con María Eugenia. De todas las barbaridades y atropellos que por mi culpa ha sufrido en cincuenta años de casados, este episodio ha sido uno de los peores.

Porque ocurrió que en una etapa del viaje en crucero, luego de tocar Melbourne y cuando estaban a punto de arribar a Tasmania, una hermosa isla en el trayecto a Nueva Zelanda, el cuerpo de Murrieta se averió con una hemorragia interna, silenciosa, incontenible. Era el lunes 22 de noviembre.

—¿Te diste cuenta?
—Solamente me sentía débil, muy débil. Mira, yo salí un día del camarote rumbo al comedor. El camarote estaba aquí y en el otro extremo, unos ciento y tantos metros, porque era una barcaza enorme, el comedor. Entonces me di cuenta de que no podía caminar y les dije a María Eugenia y a la pareja que iba con nosotros que me trajeran una silla de ruedas.
—Y te la consiguieron.
—Luego me recosté en un sillón del comedor; el barco tenía mucho movimiento pero pasaba gente. ¿Y vas a creer? No hubo un cristiano que dijera ¿qué le pasa, señor?, ¿necesita ayuda? Ni madres, me veían y se seguían.

El miércoles 24 de noviembre, en los apuntes de viaje que acostumbraba enviar a sus hijos siempre que andaba de paseo, Murrieta les narró el episodio:

Quisimos ir al servicio médico del barco para ver a un doctor. Había solamente enfermeras. El doctor llega a las cuatro. No, que siempre no, que a las cinco. Llegó a las cinco y diez. Nomás me vio y paró la salida del barco. ¡Tienen que bajarse! Aquí no tenemos para transfusiones y ha perdido mucha sangre. Si no se baja, no amanece. A velocidad supersónica me picotearon por todos lados y me empezaron a introducir un montón de líquidos. A esa misma velocidad la Jechu —apelativo cariñoso de María Eugenia—, apoyada por tres chinitos, aventó cosas en la maleta (luego sabremos qué dejamos) y en no más de veinte minutos llegó una formidable ambulancia de paramédicos. La despedida estuvo surrealista. Medio barco agitando pañuelos, ¡mitoteros!, banda de música de fondo. Si no hubiera estado en las últimas, esto entraría en el terreno de lo jocoso.

—¿Qué pensaste? Me voy a felpar aquí.

—Yo nunca pensé que me iba a morir en Australia y estuve a un cachito así.

—Sabías el final.

—Qué iba a saber el final. Sencillamente no me sentí en peligro. En el barco nunca capté, hasta que me lo dijeron, que había perdido tres cuartas partes de sangre.

—Pero tenías miedo.

—No, no sabía. Todavía cuando me estaban bajando del barco le dije a María Eugenia: foto foto foto. Porque eran unas escaleras largas, como de treinta metros, y que voy viendo a un montonal de gente despidiéndonos.

—La verdad eres muy valiente.

—No tengo nada de qué presumir. O soy privilegiado, o un indiferente, o un irresponsable.

—Eso puede ser: un irresponsable.

—Cuando llegó la ambulancia, me subieron y me dormí.

Burnie es una población de seis mil habitantes al norte de la isla de Tasmania donde flotaba —como tabla para el náufrago— el Burnie North West Regional Hospital al que trasladaron a Murrieta. Ya para entonces María Eugenia y los Castillo, que no tuvieron tiempo de abandonar el barco, habían telefoneado a la familia.

La entereza de mi mamá a la luz de este evento —escribió después Humberto hijo en un correo a sus hermanos— es de admirar. Cuando hablamos por teléfono estaba entera y fresca como un tomate de Huatabampo. No se oía preocupada. Se oía ocupada con la situación. Buscó de inmediato al médico de guardia para que yo le explicara por teléfono en mi inglés de gringo, de manera rápida, el historial clínico de mi papá. El inglés de estos cuates es como el inglés de los que anuncian la cerveza Guiness. Cuando el doctor me regresó a mi mamá, ella me pidió por teléfono, de manera tranquila: Organízate para que vengas hasta acá y me ayudes a regresar a tu papá, vivo o muerto. Así nomás.

También Murrieta, en sus apuntes de viaje por computadora, escribió después a sus hijos:

La entereza de María Eugenia es un ejemplo a seguir. Externamente no entró en un momento de pánico. No se descontroló ni hizo escenas. Se agiganta ante lo verdaderamente importante, en este caso vital. Me transmitió serenidad. Para aquilatar la mujerona que es, imagínense en donde estábamos, en el lugar posiblemente más lejos de México. No bilingüe. Sola. Rodando a medianoche en una ambulancia rumbo a la nada. Quiéranla y admírenla igual que yo, aunque ella dice que no me cree…

¿En qué medida merezco lo que me pasó? ¿Puede sacarse provecho del daño? En todo caso, el no morir exige un examen de conciencia.

En urgencias del hospital de Bernie, el médico se asustó: Humberto había perdido tres cuartas partes de su sangre. Como no contaban con un urólogo de planta decidieron, luego de una transfusión emergente, trasladarlo a otro hospital en Launceston, a 150 kilómetros de distancia: casi dos horas de viaje. Era un hospital más grande —con trescientas camas— de una población más grande: ochenta mil habitantes.

María Eugenia se encontró ahí con José Guardia, un samaritano de Venezuela, bilingüe, que ni siquiera trabajaba en el hospital y que la auxilió con las indispensables traducciones. Gracias a su intervención, el médico de Launceston logró establecer contacto telefónico con Aarón Torres, el urólogo mexicano de Murrieta. Torres explicó la enfermedad de su paciente: una progresión recurrente de cáncer de próstata en vejiga. Como días antes de abordar el crucero Humberto se había "tapado" —no podía orinar y era un suplicio "horrible, horrible"— tuvieron que sedarlo y medicarlo con diuréticos que potenciaron el sangrado a niveles constantes, a cuentagotas.

Lo que debería hacerse ahora, en Launceston, era estabilizarlo, regresar de 33 a 100 su nivel de sangre, para que pudiera viajar de vuelta.

Entre tanto, luego de conseguir visas relámpago para Australia y de un viaje de veintiún horas vía Los Ángeles, vía Melbourne, vía Launceston, Humberto hijo y su hermana Gabriela llegaron al hospital extenuados, sin dormir, alarmadísimos, pero con los brazos abiertos. Ya estaban ahí, final y felizmente.

Su presencia, su ayuda, su eficacia, resultaron fundamentales para el viaje de regreso que emprendieron con Murrieta, como diría María Eugenia, con el Jesús en la boca.

La completa estabilización de Murrieta ocurrió en México, después. Tan completa y exitosa pareció ser que pudo celebrar el 8 de diciembre, con una misa en el templo de Tlacopac y un íntimo festejo en la calle de Arturo en San Ángel, sus cincuenta años de casado con María Eugenia. No sólo eso: obediente a una promesa viajera a su familia se atrevió a ¡un crucero más! Por el Caribe, ahora con hijos y nietos para celebrar las fiestas navideñas del 18 al 26 de diciembre. Luego se fueron a su casa de Acapulco a pasar año nuevo. Ahí se vio forzado a visitar un hospital infame de la población. Días más tarde se internó en México durante unos cuantos días en donde a su familia le informaron el día 5 de enero que ya no había nada que hacer… y regresó a su domicilio de San Ángel.

Se platica en pocas páginas la aventura, pero duró la eternidad de un azoro.

—¿Y ahora cómo estás?

—Anduve con sonda casi dos días. Qué bruto. Te dejan el chilaquil que no veas y luego vas al baño y la orina te sale por todos lados, como regadera.

—¿Duele?

—Uta madre que si duele. Por la uretra te meten un pinche tubo, imagínate. Y después de eso, la primera vez que fui al baño salieron cuatro o cinco coágulos.

—Ya estabas aquí en tu casa.

—Sí, apenas llegué del hospital veo que se aparecen en la casa yernos y nietos. Y al día siguiente se repite el numerito. Entonces dije: no, éstos se están despidiendo.

—Por supuesto.

—Pero luego hay muchísima gente que llega con apapachos que no van, pues, que no van. Y otras que me preguntan cómo estás y yo les digo: muriéndome, cabrón.

—¿Así les dices?

—Es que me siento nominado, como en los festivales de cine. Ahora soy perfectamente consciente de que ya entré en la fase terminal, sin plazos. Cuando los míos le preguntaron al doctor cómo podría ser el final, él me dijo (ahora que tuve consulta el viernes de la semana pasada), me dijo lo que yo te respondí cuando me preguntaste cómo. Como una vela que se apaga. ¡Que me la hagan buena!, porque es gacho rendirse ante los dolores. Conmigo el doctor no había tocado el tema hasta el viernes. Le dije: A ver, yo he sabido que el cáncer de huesos es terriblemente doloroso. Me dijo: Tú no tienes cáncer de huesos, tienes metástasis en huesos. Mi cáncer es de próstata y de ahí se produjo la metástasis. Me salió además un tumorcito porque la vejiga hizo por ahí una travesura y entonces todo está combinado. El doctor me dijo: No creo que vayas a estar en el extremo de lo doloroso. Y si lo estás, hay solución para todo.

—¿Qué te darían: cortisona, morfina, esas cosas?

—Ahora en año nuevo, en Acapulco, mi hija Gabriela me llevó una pipita y mariguana, ¿cómo ves? Con eso no voy a echar más que relajo. También otra hija llegó con un botellón que dice canabis. Es alcohol con mariguana, y me da mis frotaditas en las coyunturas.

—Ha sido un camino largo el tuyo, Humberto.

—Desde la operación de extracción de coágulos a corazón abierto en San Diego hasta ahora. Y estoy cansado, cada día más cansado, y éste es el final. En realidad no sé qué son los dolores. Dolores, dolores, no sé. Es cansancio, desguanzo que te lleva a un estado dormilón. Una chinga, ¿vieras?

—Pero puedes comer de todo.

—El platillo más rico que haga María Eugenia no me sabe. Porque te envenenan, te envenenan. Yo no puedo decir que las quimios sean algo dantesco, aterrador. Para mí no. Cada organismo es distinto. Y fueron dos. De la segunda me vino esta resaca. Y creo que cuando me encontraron el tumorcito en la vejiga empezaron todos los males. Con las radiaciones no sientes nada. No es un taladro: grrr grrr. Sólo te apuntan con una lamparita aquí, allá… pero no sientes nada.

—¿Y el ánimo?

—Bien. Me río, me divierto. A veces me pregunto: ¿no te estarás haciendo pendejo porque quieres demostrar hacia afuera que eres un chingón? Y la verdad es que no, te lo juro por la salud de mis nietos. La etapa más difícil fue la aceptación luego de pensar en lo que dijera un clásico: ¿por qué yo?

—¿Cómo fue tu aceptación?

—Mi hijo Humberto le sacó al doctor cuánto tiempo iba a durar. Le dijo: No más de seis meses. Entendí que serían tres, cuando mucho.

—¿Y entonces?

—El chingadazo de la noticia no es poca cosa, pero una vez que lo digieres, ya. En mi caso, lo digerí muy rápido.

—¿Cuánto tiempo duró la zozobra?

—Muy poco, pero me volví impaciente, y mira que yo he sido un hombre paciente, particularmente con mis hijos, y ahora me veo dándoles órdenes o instrucciones en un tono insólito. Mi desánimo es un desánimo agrio. Aunque hago bromas y chistes y no me siento abatido, el desánimo es en función de que digo: ¡ya!, ¿no? Si de veras esto tiene un límite, pues que ya sea. Pero me faltan dos o tres cositas medulares, no puedo dejar este batidero.

—¿Cuál batidero?

—El otro día fuimos a comer a la casa de mi hija Gaby. Yo iba fascinado viendo un cielo azul, azul, azul… O me volteo a ver el árbol que tiene Maru aquí al fondo; es una maravilla ver cómo se mece con el viento. Lo veo y digo: Ya, chin, se me va, ya no lo volveré a ver. O pienso en Tlacotalpan, en las fiestas de la Candelaria; chin, qué ganas de ir.

—Eres fiestero hasta para morirte.

—Sí, claro… Te echaste una buena frase, ¿eh?

—¿A poco no es cierto?

—Óscar Wilde decía que la muerte es una cosa demasiado seria como para tomártela en serio. Y es cierto, cierto.

—Pero nunca sabes el plazo.

—Siempre es un día menos. Anoche descubrí eso: que me sentía peor y que cada día me voy a sentir peor.

—¿Físicamente?

—Y anímicamente también. ¿Te acuerdas de esa obra de Carballido? *Fotografía en la playa*, se llamaba ¿qué no? Aquella escena del final, cuando se toman la foto y hablan de cómo se van a morir los personajes.

—Me acuerdo muy bien.

—Pues ahora, en el crucero del Caribe, me tomé una foto con mis nietos, con mi familia, y les dije que uno de ellos sería el último en morir.

—¿Piensas en el black out? ¿En que después de esto no hay nada más?

—Yo tengo una fe de carbonero. No hay cosa buena que me pase que no le dé gracias a Dios. No hay cosa mala que me pase en que no me diga: apenas si te la ganaste, cabrón. No hay momento difícil en que no le pida ayuda a Dios.

—Eres un hombre religioso.

—Me echo mis jaculatorias en la noche: María, madre mía, tu vista de mí no apartes…, pero no me pidas que crea en la virgencita de Guadalupe porque me gana la risa. Con ése y

con casi todos los milagros. Y entonces llego al punto final: el
más allá... No quiero pensar en eso.

—¿Y si piensas que la muerte no es un final sino una
entrada a un alumbramiento luminoso? A participar de Dios,
carajo, porque más que creador del universo, Dios es el universo mismo.

—Sí creo, claro. Sí creo que hay un Dios y hay el más
allá, ¡hijo de la mañana! Pero ahí es donde se me atora.

—La vida no termina nunca, dice Jagger.

—Ya me confesé contigo todos estos jueves y estoy haciendo un esfuerzo para entenderte, porque es mucho más fácil
agarrarse de ahí.

—¿De qué?

—De ese alumbramiento luminoso que dices: ahora vas a
llegar al black out y luego sigue un alumbramiento, y para los que
tienen fe: aún más luminoso. No sé. Ni modo que no sea cierto.


*Lo planeamos, ¿te acuerdas? Hagamos un relato de ese via-
je en crucero por Australia. Que el Güero escriba un texto de su
propia experiencia de buscarte con Gaby y que tú lo completes con
tu cháchara. Yo escribo nada más. Yo te pregunto. ¿Sale? Resultó en
realidad una experiencia para mí jueves tras jueves. Se me fue
haciendo vivo y entrañable el puente que mediaba entre el último
tramo y la otra parte. La que no conocemos. De la que no querías
hablar porque poco se sabe, decías. Nadie ha llegado de regreso a
contarnos qué ocurre. Nadie. Leyendas y visiones, promesas de la
fe que profesamos. De la intuición, si acaso. De la ciencia que ex-
plora el universo y se pregunta el cómo y el porqué de la materia.
Su cualidad. Su esencia. Ese Dios-Universo que es árbol en el árbol,
es hormiga en la hormiga y humano en el humano. Lo que hay es
lo que hay, ahora y para siempre. La vida no termina, se deriva y
se aloca. De aquí se va hacia allá. Es el yo el que se funde y se confunde en lo genial. Fotocopié un artículo que trataba de eso, con
más sabiduría que mi escueta visión, pero no sé por qué ya no alcancé a leértelo. Quizá no te importaba, no sé si te servía. Ahora
para qué si ya lo sabes todo y soy yo quién no entiende. Te miraba*

*morirte semana tras semana como el guía del crucero que yo habré de abordar más temprano que tarde recordando tu ejemplo. Si ha de ser que ya sea, me dijiste, ¿te acuerdas? Y no te oí un repelo, un exabrupto, un ay adolorido. Te brillaban los ojos en rendija, la sonrisa que tienes se extendía como lombriz de agua, y movías la cabeza para ver quién estaba detrás. Y no había nadie. Cómo dejar a solas lo mucho que se tiene, hermano. Cómo llegar desnudo al otro lado cuando sabes que ese algún otro lado no es espacio, ni nube, ni círculo del Dante. No verás a San Pedro con las llaves, ni encontrarás ejércitos de ángeles ni diablos chocarreros. Solamente la luz del universo eterno. Tú: gota ya de esa luz, te lo prometo. Digo. Qué va. No sé. Es fácil escribirlo. Morir es lo difícil y tú lo hiciste bien, me diste un gran ejemplo.*

A los 76 años, Humberto Murrieta murió a las ocho cuarenta y cinco de la mañana del 18 de febrero de 2011 en su casa de la calle Jardín, en Tlacopac.

# El crimen

Benjamín de la Garza, Mónica Lezama y Eduardo Hernández se conocieron cinco años atrás en el taller literario de Rafael Ramírez Heredia y los tres renunciaron, simultáneamente, no porque lo consideraran una pérdida de tiempo sino porque aquella tarde de martes Benjamín tuvo un escandaloso enfrentamiento con su maestro durante la sesión. No le pareció que Ramírez Heredia le sugiriera suprimir un largo párrafo del cuento que acababa de leer, provisionalmente titulado *La sombra verde*, en el que traicionaba el punto de vista del personaje protagónico utilizando la corriente de la conciencia —Faulkner mal asimilado, señaló Rafael— desde la perspectiva de un niño de siete años que no podía pensar ni hablar de ese modo, compañero, aguas. La observación fue proferida con serenidad, no como un regaño ni en el tonito de burla que utilizaba con frecuencia el maestro —así lo percibió el resto de los talleristas—, pero fue lo del "Faulkner mal asimilado" lo que sacudió a Benjamín de la Garza. Hirió su sensibilidad. Lo hizo sentirse humillado frente a sus compañeros. Y estalló.

—El párrafo va en cursivas y no tiene nada que ver con Faulkner —replicó Benjamín—. Además, tú qué sabes de Faulkner.

—¿Qué sé de Faulkner? —respingó Ramírez Heredia.

—En tu puta vida has leído el *Tristram Shandy*, por ejemplo.

—Calmado, muchacho, calmado.

—Puro paisano, ¿no?, puro Rulfo, puro Fuentes… Ay sí, muy *boom*.

—Calmado —volvió a decir Ramírez Heredia mientras se levantaba de su silla.

—Tu cuentito ese del Rayo Macoy es una mierda, ¿sabías?

—Si no te intereso como maestro por qué vienes a mi taller.

—Por pendejo —se levantó también Benjamín—. Sólo por pendejo.

—Entonces lárgate de una vez antes de que te parta la madre aquí mismo —gritó Ramírez Heredia ahora sí encabritado.

El muchacho ya había alzado su carpeta junto con los libros que traía cuando salió del salón a zancadas sacudiendo el dedo mediano con procacidad.

Así era Benjamín de la Garza. Así de susceptible. Así de impulsivo. Tanto Mónica como Eduardo Hernández lo sabían, y de nada más que de eso hablaban ahora en el Sanborns de siempre donde los tres solían reunirse cada martes al término de las sesiones. Por supuesto Benjamín no se apareció por ahí esa vez. Debió irse directo a un bar o a su departamento lanzando mentadas de madre, desquitándose con sus guaruras y enojado con Mónica y con Eduardo Hernández porque no lo defendieron.

—La verdad es que el Rayo Macoy tenía razón —decía Eduardo Hernández—. Eso de la corriente de la conciencia es un recurso manido, un lugar común.

—Cualquier recurso es bueno cuando se usa bien.

—En su cuento no venía al caso.

Mónica pidió otro té verde a la mesera almidonada. Suspiró:

—¿Por qué será así Benjamín?

—Porque es un niño bien.

—Ése sí es un lugar común, para que veas —sonrió Mónica.

—Pero está bien usado.

Porque era un niño bien. Porque creció con los defectos del hijo único de un padre millonario, don Renato de la Garza Hillman, empresario transnacional, cómplice de presidentes y políticos que lo favorecieron y se asociaron con él por debajo del agua hasta convertirlo en uno de los cinco hombres más ricos de México.

Nada le faltó a Benjamín desde la infancia. Lo enviaron a estudiar el *high school* en Boston donde vivía la madre de don Renato y cuando regresó al país inició una carrera de administrador de empresas en el Tecnológico de Monterrey. Pagó sus primeros seis créditos con calificaciones de nueve y entonces decidió, con la venia de sus padres, dedicarse a viajar, a leer, a escribir. Se pasaba las mañanas devorando novelas como si cursara materias de estudio seguidas con estricto rigor. Desde los veintiún años vivía solo en un condominio de Presidente Carranza, en Coyoacán. Recibía de su padre una cuantiosa mensualidad equivalente a lo que ganaría el gerente de una fábrica, y el primer auto que compró fue un BMW: lo conducía un chofer acompañado siempre de un guardaespaldas contratados en una agencia de seguridad privada.

Tenía muchos amigos Benjamín que ni Mónica ni Eduardo conocían. Nunca hablaba de ellos; de seguro formaban parte de la alta burguesía, lo acompañaban a sus viajes, a jugar golf los fines de semana, a los antros, a las francachelas. Nadie lo visitaba en Coyoacán, decía, aunque no era cierto porque a veces, cuando andaba de buen humor, se vanagloriaba de sus enamoradas: que la Betty Guzmán, que la Yoli, que esa Chata Jiménez que trabajaba en el cine, que una cantante de efímera moda, la Miriam. Vivió dos años con la Miriam pero debido a los malos tratos —según se publicó en una entrevista a la Miriam en *Tevenotas*— ella rompió con el hijo del millonario y ahora cantaba en comedias musicales de Broadway.

Sin pudor, Benjamín presumía tanto de mujeriego como de buen escritor. Alguna vez invitó a Mónica a su cueva de Coyoacán para leerle el primer capítulo de una novela que no quería someter al taller de Ramírez Heredia porque esos cretinos no la iban a entender. Según le confesó Mónica a Eduardo Hernández, la lectura era un simple pretexto para un ligue, y aunque a ella le atraía Benjamín, al primer acoso de las manitas calientes del muchacho Mónica le puso el alto con suavidad. No sucedió nada. Ella lo prefería como amigo literario antes que como galán, a sabiendas de que Benjamín no buscaba una relación seria. Seguramente eso de que no había sucedido nada era falso, pensó Eduardo Hernández, aunque se abstuvo de manifestar a Mónica su incredulidad para no enojarla. Qué gano, se dijo; le bastaba con advertir cómo ella seguía mirando a Benjamín, cómo brillaban sus ojitos cuando el niño bien leía sus textos en el taller, cuando lo defendía ahora en el Sanborns de siempre luego del encontronazo con Ramírez Heredia al grado de proponer, al término de su segundo té verde, que deberían solidarizarse con Benjamín.

—¿Y eso qué significa? —preguntó Eduardo Hernández.

—Que si Benjamín no vuelve/

—Claro que no vuelve. Ya lo corrió el Rayo Macoy.

—Pues tampoco debemos regresar nosotros.

—A mí me sirve mucho el taller.

—Entonces nada más yo renuncio.

—No. Si tú renuncias, yo también. Sin ti no me interesa seguir.

Y renunciaron ambos, cosa que Benjamín ni siquiera agradeció. Simplemente propuso tallerear entre los tres cada quince días, cada mes, cada que alguno de ellos necesitara una opinión.

—¿Dónde? ¿En tu departamento?

—Mejor en el de Mónica.

Ella aceptó encantada, dijo, y así lo hicieron en un par de ocasiones. Leyó Eduardo Hernández, leyó Mónica, y cuando le tocaba el turno a Benjamín éste se disculpó porque le salían múltiples compromisos: un viaje a Nueva York, una partida de golf con su padre, una cita con el director de Tusquets… Así fue como el grupo de tres terminó disolviéndose.

En cinco años no se comunicaron más que por el correo electrónico, si acaso. Muy de vez en vez Mónica y Eduardo Hernández coincidían en algún evento cultural; entonces Mónica prometía convocar a Benjamín para revivir aquel taller íntimo. Nunca lo hicieron.

En ese lapso —cuatro, cinco años—, Benjamín de la Garza publicó dos novelas y un libro de cuentos en Tusquets.

Mónica Lezama sus *Ojos de cariño*, al tiempo que redactaba informes de lectura para Joaquín Mortiz y se mantenía de sus clases en la UNAM y en la Iberoamericana. A Eduardo Hernández le editaron tres o cuatro cuentos policiacos en revistas culturales de provincia mientras seguía trabajando en su mentada novela de ochocientas páginas sobre el batallón de San Patricio.

Megalómano irredento, Benjamín los invitaba a desayunar en Los Almendros cada que publicaba un libro o cuando aparecían sus cuentos en revistas de Argentina, de España, de Uruguay. Allá lo consideraban "el escritor mexicano más universal del momento", dueño de una "prosa elegante y precisa". Alguna vez le tradujeron "un relato excepcional" en *The New Yorker* que les presumió a sus dos amigos como si lo hubieran premiado con el Rómulo Gallegos. Con sus dos primeras novelas no le fue mal. Mereció algunas reseñas ponderadas —además de las incondicionales de Mónica— aunque sus libros se vendían poco. Eduardo Hernández lo atribuía a la resistencia de su colega a hacer vida cultural pero él replicaba enfático, grosero: "En este país de mierda no se reconoce el talento."

En lo mismo le insistió Eduardo Hernández cuando una mañana Benjamín los invitó otra vez a Los Almendros —como si no existiera otro restorán en la ciudad, carajo, se dijo Eduardo—. Mónica no aparecía aún. Llegó media hora tarde como siempre culpando al tráfico y a una llamada telefónica que se prolongó porque su tocaya Mónica Lavín/

Benjamín de la Garza traía un problema serio, van a ver. Andaba furioso y quería desahogarse. Sí, desahogarse hable y hable como tarabilla mientras se le enfriaban sus enchiladas suizas.

El motivo: nuevamente el Sapo a un mes de aparecida su tercera novela, *Al oeste de la noche*. Cuatrocientas páginas de un libro que según Mónica Lezama en *Nexos*, *se lee sin soltar el aliento y sin dejar de paladear las palabras de una prosa que acaricia al lector por su poética y a la que De la Garza somete luego al fragor de una batalla dramática entre cinco personajes entrelazados merced a una brillante y eficaz estructura elíptica [...] Sin duda la mejor novela mexicana de los últimos años*, concluía Mónica en su reseña de tres páginas que Benjamín no agradeció, ni siquiera con un telefonema o con un correo electrónico, qué le costaba. Tampoco ahora lo hizo en Los Almendros después de año y medio de no verse. Porque la cita no era para celebrar ese elogio desmesurado —como le pareció a Eduardo Hernández—sino para escuchar el desahogo furioso de Benjamín contra el Sapo.

—¿Leyeron lo que escribió ese imbécil de mi novela?

—Yo no —mintió Eduardo Hernández.

—Yo sí, claro —admitió Mónica—. Hasta a mí me tocó un zape de refilón.

—¡Es un imbécil! —exclamó Benjamín.

Heredero de la fama de Emmanuel Carballo y de Huberto Batis, el Sapo compartía con Christopher Domínguez —cada quien desde su bando— el crédito de hacer la mejor crítica literaria de México. Alguno de sus amigos llegaba al extremo de relacionarlo con Martin Amis y hasta con Harold Bloom.

El Sapo se llamaba Genaro Derbez y debía el mote a su figura grotesca. Era un cincuentón chaparrito y gordo, de cabeza coronada por cabellos como resortes y anteojos enormes de arillos redondos. Caminaba balanceándose a causa de su obesidad, siempre con el tic de una risita ladina. Sus críticas radicales iban del panegírico desmesurado a la descalificación absoluta. Los tres libros anteriores de Benjamín habían caído en el rango de la descalificación. En buena medida la mala fama o el silencio que envolvían al amigo de Mónica y Eduardo Hernández eran consecuencia de la vapuleada que le ponía el crítico cuando juzgaba por escrito sus obras o cuando lo citaba despectivamente en otros textos, viniera o no al caso. Para el Sapo, la narrativa de Benjamín de la Garza era pretenciosa por enredada; se plagiaba de los grandes, no sus párrafos sino sus estructuras, lo que resultaba peor. Era un hacedor de pastiches, denso y aburrido. Más le valía dedicarse a trabajar en las empresas de su padre, nada tenía que hacer en la literatura. Esto último parecía ser el eje de las críticas del Sapo: el que Benjamín de la Garza fuera hijo de un potentado, influyente en todos los ámbitos políticos, económicos y hasta culturales del país. Gracias al influyentismo paterno había conseguido que lo publicaran en Tusquets y lo tradujeran en Estados Unidos o en Europa donde críticos agachones lo encumbraban con reseñas exultantes.

—Es un comunista miserable —ademaneaba Benjamín—. Que se atreva a analizar mi novela sin prejuicios, no a despotricar solamente contra mi clase social. ¿No te parece, Eduardo?

—Se te enfrían las enchiladas —respondió Eduardo Hernández.

—Olvídalo, Ben, no le hagas caso —dijo Mónica.

—Cómo no le voy a hacer caso si le está dando en la madre a mi carrera.

—Ya nadie toma en cuenta al Sapo, por Dios.

—Ojala fuera así.

—Acuérdate lo que decía Stendhal —encogió los hombros Mónica—. Los críticos pasan, las obras quedan.

—¿Tú qué harías, Moni?

—Nada, mandarlo a la goma.

—Yo lo mataba —dijo Eduardo Hernández con la boca atiborrada de huevos a la mexicana.

Continuaron hablando un rato más de las trapacerías del Sapo: de cómo se había ensañado con éste y con aquél, al grado de que Ulises Romero, ¿se acuerdan de Ulises Romero?, no escribió una novela más después de *Sonata para niños* que el crítico aplastó sin misericordia.

Benjamín había suspendido ya sus peroratas, terminado por fin sus enchiladas suizas, ya frías, y bebido de un trago el café cuando sentía revolotear en su cabeza la frase pronunciada al desgaire por Eduardo Hernández: Yo lo mataba.

¿Qué tan difícil será matar a un miserable que se lo merece?

En el Audi en que transitaba rumbo a Coyoacán después del desayuno en Los Almendros —había cambiado los BMW por los Audi—, Benjamín preguntó al Gato, su chofer:

—¿De casualidad tú conoces algún matón, Gato?

—¿Un matón?

—De esos que llaman asesinos a sueldo.

—¿A quién se quiere escabechar, patrón? —sonrió el Gato.

—No —sonrió también Benjamín—. Es para una novela que estoy escribiendo. Quisiera saber cómo los contratan, cómo operan.

—De eso sí que no sé nada, pero debe haber el resto.

—Yo conozco a uno —intervino Camilo, el escolta que viajaba en el asiento del copiloto—. Compadre de mi suegro. Fue policía, luego anduvo con los zetas y ahora trabaja por su cuenta.

—¿Como asesino a sueldo?

—El dice que no, shur, aunque según mi suegro se ha chingado a más de un infeliz por un buen billete. Se las da de detective privado.

—Como detective privado debe saber mucho de matones, ¿no? —dijo Benjamín—. Podría darme buena información.

—Yo le hablo. ¿Quiere que venga a verlo? —Camilo soltó un gruñido nasal que descontroló al escritor.

—Prefiero ir a verlo yo. ¿Tiene despacho?

—En Iztapalapa —dijo Camilo.

—Te aviso luego. A lo mejor no lo necesito.

—Como usted quiera, patrón.

El recomendado de Camilo respondía al nombre de Josene Valdés, alias el Pálido, y su despacho estaba situado en la esquina final de un laberinto de calles de Iztapalapa a donde llegó el Audi de Benjamín conducido por el Gato y con la guía de Camilo que ordenaba dar a la derecha, a la izquierda o síguete de frente. Se detuvieron en una construcción sencilla, de dos plantas, fantaseada por Benjamín como casa de seguridad o cueva repleta de secuestrados. Quiso entrar solo, sin la compañía de sus escoltas, y se encontró con un cuarto invadido por cajas, televisores, artículos eléctricos y atados de ropa seguramente para vender traída de contrabando. Parecía un depósito más que un despacho de no ser por el escritorio cubierto de papeles, con tres ceniceros —uno de ellos saturado de colillas— y una placa de formaica con una leyenda grabada que movía a risa: DETECTIVE PRIVADO.

Las gesticulaciones siempre burlescas del Pálido no le dieron confianza a Benjamín. Era un hombre excesivamente obeso, con escasa movilidad para realizar las acciones ágiles y expeditas que necesita realizar un matón —pensó Benjamín— cuando persigue a su víctima como lo hacen los asesinos a sueldo que se ven en las películas. Era la única experiencia que tenía Benjamín de los matones profesionales: las películas.

Desde luego dejó parlotear al Pálido sus hazañas detectivescas espiando esposas adúlteras, localizando secuestrados, cuidando hombres de negocios, consiguiendo prostitutas de lujo para políticos. Nunca habló el Pálido de asesinatos a sueldo, pero sabía de la materia —afirmó, como insinuándose— y hasta podría darle detalles de qué manera astuta se caza a un infeliz.

—¿Qué le pareció mi carnal? —preguntó Camilo cuando Benjamín regresó al Audi media hora después.

—Me dio muy buena información —mintió el escritor—. Lo suficiente para lo que necesito en mi novela.

—Y cuánta lana le sacó.

—No quiso cobrarme. Le di un billete de doscientos.

Benjamín durmió mal esa noche. Obsesionado con el Sapo llegó a la conclusión de que no podía llevar a cabo su cometido fiándose de sujetos como su guardaespaldas Camilo o ese detective de novela de Paco Ignacio Taibo. Resultaría muy peligroso para él, le saldría el tiro por la culata. Un verdadero asesino se contrata por otras vías. ¿Cuáles?, quién sabe. Si en verdad se decidía a borrar del mapa al Sapo —y lo deseaba más que tirarse a la hija de Kirk Forston, el socio de su padre— tendría que hacerlo por propia mano. La mano derecha de Benjamín de la Garza tendría que sorrajarle de frente tres tiros en el vientre a ese hijo de su puta madre.

Al menos ya contaba con un arma: la Hillar 22, pequeña, cómoda, que le regaló su padre cuando cumplió veintiún años; nunca la había disparado, ni siquiera para jugar al tiro al blanco en las excursiones por el Ajusco con sus amigotes.

Lo primero fue recabar información sobre su enemigo, el tal Genaro Derbez. Su currículum: fecha de nacimiento, estudios, obras, tareas profesionales en escuelas, como maestro, y en instituciones privadas y oficiales como burócrata de la cultura. En eso y en más datos difíciles de hallar fuera del internet lo auxilió Tina Méndez, una rubia solterona que trabajaba en el despacho principal de su padre muy hábil para averiguar detalles personalísimos, hasta íntimos, de posibles clientes o trabajadores potenciales de las empresas del consorcio. Como espía profesional, que eso es lo que era en realidad, Tina le informó dónde vivía el Sapo (en un departamento de la calle Mexicali en la Condesa), en qué trabajaba su esposa (era traductora para editoriales médicas), a qué primaria asistían sus hijos gemelos (a la Alberto Correa de Colima), dónde solía comer entre semana (en su casa o en un Vips de Insurgentes)... Datos así.

También se enteró Benjamín de que el Sapo —y eso fue por pura casualidad, no por Tina— frecuentaba la librería Rosario Castellanos de la avenida Tamaulipas. La casualidad consistió en que Benjamín fue una tarde a la Rosario Castellanos a visitar a su librero experto Lalo Insúa para que le consiguiera *El último lector*, una novela de David Toscana que le acababa de recomendar Mónica Lezama.

Lalo Insúa dejó de teclear en la computadora.

—Teníamos dos, ya no queda ninguno. Se sigue vendiendo bien ese libro, ¿eh?

Benjamín meneó la cabeza.

—Ah sí, ya me acordé —tronó los dedos Lalo—. El último se lo vendí la semana pasada, justo la semana pasada, ¿sabes a quién? Tú debes conocerlo. A Genaro Derbez, el crítico.

—¿Al Sapo? —se sorprendió Benjamín.

—Qué feo le dices, no manches... Pero no te preocupes, en dos días te tengo la novela, es de Mondadori.

—¿Tú eres amigo del Sapo?

—Viene aquí todos los martes, en la mañana. Más que a comprar libros viene a tomar su café, a leer ahí en el sillón. Cómo lee ese hombre, me da envidia.

Antes de recibir información tan casual, Benjamín había gastado días enteros merodeando inútilmente el edificio de la calle Mexicali, asomándose al Vips de Insurgentes, plantándose en la entrada de la escuela Alberto Correa para sorprender al Sapo yendo a recoger a sus gemelos. No. Nada, ni sombra del crítico. Benjamín iba siempre solo, sin el Gato y sin Camilo, con la Hillar 22 en el bolsillo, aunque no se hubiera atrevido a utilizarla frente a los hijos del infame y tampoco en la calle Mexicali o en las afueras del Vips de Insurgentes en el caso de que circulara gente alrededor. Tendría que hacerlo en la noche cuando el Sapo regresara muy tranquilo a su casa entre las sombras, bajo la lluvia, y de pronto zúmbale, ahí quedó.

Su plática con el librero de la Rosario Castellanos le ofrecía otra oportunidad. Cualquier martes lo encontraría sentadote en su sillón hartándose de literatura. Cuando levantara la vista con su risita ladina pum pum pum y a correr. Nadie alcanzaría a Benjamín en la confusión.

Qué locura intentarlo así, pero el odio y la rabia vengadora se sobreimponen siempre a la locura, escribió Ed McBain en *The Mugger*.

El primer martes no se apareció Genaro Derbez en la Rosario Castellanos. Tampoco el segundo. Tampoco el tercero. Fue un jueves a las doce de la mañana cuando muy a la pasada Benjamín le pidió al Gato que detuviera el Audi negro unos minutos frente a la explanada de la Rosario Castellanos para echar un vistazo a las novedades y justo al salir del Audi, al dar los primeros pasos hacia la puerta encristalada, vio al Sapo dirigirse en línea recta por su camino como si llegara de un sueño convertido en aparición grotesca porque traía en la mano izquierda una bolsa de plástico cargada de libros mientras trataba de detener con la derecha los tres o cuatro fólders de los que estaban a punto de caerse, cayéndose ya las hojas y más hojas de papel bond impresas en computadora que no lograba salvar en su apuro y que Benjamín ni siquiera advirtió ocupado como estaba en el ademán de introducir su derecha en el bolsillo para extraer la Hillar 22 y disparar sólo dos veces contra el cuerpo que tenía enfrente luego de que el Sapo pareció sonreírle como si apenas lo reconociera durante su retorcida acción con los fólders finalmente desparramados en el piso y él derrumbándose hacia atrás por el impacto de los balazos que tronaron como cohetes de feria sorprendiendo al muchacho moreno del valet parking recién llegado de entregar un auto a su dueño y cruzar la calle rumbo al atril con sombrilla parasol en la explanada de la librería donde no circulaba persona alguna, ni siquiera el policía uniformado que solía estar en la puerta y que en ese momento se distrajo porque andaba acomodando algo en los lockers de la entrada, ya cuando giró la cabeza al ruido de los disparos Benjamín estaba montándose en el Audi, el auto lanzado como flecha, el Sapo caído como sapo pero de espaldas —así funciona a veces la corriente de la conciencia, hubiera podido decir Rafael Ramírez Heredia si estuviera escribiendo el instante preciso del crimen.

Tres cuartos de hora más tarde una ambulancia levantó el cuerpo de Genaro Derbez ya convertido en cadáver. Ahora sí, la entrada de la librería estaba repleta de empleados y clientes y curiosos que llegaron de la periferia para asombrarse y disfrutar o sufrir lo ocurrido.

Único testigo —porque el policía uniformado se mantuvo en el yo no vi nada—, el muchacho moreno del valet parking se convirtió en el personaje del crimen. Aunque se atolondró en el momento preciso, él no tenía la menor duda de que fue un asalto; más bien un intento de secuestro llevado a cabo por dos malhechores que no podría describir porque todo sucedió —así lo dijo— en un abrir y cerrar de ojos. Dado que la víctima se resistió al forcejeo y dado que él estaba llegando en ese instante a su puesto de valet parking, los malhechores decidieron disparar al atacado a boca de jarro. Sólo uno de ellos disparó: el más alto, el que traía una chamarra de cuero color café. Salió corriendo y huyó en un auto gris que podría ser un Honda; más bien una camioneta Nissan; no, era un Honda, sí, un Honda o un Century.

La noticia fue transmitida por los noticiaros nocturnos de la televisión y causó un impacto inmediato en los ambientes culturales. Se daba por legítima la versión del muchacho del valet parking de que se trató de un intento de secuestro, lo que fue aprovechado por los analistas políticos para fustigar a las autoridades por el clima de violencia que se sigue viviendo en el país, escribieron.

Para los amigos y admiradores del gran analista literario la pérdida era enorme. Fallecía un valiente que había devuelto a la crítica la responsabilidad de valorar, sin edulcoradas apreciaciones, con rigor e inteligencia, las obras de nuestros contemporáneos surgidos en un ambiente falseado por el amiguismo y la estupidez. Genaro Derbez era una luz hiriente que iluminaba el ensombrecido paisaje de la realidad cultural de México.

En el lapso de cinco semanas se realizaron dos homenajes al caído "en cumplimiento de su deber": uno en la Sala Ponce de Bellas Artes y el otro en la Casa Lamm. Después, el olvido.

Para no pocos escritores maltratados por el crítico —algunos practicaron el disimulo asistiendo a los homenajes— la muerte del Sapo significó un alivio. Mónica Lezama pensó de inmediato en Benjamín de la Garza, el cliente más socorrido, y el mismo día del crimen trató de comunicarse con él, primero telefónicamente, luego por el correo electrónico. Su amigo le respondió tres días más tarde con un mensaje breve: *Desde hace una semana estoy en Nueva York. Aquí me enteré el mismo día. No niego que me dé gusto, querida Mónica, pero a nadie le desearía una muerte así. Me quedaré escribiendo durante una larga temporada. Muchos besos donde ya sabes.*

La misma noche del acontecimiento Benjamín había volado a Nueva York. Todo parecía haber salido mejor, mucho mejor de lo que imaginó. Había cometido el crimen perfecto, de no ser por el pequeño problema que representaba el Gato. Lo pensó desde que huía en el Audi por Benjamín Hill, por Alfonso Reyes, por Nuevo León, por el Viaducto hacia el sur con el corazón dándole brincos y el cuerpo tembloroso como vibrador. Volaban en silencio. La mirada del Gato al frente, sin reacción alguna.

Habló por fin Benjamín, cuando se tranquilizó:

—Nadie se dio cuenta, ¿verdad?

—Parece que nadie —respondió el Gato sin girar la cabeza.

—Perdón que no te advertí. No pensaba hacerlo hoy. Se me presentó. Fue casualidad.

—Que me sorprendió sí me sorprendió, la verdad. Pero ya me lo imaginaba.

—¿Te lo imaginabas?

—Desde que me preguntó por un matón aquella vez.

—Era un hijo de la chingada, Gato. Se lo merecía. Tenía que hacerlo.

El Gato movió afirmativamente la cabeza. Luego preguntó:

—¿Vamos a Coyoacán?

—Sí, después al aeropuerto.

Otra vez el silencio.

—Ni una palabra de esto a mi padre. Ni a nadie.

—Por mí no se preocupe. Si hay alguien bueno para guardar secretos, ése soy yo.

—Lo sé. Y no te arrepentirás, Gato. Tendrás todo lo que quieras.

—No tiene que ofrecerme nada, patrón.

—Pero te lo mereces.

Al parecer, Feliciano López Gómez, alias el Gato, guardó hermético silencio durante seis semanas, hasta que murió ahogado en la alberca del deportivo para trabajadores del grupo Sonda, cuya cabeza era el padre de Benjamín. Se habló de un paro cardiaco mientras nadaba en la noche, según su costumbre.

Ya para entonces poco se recordaba al Sapo. Quien se había trepado al candelero era nada menos que Eduardo Hernández: hundió en un cajón su novela sobre el batallón de San Patricio, dejó de escribir cuentos policiacos y empezó a hacer crítica en un programa de media hora en la televisión de la UNAM y en el nuevo suplemento cultural de *El Universal*. Seguía fórmulas características del Sapo, como eran la de establecer equivalencias e incluso plagios de obras clásicas, la de confrontar intenciones del autor con magros resultados, la de auditar gramaticalmente los textos en busca de lugares comunes o errores sintácticos, la de desmerecer estructuras y toda suerte de vueltas de tuerca; finalmente, la de enjuiciar al autor de acuerdo con su estrato social.

A fuerza de vituperios, Eduardo Hernández edificó un aparato crítico que lo volvió un censor contundente. Empezó con cautela, un trancacito aquí, otro allá, hasta que sus artículos atrajeron la atención de quienes gozaban de ver zarandeados a los colegas. Las víctimas, en cambio, renegaban pero le temían, hablaban pestes de él aunque siempre a sus espaldas.

—Odiabas al Sapo y te estás convirtiendo en un sapito —le reprochó Mónica Lezama.

—Quién dice que lo odiaba.

—Acuérdate de cómo trató a Benjamín.

—Y tenía razón. *Al oeste de la noche* era una novela fallidísima. Tú no lo aceptaste porque andabas loquita por él.

—Estás orate. Lo que tenías tú era envidia.

—Puedes decirme lo que quieras, pero envidia nunca. Además, Benjamín ya se borró del mapa.

Eduardo Hernández se equivocaba. Benjamín estaba muy lejos de haberse borrado del mapa. En Nueva York terminó otra novela. La envió a la editorial Anagrama y Anagrama se la aceptó de inmediato. Aparecería simultáneamente en España y en México en tres semanas. Así se los hizo saber a Mónica Lezama y a Eduardo Hernández por correo electrónico. Recibirían la novela en unos cuantos días; deseaba invitarlos a presentarla, sólo a ellos dos.

*No puedo* —escribió Eduardo Hernández. Y en seguida tecleó—: *Ya no presento libros. Ahora soy crítico.*

*Me encantaría entonces que tú hagas la primera crítica de mi novela, te va a conmocionar.*

Con eso terminó la conversación electrónica. Pinche mamón —pensó Eduardo Hernández—. Él cree que todavía nos puede seguir manipulando. Ay sí, el muy importante, el mejor escritor de la generación. Yo lo voy a poner en su lugar, ni se imagina.

Eduardo Hernández saboreaba ahora su venganza después de tantos años soportándolo en el taller de Ramírez Heredia, aguantando sus conversaciones en las que él era el único tema, la única figura literaria del universo, el galán por el que Mónica Lezama se moría. No necesitaba leer su mamotreto para

saber qué título le pondría a su crítica en *El Universal.* Un pu-
ñetazo seco: *Otra novela fallida de Benjamín de la Garza.*

Con Mónica, Benjamín chateó largamente. Ya que
Eduardo Hernández se negó a participar en la presentación
—*qué le pasará a ese pobre tipo, vive ardido, en la pura envidia*—,
invitaría a Hernán Lara Zavala o a Juan Villoro para que acom-
pañaran a Mónica en la mesa.

*La que importa eres tú. La novela te va a sorprender.*

*Me muero de ganas por leerla.*

*Te llegará en unos días, no te preocupes. Y te pido un favor:
quiero que la presentación sea a principios del mes en la librería
del Fondo, la Rosario Castellanos, eso es muy importante.*

*Por eso no te preocupes, estamos a buen tiempo.*

*Te va a impactar, Mónica, te va a sacudir.*

*Cómo se llama, ¿se puede saber?* —preguntó Mónica.

*El crimen* —tecleó Benjamín de la Garza desde Nueva
York.

# Cuatro amores en la plaza

*Peco y Clarita*

De pico, un balón ovoide de fut americano golpea la cabeza de bronce del Morelos que se levanta bravío desde su pedestal, espada en mano, en la plaza de la Ciudadela. Morelos no se inmuta.

El balón cae al piso. Lo levanta Peco de botepronto. Es un adolescente chaparro, delgaducho, que se ha metido a jugar tochito con los preparatorianos del rumbo.

Desde una banca del parque, Clarita observa a ese muchacho al que le dicen Peco y que sólo conoce de lejecitos. Lo ve regresar al juego, correr, soltar el balón, tropezar, reponerse, taclear a un contrario, prepararse ahora para recibir un pase que vuela cerca de donde se encuentra la muchacha: su cabello es negrísimo, no tiene más de catorce años.

En el momento de saltar, Peco es arrollado por uno de los grandulones que han llegado de pronto a interrumpir el tochito de los preparatorianos. Los grandulones arrebatan, escamotean el balón. Lanzan patadas, tiran puñetazos, risotadas. Gritan.

Se arma la gresca.

Peco está en el suelo donde sufre pisotones. Se duele del brazo.

Clarita se aproxima y lo arrastra unos metros para alejarlo de lo que se ha convertido en un campo de batalla.

—Creo que está roto —dice Peco oprimiéndose el brazo.

Clarita le acaricia la nuca y luego lo besa en la boca, de repente, sin aviso.

Peco se sorprende.

Ya se hizo de noche. En la barda larguísima de una calle solitaria, tres o cuatro estudiantes pintan monigotes y letreros. Clarita y Peco se han situado en el otro extremo, en cuclillas frente al muro. Peco trae el brazo izquierdo enyesado y con la brocha que sujeta con la derecha y moja dentro de un bote de pintura negra está empezando a trazar la última O de su letrero: GDO ASESIN/

Clarita no se anima a hablar a Peco. Al fin se atreve:

—¿Te puedo decir algo?

Peco no gira siquiera la cabeza, absorto en el letrero.

—Estoy embarazada.

Ahora sí reacciona Peco. Suspende el trazo de la O.

—Pero si apenas/ ¿Cómo sabes?

—No es tuyo —dice Clarita—. Es de mi tío Julián.

Antes de que Peco se enderece, un cuatropuertas frena ruidosamente en la esquina donde empieza la barda. Dos tipos gorilones se lanzan contra los pintabardas.

Peco abandona la brocha y el bote de pintura y se echa a correr en sentido contrario, junto con Clarita. No se detienen hasta llegar a un predio oscuro donde un perro husmea en la basura.

Jadean. Se miran entre sí.

—Si quieres di que es mío y lo que sea —dice Peco—. Y nos vamos a vivir con Chano.

A Clarita se le humedecen los ojos.

—¿Te cai?


Peco y Clarita están sentados en el pretil de la azotea de una vieja construcción de dos plantas. Los pies les cuelgan hacia la calle.

Peco ya no trae el brazo izquierdo enyesado.

Abajo, un soldado con casco, fusil, uniforme verde, se pasea junto a una tanqueta del ejército detenida en la esquina, cerca de la construcción.

—¿Sabes qué me gustaría, Clarita?

—Qué.

—Ser soldado.

—Chale, qué te pasa. ¿No ves cómo madrean a los estudiantes?

—Por eso. Porque tienen fibra. Son valientes, duros, bien machos.

—No te creo.

—Me gusta su fusil, todo así. Su casco, su uniforme, su cincho.

—Estás orate, Peco, no sabes lo que dices.

—Bueno, si yo no, me gustaría que tu hijo… nuestro hijo, fuera soldado.

Clarita empieza a soltar manacitos suaves sobre Peco. Éste le detiene la mano, sonriendo. Pleitean de a mentiras. Se abrazan. Se dan un beso largo.


En la colonia de los Doctores está ocurriendo un mitin relámpago de estudiantes. Uno tras otro, los jóvenes sueltan arengas y discursos trepados en la plataforma de un camión de redilas sin las redilas.

Gente del rumbo, poca gente, se aglomera para oírlos. Entre ellos se distingue a Peco muy cerca del camión.

Un sardo uniformado se abre paso entre los espectadores.

—¡Yo quiero hablar! —grita— ¡Yo quiero hablar!

—¡Los soldados no! —protesta una mujer embarazada—. Son asesinos.

Se entreveran pronto los gritos de que sí y de que no.

—¡Que hable! —alza Peco la voz, igual que otros: —¡Que hable, que hable, que hable!

El líder de los estudiantes ayuda al sardo a encaramarse en la plataforma.

—Órale compañero —le dice.

El sardo se planta erguido. Mira al público de un lado para otro. Tarda en hablar. Sus palabras agarran vuelo poco a poco:

—Yo nomás quiero decirles que no soy un hombre leído, pero que en este momento, ahorita mismo, estoy desertando del ejército. No quiero saber más nada de mi uniforme ni de mis sargentos ni de mis putos tenientes. ¡Estoy con ustedes, carnales!

Mientras sigue palabreando, el sardo bota su casco que vuela por los aires y que Peco atrapa sin dificultad, como si fuera un ovoide de fut. Luego se desprende de la camisa y la pisotea ostensiblemente entre los gritos celebratorios de la concurrencia. Se descalza las botas. Salta del camión.

Los estudiantes lo palmean, lo abrazan. El mitin se convierte en una fiesta.

Peco aprovecha el alboroto para brincar a la plataforma, recoger la camisa pisoteada, las botas, y se echa a correr por la banqueta que el camión encubre.

Ya no oye al desertor que dice a uno de los estudiantes:

—¿Pueden ayudarme ustedes con una feria? Para esconderme un rato y regresar a mi pueblo.


Afuera del cuarto de azotea donde ahora viven Peco y Clarita con el primo Chano, Peco está terminando de fijar con alambres, a un palo de escoba, un cuchillo de cocina de punta en pico.

El chamaco lleva en la cabeza el casco del sardo y trae puestas las botas y la camisa verde.

El primo Chano sale de la vivienda y va hasta Peco. Es mayor que éste, greñudo y cochambroso. Le escupe, directo:

—Siquiera dile a tu chava que barra el cuarto, carajo, no tienen madre.

—Le voy a decir —murmura Peco sin dejar de apretar los alambres con las pinzas.

—Más te vale, cabrón —y Chano se larga de la azotea.

Los que llegan minutos después son el Ratón y Conejo, amigos de Peco, de su misma alzada. Se quedan viendo el cuchillo largo de Peco bien atorado ya al palo de escoba.

—¿Qué haces? —pregunta Ratón.

—Una bayoneta, buey, ¿no ves? Como las del ejército.

—Y pa qué.

—¿Quieres ver pa qué? —inquiere Peco, y al rato ya está con sus amigos en una bodega de La Merced.

Disfrazado de sardo con el casco, la camisa y las botas, Peco explica a Ratón y Conejo:

—Hagan de cuenta que somos soldados y ahí enfrente están los estudiantes. Se acercan, se acercan, nos quieren matar y entonces yo...

Con la improvisada bayoneta en ristre, Peco se lanza hacia un muro de costales de azúcar bien ordenados al fondo de la bodega. Perfora uno, perfora dos y otro más, mientras grita poseído de furia:

—¡Un estudiante!, ¡dos estudiantes!, ¡tres estudiantes!

Gira hacia sus compañeros. Sonríe victorioso.

El azúcar de los costales se derrama en el piso como si fuera sangre.

—Me cai que eres un cabrón, Peco —dice Ratón.


Hace ya rato que empezó la balacera en la plaza de las Tres Culturas de Tlatelolco. Gritos de pánico, aullidos, y la corretiza de la gente. Buscan por dónde salir de la trampa, en dónde refugiarse, cómo carajos encontrar el parapeto de un muro humano. Pisotones, tropezones, piernas que temblequean y que se doblan.

De un empellón y de otro de la muchedumbre, quizá de un disparo que la sorprende en la huida, Clarita cae sobre el suelo duro, tendida bocabajo. Peco se le pone encima de inmediato, para protegerla, pero la cobija en que se convierte su cuerpo no alcanza a cubrir las piernas que le magullan los zapatos en fuga.

—¿Estás bien? —pregunta Peco.

—Estoy bien —gime Clarita—, nomás me caí.

Peco la abraza fuerte para evitar más lastimones.

Así se quedan inmóviles mucho tiempo, muchísimo, hasta que Peco rescata la bolsa de pan que traía Clarita. Está tirada cerca, junto a un charco de sangre. Peco estira el brazo, y al bolillo que asoma de la boca del papel estraza le arranca un trozo.

—¿No quieres pan? —le susurra.

Clarita no responde. Sin dejar de abrazar a la muchacha, encima de su espalda, Peco mastica la punta del bolillo como si estuviera muerto de hambre.

—Aguanta un poquito más —dice Peco.

Media hora o una hora después, cuando sólo se escuchan ya lamentos de sirenas, voces y quejidos aislados, ruidos como de lluvia, como de rodar de piedras, el muchacho se endereza lentamente para mirar hacia la plaza.

—Parece que ya se acabaron los balazos —dice—. Levántate.

Clarita no se mueve.

—Órale, Clarita —insiste Peco sacudiéndola de un hombro.

La chiquilla alza por fin la cabeza. Tiene la cara manchada de lodo por el llanto, y una desolada amargura grabada para siempre en las grietas de su gesto. Con la derecha trata de apoyarse en la mano que Peco le tiende. Empieza a levantarse.

Según sabe Peco por Clarita, el tío Julián, el abusador que le llenó la panza a la chiquilla, trabaja en un depósito refrigerado de reses abiertas en canal, listas para ser distribuidas en las carnicerías. Es un tipo inconfundible: calvo, con bigotes de pulquero y barrigón. Peco lo estuvo espiando durante días.

Esta mañana de octubre, como a las once, cuando el tío Julián entra en el depósito refrigerado cargando al hombro el cadáver de una res, surge Peco de quién sabe dónde. Va disfrazado de soldado y trae su improvisada bayoneta.

El tío Julián no tiene tiempo de girarse ni de soltar la res. Se le cae al suelo junto con él cuando la bayoneta se encaja en su vientre como arma de repetición: tres cuchilladas mortales.

Peco no suelta la bayoneta al escurrirse fuera del depósito, como una lombriz, por los vericuetos de la instalación.

La sangre del tío Julián mancha de un rojo oscuro, casi morado, la carne fresca del animal.

## Avelino y Kiko

Cerca de San Ildefonso un camión de pasajeros evoluciona, de aquí para allá, tratando de sortear a un grupo de estudiantes alborotadores.

—Váyase para otro lado, chofer —gime Chanita, una gordinflona de los pocos pasajeros que continúan en el vehículo—. ¡Allá hay más, bola de vagos! ¡Tuérzale para la esquina, chofer!

Desde la calle, un chamaco de quince arroja un trozo de tabique contra la ventanilla trasera.

—¡Jesús María y José!

—¡Estúpidos!

Es Avelino, el líder del grupo, quien expropia el camión y hace descender a los ocupantes. El viejo sale aterrado. Chanita sigue protestando mientras se precipita por el estribo:

—En lugar de fregar los bienes públicos, pónganse a estudiar ¡punta de delincuentes!

—Hágase a un lado, señora —dice Avelino—. El pedo no es con usted.

Los atacantes tumban el camión después de varios intentos —son como quince chavos— y dos de ellos empiezan a rociarlo de gasolina. Chanita ha conseguido sacar un fierro del piso, al lado del chofer, y con él golpea apenitas la cabeza de Avelino cuando éste se halla de espaldas, a punto de encender un cerillo.

—¡Pinche comunista idiota!

Se suelta la gritería.

—¡Los granaderos!

—¡Ahí vienen los granaderos!

Avelino sangrante y los de su grupo huyen a refugiarse en el edificio de San Ildefonso.

Junto a una balaustrada, en el interior casi vacío de la vieja preparatoria universitaria, Kiko limpia con un pañuelo la cabeza de Avelino. Está anocheciendo.

—Por qué te quitaste la costra, ya te volvió a sangrar.

—Prefiero así —dice Avelino.

—¿Que te sangre? ¿Para sentirte héroe?

Avelino le tira un manazo a Kiko, pero éste atrapa en el aire la derecha y le dobla los dedos cariñosamente. Lo acaricia. Va a besarlo en la boca. Avelino lo aparta.

—Ni quien nos vea —dice Kiko—. No hay nadie.

—Aquí no, cabrón.

Nuevamente la gritería desde el patio.

—¡El ejército! ¡Llegó el ejército!


Acompañados de maestros y universitarios, Barros Sierra está izando la bandera nacional en la explanada de Ciudad Universitaria.

—Mira, se le atoró —murmura el cacarizo al que le apodan Tarolas.

—Qué cosa —pregunta Avelino.

—La bandera.

—Es a media asta, buey. De luto. En honor de los muertos.

—Yo también la traigo a media asta por la Tita —dice Tarolas.

La Tita lo alcanza a oír y le pega un zape en la nuca.

Barros Sierra está pronunciando su discurso.

—Hoy es día de luto en la Universidad. La autonomía está amenazada. Y la autonomía no es una idea abstracta. Es un ejercicio responsable y respetado por todos…

—¡Bravo! —grita Tarolas.

—Permanezcamos unidos para defender las libertades de pensamiento, de reunión, de expresión y la más cara: nuestra autonomía. ¡Viva la autonomía universitaria!

Se escuchan gritos, aplausos…

—Goooya. Cachún cachún, ra ra. Gooooya.

—A mí el rector me caga —protesta Avelino a un lado de Tita—. Muy fifirufis, muy trajeado, muy burgués. No le creo nada.

—No seas buey, se está enfrentando al gobierno —dice Tita.

—Pero si él es del gobierno. A ver, ¿quién lo nombró?

—La junta de la UNAM —dice Tita.

—La junta mis güevos. Cuando echaron al doctor Chávez, Díaz Ordaz lo llamó, como esquirol, para manejarlo a su gusto.

—Tú ya no crees en nada, Avelino, pareces ruco.

—En el gobierno, nunca —y Avelino se toca la herida de la cabeza para averiguar si ya no sangra.


En el departamento de Kiko: Tita, Nacha, el Tarolas, Beto y Avelino están atentos al televisor durante el informe presidencial de Díaz Ordaz.

El presidente alza la voz, manotea:

—¡La injuria no me ofende! ¡La calumnia no me llega! ¡El odio no ha nacido en mí!

La cámara registra el aplauso unánime de los reunidos en la Cámara de Diputados.

—¡Pero por qué aplaude el pinche rector! —se enardece Avelino desde el sillón destartalado del departamento de Kiko.

—Tiene que hacerlo a fuerzas —dice Tita.

Se van yendo los invitados con mal sabor de boca. Sólo quedan en el departamento Kiko y Avelino oyendo cómo los locutores elogian el valor y la enjundia de Díaz Ordaz. Avelino se levanta y apaga el televisor.

—¿Por qué lo apagas? —pregunta Kiko.

—Porque ya me voy también —dice Avelino.

—Pero quedamos en que ibas a quedarte conmigo hasta mañana, puse sábanas limpias.

—No puedo.

—¿Por qué? —se inquieta Kiko—. No me digas que andas con una chava, Avelino. ¿Tita?

—Ni Tita ni nadie.

Avelino llega hasta la puerta y la abre para salir. Se vuelve hacia Kiko.

—Las cosas son así, Kiko. Quiero dedicarme al movimiento con toda mi alma y con todos mis güevos.

—¿También con tu pito?

—También con mi pito —dice Avelino, y cierra de un portazo luego de desaparecer.


Tres semanas después, en el tercer piso del edificio Chihuahua en Tlatelolco, Kiko desenreda y estira un cable larguísimo para micrófono, un día antes del mitin. Tarda en distinguir a Avelino que avanza como si no tuviera prisa. Se miran en silencio durante un buen rato.

—Cómo estás, Avelino, chingo de no vernos.

—Aquí estoy, en los preparativos.

—¿Sigues en el consejo?

—Sigo.

—Me dijeron que ya iban a empezar las pláticas con el gobierno.

—Mañana antes de la manifestación, pero no creo que sirva de nada.

—Que te vas a encargar aquí de los corresponsales extranjeros, me dijo Tita.

—Los periodistas siempre son una chinga.

Avelino le palmea la espalda mientras Kiko se pone a desenredar un nudo que se ha trenzado en el cable.

—¿Andas con alguien, Kiko? —pregunta Avelino.

—¿Qué?

—Un amor.

—Ando con un chavo del Poli —confiesa Kiko—, pero parece que es buga.

Los dos sonríen.

Luego de la balacera en la plaza, mientras arde un piso superior del edificio Chihuahua, un soldado al que llaman Pacorro picotea con una bayoneta a los estudiantes tendidos en la terraza.

—¡Levántense, hijos de la chingada! ¿Ya vieron el desmadre que armaron?, bola de putos.

Los estudiantes se ven golpeados, sucios, hechos una mierda.

—¡Arriba! —grita Pacorro.

Se levantan Beto, Valle, Gilberto, Avelino. Los sardos los zarandean mientras Pacorro continua perorando:

—Ya hicieron su revolución, ¿no? Eso querían. Ya están contentos, cabrones —y hace un gesto para que los soldados autómatas los lleven rumbo a las escaleras.

—Abajo ya está lleno —dice un autómata.

De los cuatro que descienden, a Beto le está brotando un chorro de sangre continuo de la pierna derecha.

—Éste a la ambulancia —dice Pacorro—, a ver si llega el muy pendejo.

También Avelino está sangrando de su herida en la cabeza mientras mironea para todos lados.

—¿A quién buscas? —le pregunta Gilberto por lo bajo.

Mientras caminan empellados hacia un puesto de tacos al pastor, Avelino cree haber visto, localizado a un muchacho tendido sobre el piso de piedra, con la boca abierta, evidentemente muerto; un muchacho que le recuerda, que se le parece, que tal vez sea Kiko.

No tiene tiempo de cerciorarse porque Pacorro le propina un patadón con su bota para que no estorbe el paso.

—No, no es Kiko —dice Avelino cuando cae, pero Gilberto ya no lo escucha.

*Doña Tula y Tito*

Están tocando la puerta.

Lo que más llama la atención del departamento de doña Tula, en el quinto piso del edificio Chihuahua, es el abigarrado altar que ha construido en el área posterior de la sala: cuadros de santos, figuras de pasta del Sagrado Corazón y la Virgen de Fátima, crucifijos de todos tamaños, rosarios colgados, veladoras, floreritos con rosas de plástico, milagritos de cobre. Es su orgullo, el testimonio de su devoción.

Están tocando la puerta.

Secándose las manos con un trapo de cocina, doña Tula cruza la sala para ir a abrir. Ahí están dos de los amigos de Tito: Uriel y Miguel.

—Pásenle muchachos.

—Buenas tardes, señora.

—¿Siempre sí van al Zócalo?

A Uriel le sorprende y le molesta, cuando lo mira de sopetón, el altar de doña Tula. Pero no dice nada.

—¿Y Tito? —pregunta Miguel.

—Orita viene, está haciendo popó.

Tito aparece en la sala fajándose su camisa azul; lleva un suéter y pantalones de mezclilla.

—Pero se cuidan mucho, ¿eh? —dice doña Tula—. No se acerquen a los sardos, pero eso sí, grítenle fuerte al bocón.

—Claro que sí, señora —dice Miguel.

—Por eso me gusta lo que están haciendo. Nadie le había puesto un cuatro así al malvado gobierno.

Ya están por salir los tres muchachos cuando doña Tula detiene a Tito repentinamente.

—Pérate Tito, se me olvidaba.

Se da la vuelta. Abre un cajoncito del mueble que sostiene su altar y extrae un pequeño objeto que con un alfiler de seguridad empieza a prender a la camiseta de Tito, detrás de la blusa.

—¿Saben qué es esto? Un detente.

Uriel y Miguel se aproximan. Es una medalla de tela que tiene pintado al centro un Sagrado Corazón y unas palabras bordadas entre encajitos. Las pronuncia doña Tula de memoria:

—Detente enemigo, el corazón de Jesús está conmigo —sonríe—. Y miren, aquí está quemadito con pólvora, ¿no ven?

Imposible distinguirlo.

—Era de mi padre, que fue cristero. Le pegó una bala pero no le hizo nada.

Tito se abotona la camisa azul y ademanea a sus amigos para marcharse pronto.

—Cuídense mucho —repite doña Tula.


Tito, Uriel y Miguel llegan al Zócalo cuando ya se están formando los contingentes con letreros y pancartas.

En un flanco de la catedral, junto al edificio de la mitra metropolitana, Tito se aparta de sus amigos porque ha visto de lejos a Kiko y Charcas asomados a la enorme puerta izquierda discutiendo con un vejete.

—No pueden entrar —alega el sacristán con el portón entornado.

—Pero el padre Pérez nos dijo —reclama Charcas—. Nos dio permiso.

—Él no está.

Pero sí está porque el padre Pérez llega del interior, apresurado, y los hace trasponer la puerta, y la cierra, y les mete prisa.

—Rapidito, rapidito. Ya están todos.

Tito, Charcas, Kiko y otros estudiantes con facha de pertenecer al comité de huelga —piensa Tito— suben corriendo hasta el campanario de la catedral para observar desde ahí, entusiasmados, la manifestación en el Zócalo.

Luego de los discursos y los clamores se taponean las orejas con plastilina y migajón cuando las campanas se echan a vuelo.

—Qué maravilla —exclama Tito—. Le encantaría a mi mamá.

En el patio de la vocacional del Poli donde estudia Tito, doña Tula busca a su hijo a la mañana siguiente.

—¿Qué pasó, doña Tula? —pregunta Uriel apenas la descubre.

—Tito no llegó a dormir, no sé dónde está.

—Llegó con nosotros al Zócalo —dice Miguel, que también se acerca—, pero luego se metió a la catedral.

—Ave María purísima —se empañan los ojos de doña Tula.

—Ha de andar por ahí con los del comité de huelga —dice Miguel.

—¿Ya lo buscó en las delegaciones, en la Cruz Verde? —tercia Uriel.

—Ave María purísima —vuelve a santiguarse doña Tula.


Con una foto de Tito en mano, doña Tula busca a su hijo en las delegaciones y en la Cruz Verde donde hombres y mujeres, ancianos y jóvenes, hacen lo mismo angustiados: pregunte y pregunte.

En ningún lugar le dan razón. La tratan mal. Apenas si la escuchan.

—Ya le dije que no, señora. No está en las listas.

—Déjeme entrar, por favor.

—¿A dónde?

—A las crujías donde están los presos.

—No se puede.

—A las camas donde están los heridos.

—No se puede.

—A las planchas donde están los muertos.

—Su hijo no está muerto, señora.

—¿Está seguro? —y le vuelve a mostrar la foto de Tito—. ¿Ya lo vio bien?

Todo el mes de septiembre, luego de seguir con la búsqueda, doña Tula se pasa la noche rezando rosarios frente a su altar, hincada ahí, llorosa.

—Hazme el milagro, virgencita —implora con los dedos hechos nudo—. Yo te prometo…


A media mañana del 2 de octubre, Ana Tere y Maru, sobrinas de doña Tula, llegan a su departamento del Chihuahua para ver desde ahí la manifestación.

La plaza se va llenando y se llena de gente de todas las edades mientras doña Tula, sin despegarse de la ventana, sin confesarlo a sus sobrinas, trata de localizar a Tito desde lo alto segura de encontrarlo porque así se lo prometió la Virgen de Fátima.

—Hay soldados y carros del ejército por todas partes —se asusta Maru—, ¿ya vieron?

—Cuántos chavos —dice Ana Tere—, parece que va a haber un concierto.

Aquél no, aquél no, aquél no —se va diciendo a sí misma doña Tula hasta que de pronto se sorprende.

—Ahí está Tito —lanza un grito—. Ahí está, el de la camisa azul.

—No, no es —dice Maru.

—Ni se parece, tía —dice Ana Tere mirando hacia donde apunta el índice de doña Tula.

Ella insiste:

—Es él. El que está junto a los greñudos. El del pantalón de mezclilla. Es el suyo.

—No es él —dice Maru, mientras doña Tula se quita el delantal y sale corriendo del departamento sin que sus sobrinas tengan tiempo de detenerla.

Baja del edificio. Llega a la plaza. Y cuando empiezan los discursos doña Tula ya está entre la multitud. Después: los disparos, los gritos, el corredero de gente.

Doña Tula ve caer a un gordito cerca de ella y corre a refugiarse, entre trompicones, debajo de una camioneta estacionada. Se esconde debajo de la carrocería, entre las llantas. Se hace bolita.

—Ave María purísima. Virgencita de Fátima. Sagrado Corazón…

La balacera dura muchísimas horas, según lo vive así doña Tula. Pasa el tiempo, como goteando.

El ruidajal disminuye. Sirenas por la calzada. Voces y quejidos, llantos que no distingue qué tan cerquita suenan.

Doña Tula se dispone a salir de su escondite arrastrándose entre las ruedas de la camioneta, despacito, y cuando ya ha escurrido un brazo descubre algo que brilla junto a la llanta delantera del vehículo protector. Es una telita, el cacho de un pañuelo tal vez. Lo toma. Lo levanta. Lo mira. No. Sí. Es el detente de Tito, sí sí, es el Detente enemigo el corazón de Jesús está conmigo. Un poco mojado, húmedo, aunque conserva la manchita de pólvora que salvó a su padre.

Y doña Tula llora y sonríe como si al fin hubiera encontrado a Tito.


*Chanita y don Diego*

Escritorio con escritorio, Chanita y don Diego trabajan en una oficina gubernamental. Chanita ya cumplió sesenta y pico y en los últimos meses se ha puesto gordinflona además de inconforme: de todo repela. Don Diego anda por los setenta y cinco, se está quedando calvo. No se ha querido jubilar.

Mientras don Diego hojea documentos con un dedal de hule y cubierta su cabeza con una vieja visera como de tipógrafo, Chanita no hace más que sellar y sellar y sellar hoja tras hoja de un altero así.

—Y les echaron los tanques, Chanita, y luego llegaron soldados de todas partes. Se armó una zacapela espantosa.

—Qué barbaridad —dice Chanita sin perder el ritmo de su selleo.

—Agarraron por montones a los estudiantes. Dicen que hubo como cincuenta muertos, yo creo que más.

Durante el chismorreo, don Diego no ha perdido de vista al insoportable de su jefe que escucha sumiso, al fondo de la oficina, a un trajeado que parece el mero mero.

Cuando Cerillo se acerca, don Diego lo detiene:

—¿Qué se traen ésos?

—Nos van a llevar al Zócalo para desagraviarlo —informa Cerillo.

—¿Para desagraviar a quién? —pregunta Chanita.

—Al Zócalo, ¿no le digo?

—Desde cuándo necesita el Zócalo que lo… que lo desagravíen o como se diga —sonríe Chanita.

Don Diego sonríe también.


Son muchos camiones, enviados por diferentes departamentos gubernamentales los que ruedan rumbo al Zócalo repletos de burócratas. Llegan del norte y del sur en dirección a la plaza mayor, al cuadrángulo del asta bandera en la que se izó, la noche anterior, un lábaro rojinegro. Lo van a sustituir por la bandera nacional en acto solemne.

Don Diego ocupa un asiento junto a Chanita en el camión atiborrado. Mira hacia afuera. Transeúntes, periodistas y estudiantes observan a los burócratas con reproche.

De pronto, don Diego abre la ventanilla y grita:

—¡No venimos por nuestro gusto, nos llevan! ¡Somos acarreados!

—¡Cállese viejo! —lo reprime el chofer. Entonces retoba Chanita, hacia la calle:

—¡Somos borregos! ¡Beee beee! ¡Somos borregos!

Empiezan a reír los mirones mientras el balido contagia a los ocupantes de éste y de otros camiones:

—¡Beee! ¡Beee! ¡Beee!


A punta de sellos, Chanita acribilla hoja tras hoja, como todos los días.

—Es la última vez que me llevan de acarreada. Se lo digo de una vez.

—¿No que odiaba a los estudiantes, Chanita?

—El gobierno es peor.

Guardan silencio cuando el jefe cruza malencarado entre los escritorios.

—¿Sabe qué voy a hacer? —dice Chanita—. Voy a renunciar y volver a lo mío.

—¿Y qué es lo suyo?

—La costura.

—¿Por qué no se va mejor a Topilejo?

—¿A Topilejo? ¿Qué voy a hacer en casa de la chingada?

—Vivir conmigo, Chanita.

—No empiece, don Diego —dice Chanita y violenta un sellazo.

—Atrás de donde vive mi nieto tengo un cuartito muy limpio. Hay árboles, pájaros, paisaje.

—¿Y qué voy a hacer ahí con usted?

—Quererme nomás.

Chanita suspende su tarea. Gira la cabeza, sonriente y coqueta:

—¿Me va a cumplir de a deveras, don Diego?… Lo que se dice cumplir.

—Eso sí no sé —responde don Diego y se reacomoda en el índice su dedal de hule.


No renunciaron de momento a su trabajo, pero Chanita y don Diego dejaron de ir cuatro días a la oficina. Un martes abordaron un camión para ir hasta Ciudad Universitaria, porque Cerillo les dijo que ahí reclutaban voluntarios para conseguir dinero boteando en las calles.

Y los reclutaron.

A Chanita le cuesta mucho trabajo, por su gordura, sortear automóviles en los altos haciendo sonar el botecito de lámina.

—Échele más, no sea codo.

Don Diego es más ágil y a veces se detiene a convencer a los automovilistas de la causa estudiantil. Echa su rollo.

Boteando y boteando la pareja dilata dos horas, tres. No siempre con suerte. Se encuentran uno que otro chofer majadero:

—¡Váyase a lavar los calzones de su marido, ruca! —le grita un pelado.

Don Diego y Chanita se toman un descanso sentados en los escalones de piedra de una sucursal bancaria.

—Yo no sirvo para esto —gime Chanita.

—Le ha ido bien —la anima don Diego—. Ya mero llena su bote.

—No sé por qué le entré a tanto argüende. A mí ni me caen bien los estudiantes.

Cruza frente a ellos un ciego, cargando un morral, con un cartoncillo en el que solicita ayuda y golpeando el suelo con su bastón de varilla. Sin pensarlo dos veces, Chanita le arranca a don Diego su bote colector, desciende los escalones y alcanza al ciego antes de que llegue a la esquina. Sin decir una palabra introduce los dos botes en el morral y regresa con don Diego.

—A él le hace más falta —dice Chanita.

Don Diego suspira:

—Mejor vámonos con mi nieto a Topilejo, Chanita.


El mero día en el que iban a renunciar ahora sí, tanto a su trabajo como a la colectadera, Chanita y don Diego se asoman a Tlatelolco.

—Por pura curiosidad —decide Chanita—. Nada más para oír qué tanto dicen esos mitoteros.

—Se va a cansar, Chanita —advierte don Diego—. Es mucho montón, mucho relajo.

Ahí los agarran la balacera y los empujones. Se separan sin darse cuenta porque Chanita se echa a correr siguiendo a la gente que busca entrar en el templo de Tlatelolco. Pero el templo está cerrado. Nadie abre. Todos golpean el portón. Todos gritan.

Una mujer se desploma junto a ella, quizá por un disparo, y la multitud la apachurra: los que pujan y los que huyen.

—¡Están disparando esos cabrones! —grita Chanita, frenética.

Y al rato, más allá, como de milagro, se reencuentra con don Diego. El viejo está ayudando a meter en una camilla de paramédicos a un muchacho que sangra de la cabeza. Don Diego avanza cojeando hacia Chanita cuando ya se llevan al herido.

—¿Le dieron, don Diego?

—No es nada, Chanita, es la ciática.

Chanita no puede recordar qué pasó. Le dieron un golpe en la cabeza, se desmayó, la pisotearon en el tumulto… no se acuerda.

—La verdad no me acuerdo —le dice a una mujer enrebozada luego de salir de la plaza viendo estrellitas—. Estaba con don Diego y desapareció.

—¿Es su marido? —pregunta la enrebozada.

—Quién.

—Ese señor con el que estaba.

—Es don Diego —dice Chanita.

—Pues yo vi que se lo llevó la Cruz Verde.

—¿A quién?

—Sí, a ese que estaba con usted.

Lo que Chanita quisiera hacer en ese momento no es echarse a correr sino tirarse a media banqueta a llorar lo que no ha llorado en quince años: llorar, llorar, llorar.


Un descalabrado. Una cara aplastada. Un vientre que sangra. Una boca que lanza alaridos. Una mano retorcida. Una frente rota. Una pierna desgarrada.

Las imágenes terribles disparan contra Chanita como los golpeteos de su sello contra el papel. Sello, sello, sello. Sangre, sangre, sangre. Correteo de enfermeras. Entrada y salida de camilleros. Gritos. Llanto. Ruidajal de dolor.

En un pasillo atestado de la Cruz Verde, Chanita alcanza a distinguir nuevamente a don Diego encogido en una pequeña banca de metal.

—¡Don Diego! —grita Chanita mientras se bambolea corriendo hacia él—. ¡Pensé que no lo encontraba nunca!

—Aquí estoy —dice don Diego.

—¿Está bien? ¿Ya lo atendieron?

Don Diego se levanta y entonces Chanita lo estrecha fuerte, muy fuerte, con inmenso cariño. Así se quedan ambos abrazados un rato bien largo.

# Índice onomástico

## Más gente así

Esta obra se terminó de imprimir en Febrero de 2013
en los talleres de Impresora Tauro S.A. de C.V.
Plutarco Elías Calles No. 396 Col. Los Reyes Iztacalco
Delg. Iztacalco C.P. 08620. Tel: 55 90 02 55